VERSANDBRÄUTE DES WESTENS:

Der Himmel über Montana

VON

DEBRA HOLLAND

Aus dem Englischen von Anne-Kathrin Koch –
Language+ Literary Translations, LLC

Danksagung

Ich bin vielen Leuten dankbar für Ihre Hilfe beim Schreiben
von Trudys Geschichte.
Caroline Fyffe, die meine Idee unterstützte
gemeinsam eine Serie über Versandbräute zu schreiben.

Meinen Lektoren:
Louella Nelson
Linda Carroll-Bradd
Adela Brito
Arnd Federspiel – für die deutsche Version

Meinen Formatierern:
Author E.M.S.
Rob Preece

Meinen Testlesern:
Hannelore Holland
Hedy Codner
Larry Codner

Meiner Cousine und persönlichen Assistentin:
Mindy Codner Freed

Ewout VanderWende,
Ehrenamtlicher Schmied im Museum of the Rockies

Allen meinen Lesern:
Danke, dass Sie meine Geschichten lieben!

VERSANDBRÄUTE DES WESTENS:

Trudy

1886

SIEBEN JAHRE BEVOR
DER WILDE HIMMEL ÜBER MONTANA SPIELT

Kapitel Eins

St. Louis

Endlich bin ich frei! Trudy Bauer stand im Salon ihres Elternhauses und beobachtete, wie ihre jüngere Schwester Anna und ihr Bräutigam Martin Ramsey die Glückwünsche von Familie und Freunden entgegennahmen. Anna strahlte vor Glück und ihr schlanker, junger Ehemann, der gerade sein Theologiestudium abgeschlossen hatte, sah sie stolz an. Anna hatte beschlossen, nicht in Weiß zu heiraten und hatte sich für ein praktisches Hochzeitskleid in Schieferblau entschieden, das gut zu ihren Augen passte und nur eine kleine Tournüre hatte. In ihrer Zukunft als Pfarrersgattin war es zu erwarten, dass sie bis an ihr Lebensende einfache Kleider tragen würde.

Die ersten weißen Rosen des Frühlings standen dekorativ auf dem Kaminsims, passend zum Brautstrauß und der einzelnen Blüte im Knopfloch des Bräutigams. Der Schleier über Annas Gesicht, der beinahe die gleiche Farbe wie ihr Porzellanteint hatte, ließ ihr dunkelrotes Haar dunkler wirken.

Trudy war nicht neidisch auf die Heirat ihrer Schwester, aber sie fühlte ein paar Stiche, was die Pläne des Paars angingen, als Missionare nach Afrika zu gehen. Ihr entfuhr ein Seufzer. In ihrem Lieblingsroman, *Jane Eyre*, war St. John als Missionar in Afrika gestorben. Natürlich wusste sie, dass dieser Mann nur eine Romanfigur war und doch stand sein Tod als Sinnbild für die Gefahren, denen sich Martin und Anna bald gegenübersehen würden.

Sie blickte aus dem Fenster auf die Straße mit den vielen viktorianischen Gebäuden im Queen-Anne-Stil und plante, wie bald sie St. Louis verlassen und sich auf ihr eigenes Abenteuer begeben könnte. Sie war es so leid in der Stadt zu leben und sehnte sich nach einem Leben in der Natur – tagtäglich umgeben von herrlichen Aussichten.

Am Ende der Woche, versprach Trudy sich und dachte an die Anzeige, die sie in ihrer Schreibtischschublade eingeschlossen hatte. *Sobald der Rest der Familie abgereist ist.*

Die laute Stimme ihres Vaters brachte sie zurück in die Gegenwart. Carl Bauer war groß und hatte rotbraunes Haar und weiße Strähnen in seinem Bart. Er stand neben Mrs. Minerva Breckenridge, der Frau, der er seit vier Jahren den Hof machte, und gab seinem Schwiegersohn Martin einen gut gemeinten Klaps auf die Schulter. »Pass gut auf meine Kleine auf, ja!«

Martin nickte schnell mehrmals. Sein Adamsapfel bewegte sich auf und ab. »Ja, Sir, ich verspreche es.«

»Ich weiß, dass du es tun wirst, mein Sohn. Sonst hätte ich dir nicht ihre Hand gegeben.« Er lehnte sich herüber und gab Anna einen Kuss auf die Wange. »Werde glücklich, Tochter.«

»Das werde ich, Papa«, sagte Anna mit Tränen in den Augen.

Als Trudy die Emotionen ihrer Schwester sah, kamen auch ihr Tränen und sie legte sich die Hand auf die Brust, um den plötzlichen Schmerz zu lindern. Jetzt wo Anna sich nach Afrika aufmachte und mit ihrer bevorstehenden Reise in den Westen, würden sich die zwei Schwestern wahrscheinlich nie wieder sehen. Sogar Briefe würden eine Seltenheit sein.

Ihre mittlere Schwester, Lora und ihr reicher Ehemann, ein Banker, traten vor und gratulierten dem Paar. Lora und Emmet waren von New York für einen kurzen Besuch angereist, um zur Hochzeit zu kommen. Es war das erste Mal seit drei Jahren, dass die gesamte Familie versammelt war. Zu ihrem Entsetzen stellte Trudy fest, dass ihr Vater und ihre Schwestern bei ihrer Hochzeit nicht dabei sein würden. Als Versandbraut würde sie umgeben von Fremden heiraten und auch leben. Bei dem Gedanken blieb ihr der Atem weg.

Kann ich das schaffen? Aber Trudy sah keinen anderen Weg, um anders in den Westen zu kommen und die Herrlichkeit zu sehen, über die sie nur gelesen hatte, und die Abenteuer zu erleben, die sie sich schon so lange erträumte.

Die Hochzeitsfeier verging wie im Fluge. Familie und Freunde aßen und tranken, redeten und lachten und prosteten dem Brautpaar zu. Bevor die Frischvermählten das Haus verließen, nahm Anna eine Rose aus ihrem Strauß, die sie für sich behielt, und drückte den Rest des Straußes in Trudys Hände. »Jetzt kannst du dir deine Träume erfüllen, Schwesterherz. Danke, dass du bei Papa geblieben bist, um mich großzuziehen. Ich werde jede Nacht für dich beten.«

Trudy spürte Tränen aufsteigen. Mit großer Mühe konnte sie die Tränen aber noch aufhalten. »Und ich bete für dich, liebe Schwester. Möge dir deine Ehe all das bringen, was du dir erträumt hast.«

Anna blickte auf Martin, der geduldig auf sie wartete, und schenkte ihm ein leuchtendes Lächeln. Eine letzte Umarmung und Küsse auf die Wange und schon war sie weg.

Wie benommen verabschiedete sich Trudy von den restlichen Gästen. Als alle bis auf Minerva gegangen waren, zogen sich Lora und Emmett in ihr Schlafzimmer zurück.

Trudys Vater drückte Minerva einen Abschiedskuss auf die Wange. Als diese sich aufmachte zu gehen, schenkte sie Trudy einen mitfühlenden Blick. Minerva war den Schwestern nah und wusste um Trudys Kampf, Anna in die Wildnis Afrikas gehen zu lassen. Sie hatte ihre Schwester die letzten fünf Jahre großgezogen, und nie hatte Anna abenteuerliche Züge gezeigt … bis sie sich Hals über Kopf in einen Studenten aus dem Predigerseminar verliebte, und zwar nicht nur in einen gewöhnlichen Theologiestudenten, sondern einen mit einer Leidenschaft für Missionsarbeit.

Trudy ging zum Fenster und sah Minerva nach, als diese zu ihrer Kutsche ging. Sie war klein und rundlich und hatte dunkle Haare und war somit beinahe das Gegenteil von Trudys großer, blonder Mutter. Aber sie hatte ein gutes Herz und machte ihren verwitweten Vater glücklich.

Er stellte sich zu ihr ans Fenster. »Jetzt bist du dran, meine Tochter. Du hast mir geholfen, deine Schwestern großzuziehen, wie deine Mutter es sich gewünscht hatte. Nun ist es aber für dich an der Zeit, dass du dein eigenes Leben lebst und für mich, dass ich Minerva heirate.«

»Ich bin bereit. Ich weiß, es war schwer für dich, Papa, dass du keine Ehefrau hattest.«

Er fasste Sie beim Kinn, wie man es bei einem Kind machen würde. »Es ging ja nicht nur um mich. Minerva musste sich um ihre kranke Mutter kümmern und konnte da jetzt nicht noch eine Schar halbwüchsiger Töchter auf sich nehmen.«

»Drei, das ist *keine* Schar.«

»Manchmal hat es sich aber so angefühlt!«

Sie lachten.

»Papa, ich habe beschlossen … eine Versandbraut zu werden.«

Mit einem Kopfschütteln stieß er einen Seufzer aus.

Trudy sah ihn an und sah die Traurigkeit in seinen Augen, die wie Annas schieferblau waren.

»Ich hab mir so was schon gedacht, mein Täubchen.«

Beim Klang ihres Spitznamens aus Kindertagen musste sie sich einfach an ihn anlehnen und seinen altbekannten Geruch nach Tabak und Mann einatmen.

»Bist du sicher, dass du nicht doch Harold Wheeling nehmen willst?«

Sie kräuselte die Nase. Ihr Nachbar – der gute, langweilige Harold – war schon lange ihr Verehrer. »Du weißt es doch. Harold wird ein guter Ehemann sein, aber eben nicht für mich.«

Er legte ihr einen Arm um die Schulter. »Du bist wie deine Mutter, sie wünschte sich auch Freiheit und Abenteuer. Sich mit einem Anwalt in St. Louis niederzulassen hat ihr die Flügel beschnitten.«

»Sie hat dich geliebt, Papa«, sagte Trudy treu und tätschelte ihm die Brust.

»Ich weiß. Wir waren glücklich. Und ich will, dass meine Töchter auch glücklich sind. Aber ich wünschte, Ihr hättet Euch entschlossen, hier zu bleiben.« Er küsste ihre Stirn. »Vor vierundzwanzig Jahren hast du mich zum Vater gemacht. Seither hellst du mein Leben auf.« Seine Stimme wurde brüchig. »Dein fröhliches Temperament wird mir jeden Tag fehlen.«

»Kommst du mich besuchen?«

Er hob seine Hand. »Nur wenn du einen Mann auswählst, der in einem Ort an der Eisenbahnstrecke lebt. In meinem Alter will ich nicht mehr mit der Postkutsche fahren und Minerva will ich das auch nicht antun.«

»Das ist alles?«, neckte Trudy. »Keine weiteren Anforderungen?«

»Nur, dass er ein guter Mann ist, der für dich sorgen wird.«

»Ich werde mein Bestes versuchen, den richtigen auszusuchen, Papa. Ich wende mich an *Versandbräute des Westens*. Das ist eine angesehene Agentur, das habe ich überprüft.« Aber während sie die Worte sprach, wurde Trudy zu ihrem Grauen bewusst, dass sie keinerlei Möglichkeit haben würde, vorab den Charakter ihres zukünftigen Mannes zu überprüfen. Sie war dabei, ein Risiko einzugehen, das auf ihr restliches Leben Auswirkungen haben würde.

Kapitel Zwei

Seth Flanigan ritt von seiner Farm in der Prärie in die Stadt Sweetwater Springs. Er hielt am Bahnhof an, um seine Post abzuholen.

Jack Waite, der Bahnhofswärter und Postbeamte, reichte ihm die alten Ausgaben des *Billings Herald*, den Seth abonniert hatte, um darüber auf dem Laufenden zu bleiben, was in der Welt passierte – oder zumindest im Montana-Territorium.

Nachdem er alle Ausgaben seiner Zeitung bis auf die Neueste in seiner Satteltasche verstaut hatte, führte Seth sein Quarter Horse Saint in Richtung Hardy's Saloon und versuchte dabei, um die schlimmsten Matschpfützen herum zu gehen. Er hatte sich und seinen Fuchs-Hengst mit der flachsblonden Mähne und gleichfarbigem Schweif und einer Persönlichkeit, die zu seinem Namen Saint – Heiliger – passte, herausgeputzt, um seine Dame zu umwerben. Er wollte seine Stiefel und seine Hosenbeine nicht allzu sehr mit Matsch verschmutzen.

Als er sich *Hardy's* näherte, begann sein Herz schneller zu schlagen. Er hatte Lucy Belle Constantino seit dem letzten Tauwetter zwischen den Schneefällen nicht mehr gesehen. Er war damals in die Stadt geritten, vorgeblich um einfach unter Leute zu kommen, nachdem er wochenlang alleine auf seiner Farm hatte ausharren müssen. Tatsächlich aber hatte er vorgehabt, ein wenig zu flirten. Er hatte lange von Lucy Belles glänzenden schwarzen Locken, ihren sinnlichen schwarzen Augen und ihren Kurven geträumt und wollte nun das wissende Lächeln sehen, das sie nur ihm schenkte.

Seth senkte seine Hand und befühlte seine vordere Hosentasche, wo sich der Granatring befand, der sich gegen seine Hüfte schmiegte. *Heute ist es soweit, ich werde mich verloben.* Bald würde er nicht mehr traurig sein, weil er seine Ma und seinen Stiefvater vermisste. Keine einsamen Nächte mehr, in denen ihm monatelang nur sein Hund Gesellschaft leistete. Lucy Belle würde bald sein Bett wärmen und ordentlich Schwung in sein Leben bringen. Er wusste, dass sie dankbar sein würde, endlich im Saloon aufhören zu können. Sie war keine von Hardys Prostituierten, dennoch musste sie so manchen unwissenden Kunden einen Riegel vorschieben. Viele Männer wollten sie, aber *keiner wollte sie heiraten.*

Vor dem Saloon waren sieben Pferde angebunden. Er erkannte Slim Watts' braunen Wallach, Hosiah Jungs Pinto, Jasper Blattnoys schwarze Stute und zu seiner Überraschung auch den Fuchs des jungen Nick Sanders. Es war ja nicht so, als sei der Junge mit seinen siebzehn oder achtzehn Jahren, oder wie alt er auch immer war, zu jung um zu trinken. Aber sein Boss, John Carter, war sehr streng. Er hielt nichts davon, wenn seine Helfer ihre Zeit im Saloon verbrachten. Sanders war Carters Schützling. Wenn Carter davon erfuhr, würde er ihm die Hölle heiß machen.

Seth ging durch die offene Tür des zweistöckigen Gebäudes, dessen grüner Anstrich verblasst war, und sah sich um. Sein Herz schlug in freudiger Erwartung. Er atmete die von Whiskey und Zigarren geschwängerte Luft ein. Er sah Lucy Belle nicht gleich. Sie lehnte nicht wie sonst am langen polierten Tresen und redete mit den zwei Gästen, die er nur vom Sehen her kannte. Sie stand auch nicht hinter dem Tresen und polierte Gläser oder bediente Gäste. Noch stand sie an das Klavier angelehnt, an dem der hagere Musiker Melodien spielte, die den Saloon und die Straße davor mit blechernen Klängen erfüllte.

Seth schauderte. Das Klavier musste dringend gestimmt werden und die Musik klang in seinen Ohren wie Kratzen auf einer Tafel.

Lucy Belle saß auch nicht an einem der drei runden Tische und trank mit einem Gast. Sie spielte auch nicht Karten. *Vielleicht ist sie in der Küche.* Er blickte nach oben zum Balkon, der mitsamt Brüstung den halben Raum umspannte. Sie lehnte nicht an der Brüstung und beobachtete das Treiben. Er traute sich nicht, nach oben zu gehen, um nachzusehen, ob sie in ihrem kleinen Zimmer war.

Er versuchte seine Enttäuschung hinunter zu schlucken, setzte sich an einen freien Tisch und nickte den Männern und dem Halbstarken zu, die am Nachbartisch Poker spielten. Über ihren Köpfen kräuselte sich Zigarrenrauch. Slim, Hosiah und Jasper grüßten ihn mit Namen.

Seth hob über die Anwesenheit Nicks am Tisch die Augenbrauen und der Junge lächelte ihn schüchtern an. *Ein Junge hat doch am Pokertisch nichts zu suchen. Der wird doch ganz schnell abgezockt. Na, wenigstens raucht er nicht.*

Ein Fremder in einem schwarzen Anzug nickte ihm zu und schaute dann wieder auf seine Karten.

Normalerweise hätte sich Seth auch an den Pokertisch gesetzt und bei der nächsten Runde mitgespielt. Aber er wollte Zeit alleine mit Lucy Belle und er konnte schlecht mitten im Spiel aufspringen. Stattdessen nahm er sich seine Zeitung vor.

Als er gerade die erste Überschrift gelesen hatte, ließen ihn das Geräusch von Stiefelschritten und das Klingen von Sporen aufschauen. Er wollte sehen, wer gerade herein gekommen war. Er verzog das Gesicht, als er sah, wie Frank McCurdy hereinstolzierte, als gehörte ihm der Laden. Er nahm seinen Cowboyhut ab und die Sonne schien durch die Fenster auf sein blondes Haar. Seine goldfarbenen Augen glitten hinüber zu Seth und schauten über ihn hinweg, als sei er gar nicht da.

McCurdy gehörte der Streifen Land zwischen Seths Farm und Sweetwater Springs. Vor zwei Jahren hatte er mal ein riesiges Fass aufgemacht, weil Seth über die Ecke seines Landes geritten war, da dort eine Furt durch den Fluss führte. Er hatte Seth »Landfriedensbruch« unterstellt und zwang ihn dazu, keinen Fuß mehr auf sein Land zu setzen, was für Seth fortan einen Umweg von fünf Meilen bis zur nächsten Furt bedeutete. Der Sheriff hatte eingreifen müssen, damit McCurdy sich abregte. Seither verhielten sich die Männer wie zwei knurrende Hunde, wenn sie aufeinander trafen.

McCurdy hatte in letzter Zeit auch Lucy Belle sehr viel Aufmerksamkeit geschenkt. Seth vermutete, um ihm eins auszuwischen. Die wandernden Hände des Mannes waren allzu vertraut mit ihrem Körper und manchmal ging er so weit, ihr einen Klaps auf den Po zu verpassen, wenn sie an ihm vorbei ging. Einmal hatte sie seinetwegen ein ganzes Tablett voller Gläser verschüttet. Jedes Mal musste Seth sich stark zusammenreißen, McCurdy nicht den Arm auszukugeln und das sogar schon bevor er beschlossen hatte, sie zu heiraten.

Lucy Belle bat Seth eindringlich, sie nicht zu verteidigen und sagte, dass die Aufmerksamkeit nun einmal zu ihrem Beruf gehörte, ganz egal wie sehr sie sie hasste. Sie hatte klargestellt, dass sie sich schon um sich selber kümmern konnte. Meistens konnte sie sich mit einem Lächeln auf den Lippen, einem Scherz und einer grazilen Drehung von den tatschenden Händen befreien.

Seths Ma war auch so gewesen, als sie die Hälfte seiner Jugend lang als Saloon-Mädchen gearbeitet hatte – sie ging stets erhobenen Hauptes, sie lächelte immer, egal was diese Stinktiere zu ihr sagten oder ihr taten. Er hatte die Situation seiner Ma damals gehasst, genauso wie er die Situation von Lucy Belle jetzt hasste.

Seth widmete sich wieder seiner Zeitung, damit er sich nicht dem Abschaum widmen musste, der sich näherte. Er überflog einen Artikel, der sich über Grover Cleveland und den Kongress aufregte und wie sie ihre Arbeit in Washington verrichteten. Er ging wählen, das war ganz klar. Aber damit war's das auch, er hatte, was die Regierung anging, keine weitere Meinung. Diese Rasselbande dazu zu bewegen, richtige Gesetze zu erstellen, das war ungefähr so wie Affen zu hüten und die Erfolgschancen wohl genauso gering. Es hatte keinen Sinn, sich darüber den Kopf zu zerbrechen, was die planten oder eben nicht planten. Aber diese Meinung lag den anderen Männern nicht so, die gerne über Politik diskutierten, zum Beispiel McCurdy.

Lucy Belle mochte politische Debatten und sie war eine Anhängerin von Cleveland. Sie mochte nicht, dass Seth sich weigerte zu streiten und schoss ihm mit ihren dunklen Augen böse Blicke zu, wobei sich ihre Nase ein paar Zentimeter anhob. Manchmal stürmte sie sogar davon. Die Rüschen an ihrem kurzen Kleid wippten über ihrem runden Po hin und her, während sie lief. Das war vielleicht mal eine Augenweide.

Um sich selbst davon abzuhalten, vor lauter Ungeduld weiter auf dem Tisch herum zu trommeln, nahm er die Zeitung und überflog den nächsten Artikel. Darin ging es um die anstehende Heirat des Präsidenten mit Frances Folsom, die 27 Jahre jünger war als er. Normalerweise hätte Seth diesen Artikel wohl nicht gelesen, aber da er selbst bald heiraten würde, war das Thema für ihn interessant. Er wusste auch, dass Lucy Belle an diesen Informationen interessiert sein würde.

Eine Anzeige für die Agentur *Versandbräute des Westens* fiel ihm ins Auge. *Eine Frau aus dem Katalog. Dank sei dem Herrn, dass ich sowas nicht nötig habe!*

Seth wurde immer unruhiger, während er auf Lucy Belle wartete. Als er den Artikel über die *Haymarket Riots* las, konnte er sich schon kaum noch auf die Worte konzentrieren. Er legte die Zeitung auf den Tisch, stand auf und ging gemächlich zum Tresen.

Die Pokerrunde war gerade zu Ende gegangen und Slim grinste ihn an, wobei man seine Zahnlücken sehen konnte. Er nickte mit dem Kopf in Richtung Tisch und lud Seth dazu ein, sich dazu zu setzen.

Seth lächelte zum Dank und schüttelte den Kopf.

Er ging an McCurdy vorbei, der an einem leeren Tisch Platz genommen hatte und ein Glas Whisky trank. Seth fand, es war etwas früh, um zu trinken, aber die meisten Männer im Saloon waren anderer Meinung.

Hardy, der Besitzer des Saloons, war ein Schrank von einem Mann. Er hatte eine fleischige Hakennase, einen langen Schnurrbart und ein Doppelkinn. Er hatte Seth immer an den Walrossbullen erinnert, den er auf den Seiten seines Lieblingsbuchs über exotische Tiere gesehen hatte. »Was kann ich dir bringen, Seth?«, fragte der Barmann.

»Kaffee.« Seth lehnte sich gegen die Bar und wartete. Hardy schüttete ihm eine Tasse ein aus der Kanne, die immer in der Küche auf dem Herd stand. Als der Mann durch die Tür in den anderen Raum ging, streckte sich Seth, um zu sehen ob er dahinten vielleicht Lucy Belle entdecken konnte.

Hardy kam früher zurück, als Seth erwartet hatte und fing seinen Blick auf. Der Saloon-Besitzer stellte die Tasse auf den Tresen. »Suchst du nach Lucy Belle?«

Der Tonfall des Mannes ließ Seth instinktiv aufhorchen.

Der Lärm vom Pokertisch wurde leiser und Seth spürte die Blicke der Männer im Rücken. Er wollte nicht, dass sie sich in sein Privatleben einmischten und schüttelte daher den Kopf.

»Na klar doch«, sagte McCurdy halblaut, aber laut genug, dass der ganze Raum es hören konnte. »Er flirtet immer mit dieser kleinen Hure.«

Wut durchflutete Seth. Er musste sich beherrschen, seine Fäuste nicht zu ballen und drehte sich langsam um, um McCurdy anzuschauen.

Der Mann musste die Mordlust in Seths Augen gesehen haben. Er grinste und stellte sich hin, seine Hand griffbereit über der Waffe.

Das Geräusch eines Gewehrs, das hinter ihm entsichert wurde, ließ Seth erstarren. Hardy hatte die Winchester eigentlich nur als Warnung, er wusste, dass allein der Anblick und das Geräusch des Gewehrs ausreichten, um die meisten Rabauken in Schach zu halten. Aber Hardy scheute sich auch nicht, seine Waffe zu benutzen. Er hatte auch zwei geladene Colts und einen Knüppel unter dem Tresen für jene Momente, in denen er schnell reagieren musste. Meistens war Sweetwater Springs friedlich, also musste der Saloon-Besitzer seine Waffen nicht allzu oft einsetzen.

»Na na, McCurdy«, sagte Hardy in einem Befehlston. »Halte deine Hand mal lieber weiter weg von deiner Waffe, sonst muss ich sie dir abschießen.«

Jetzt war es Seth, der McCurdy angrinste.

McCurdy hob seine Augenbrauen und tat unschuldig. Er hob seine Hand und machte eine grüßende Geste mit zwei Fingern in Richtung Hardy.

Aus dem Augenwinkel sah Seth, wie Hardy seine Winchester auf den Tresen legte. Der Barkeeper nahm seinen Colt unter dem Tresen hervor.

Seth wollte McCurdy nicht den Rücken zudrehen und streckte sich nach hinten, um nach seiner Kaffeetasse zu greifen. Er lehnte an der Bar, wo er sowohl Hardy als auch McCurdy sehen konnte und nippte an seinem Kaffee. Er fragte sich, wie er wohl etwas über Lucy Belle herausfinden könnte, ohne direkt nach ihr zu fragen.

»Also …«, sagte Hardy in einem ruhigen Ton, obwohl er jede Bewegung von Seth mit zusammengekniffenen Augen genauestens beobachtete. »Du wolltest was über Lucy Belle wissen?«

»Nein gar nicht«, log Seth und ärgerte sich im gleichen Moment über seine Lüge.

»Na klar wollte er das«, rief McCurdy hämisch. »Der ist doch ganz vernarrt in sie.«

Seth verkrampfte sich. »Stimmt doch gar nicht.« Er wunderte sich, warum er nicht mehr der Herr über seine eigene Zunge war.

Hardy grinste: »Na wenn das so ist, dann machen dir die Neuigkeiten wahrscheinlich nichts aus.«

»Was denn für Neuigkeiten?« Seth versuchte gelassen zu wirken und nahm noch einen Schluck Kaffee. Das bittere Gebräu war zu lang auf dem Herd gewesen und schmeckte wie gekochte Baumrinde.

»Unsere Lucy Belle ist jetzt was Besseres«, sagte McCurdy in einem schmähenden Ton. »Sie hat einen Handelsreisenden kennengelernt und ist Hals über Kopf mit ihm abgehauen. Sie sagt, sie würden heiraten und dann zurückkommen und hier einen Laden eröffnen. Sieht so aus, als hätte sie dich im Regen stehen lassen, Flanigan.«

Die Enttäuschung saß tief, er war geschockt und verletzt. Er tat sein Bestes, um seine Reaktion zu überspielen. Er wollte McCurdy gegenüber keine Schwäche zeigen. » Ich steh' gar nicht im Regen.« Noch bevor er darüber nachgedacht hatte, waren die Worte seinem Mund entschlüpft. »Ich hab da schon eine als Mrs. Seth Flanigan.« *Oh Gott, was rede ich denn bloß?*

Vom anderen Tisch, wo das Pokerspiel noch nicht wieder aufgenommen worden war, rief Slim: »Aha, dann erzähl doch mal, Flanigan. Wie sieht sie denn aus?«

Möglichst das Gegenteil von Lucy Belle. »Hübsch. Blaue Augen. Blond … rothaarig … blond«, brachte Seth hervor.

McCurdy lachte schallend. »Blond, rothaarig, blond«, ahmte er Seth nach. »Klingt so, als hättest du sogar drei Frauen, Flanigan. Kriegst wahrscheinlich keine, die dich will, also zählst du alles auf und hoffst, dass sich doch eine für dich interessiert.«

»Nein«, sagte Seth. Er musste sich beherrschen, nicht verzweifelt zu klingen. »Sie ist ungefähr so groß.« Er zeigte mit seiner Hand bis zu seinem Kinn. »Sie ist ganz quirlig. Redet viel.«

»Das wird dir ganz gut tun, mal jemand mit Persönlichkeit um dich herum zu haben«, lachte Hosiah. »Seit George gestorben ist, bist du viel zu ruhig.«

Seth warf dem alten Mann mit zusammengekniffenen Augen ein Blick zu, um ihn zu warnen, den Mund zu halten. Er wollte nicht auch noch die Trauer über den Verlust seines Stiefvaters vor McCurdy hier zum Thema machen. Es war schon schlimm genug, die Neuigkeiten über Lucy Belle hören zu müssen, das hatte seinem Herz einen Stich versetzt.

McCurdy nahm einen Schluck von seinem Whisky. »Ist sie eine Nutte wie Lucy Belle?«

Bevor der Mann eine Chance hatte, sein Glas abzustellen, warf sich Seth auch schon auf ihn. Er hatte ihn überrascht und ihm einen heftigen Kinnhaken verpasst.

Der Mann taumelte gegen den nächsten Tisch. Sein Whiskyglas flog durch die Luft und Whisky spritzte in Seths Gesicht. Das Glas zerbarst auf dem Boden. McCurdy rappelte sich auf und ging auf Seth los.

Er packte den Mann an den Schultern und wollte ihn eigentlich zur Seite schubsen. Aber McCurdys Faust rammte sich in Seths Bauch.

Seth krümmte sich vor Schmerzen und hielt sich den Bauch.

McCurdy holte noch einmal aus und wollte Seth ins Gesicht schlagen.

Nick Sanders sprang auf.

McCurdys Augen waren zusammengekniffen und er war ganz rot im Gesicht. Er war viel zu sehr auf Seth konzentriert, als dass er den Jungen hätte bemerken können.

Nick stellte sich hinter ihn und versuchte, ihn an den Schultern zu greifen, um ihn zurückzuhalten.

McCurdys Ellbogen erwischte Nick im Gesicht. Nach einem merklichen Knacken, schoss ihm das Blut nur so aus der Nase.

Das Eingreifen des Jungen gab Seth genug Zeit, sich wieder aufzurichten und einen guten Stand zu bekommen. Er wartete mit erhobenen Fäusten.

Aber bevor McCurdy sich bewegen konnte, wurde er von Hardy, der seinen Schlagstock in der Hand hatte, an der Schulter gegriffen, zurückgezerrt und spürte, wie sich der Knüppel in sein Gesicht bohrte. »Noch eine Bewegung und du kriegst den hier zu spüren«, knurrte der Mann.

Mit dieser Warnung kam McCurdy wieder zu Sinnen, er tat einen halben Schritt nach hinten und entspannte seine Finger. Er versuchte Hardys Pranke von seinen Schultern zu schütteln, aber der riesige Mann drückte noch fester zu, damit er sich nicht mehr bewegte.

»Ihr teilt euch die Rechnung für den Schaden«, sagte Hardy in einem Ton, der keinen Widerspruch duldete.

Es war nur ein Glas kaputt gegangen. Es würde also nicht viel kosten.

McCurdy fluchte: »Flanigan hat angefangen.«

Hardy schüttelte ihn. »Du hast angefangen, du hast Lucy Belle beleidigt. Sie ist ein liebes Mädchen, musste sich immer mit Kerlen wie dir rumschlagen. Jetzt mach' dich vom Acker und komm' erst dann zurück, wenn du gelernt hast, dein Maul zu halten.« Er schubste den Mann in Richtung Tür.

Mit Schwung machte McCurdy ein paar Schritte nach vorne. Glas knackte unter seinen Stiefeln. Er bückte sich und hob seinen Hut auf, der heruntergefallen war, als Seth ihn gegen den Tisch gestoßen hatte. McCurdy warf Hardy einen hasserfüllten Blick zu. Als er auf dem Weg zur Tür an Seth vorbeiging sagte er so laut, dass jeder es hören konnte: »Der Flanigan, der hat keine Frau, die seine Ehefrau sein will, und ganz sicher keine, die hübsch ist und blond, rothaarig, blond. Da wette ich mit euch.«

»Bei der Wette mache ich mit«, rief Slim. »Ich setze zehn Dollar darauf, dass Flanigan innerhalb der nächsten zwei Monate eine rotblonde Frau auftreibt.« Er zwinkerte Seth zu.

McCurdy grinste noch einmal, strich seinen Mantel glatt, setzte seinen Hut auf und verließ den Saloon.

Der Raum wurde ganz still.

»Danke Nick.« Seth zitterte vor Wut und sein Magen schmerzte von dem Schlag, den McCurdy ihm verpasst hatten. Er konnte seinen Schmerz jedoch verbergen. Bei Nick war es nicht so, er hatte sich die Nase gebrochen. Seth zog sein blaues Taschentuch hervor und warf es dem Jungen zu, damit er es sich an die Nase halten konnte. »Ich schulde dir was.«

Nick knüllte das Taschentuch zusammen und drückte es auf seine Nase. »Man beleidigt eine Lady nicht«, nuschelte er schüchtern, aber stolz.

»Da hast du wohl recht.« Seth klopfte dem jungen Mann auf die Schulter. »Was zur Hölle hast du hier überhaupt verloren?«

»'Ne Wette«, brachte Nick hervor.

»'Ne Wette. Du bist verdammt noch mal zu alt, um dich

von einer Wette beeinflussen zu lassen.«

Nick wurde rot und vermied seinen Blick.

»Naja, jetzt hast du deine Lektion ja gelernt. Los geh rüber zu Doc Cameron. Lass ihn mal nach deiner Nase schauen. Und dann wasch' dir das Blut ab, damit Mrs. Carter nicht einen Riesenschreck bekommt, wenn sie dich sieht.«

»Danke«, nuschelte der Junge und ging schnellen Schrittes durch die Tür.

Durch das Fenster konnte Seth sehen, wie er die Straße hinuntereilte. Er war immer noch furchtbar wütend. Er ließ eine Münze auf den Tresen fallen, schnappte seine Zeitung und stürmte hinaus. Seth machte zwei Schritte in Richtung seines Pferdes, hielt kurz an und blickte dann die gesamte Straße entlang, als könne er eine verfügbare blonde Rothaarige oder Rotblonde mit blauen Augen und einem überschwänglichen Lachen hervorzaubern, die er dann auf seinen Armen zum Haus des Pfarrers tragen und auf der Stelle heiraten könnte.

Aber er sah lediglich Mrs. Cameron, die Frau des Arztes, die zum Laden ging. Sie hatte die richtige Haarfarbe, oder zumindest fast. Ihre federnden Locken waren rot, aber ohne eine Spur gelb in ihnen. Sie grüßte die braunhaarige Mrs. Cobb, die die Stufen des Ladens fegte. Mrs. Mueller, deren blonde Zöpfe um ihren Kopf herumreichten, trug einen Korb voll frischer Brotlaibe in Richtung des Ladens. Alle waren verheiratet. Nicht ein einziges unverheiratetes Mädchen, oder eine alte Jungfer in Sicht.

Die spöttischen Rufe der Männer klangen immer noch in seinen Ohren und er umklammerte seine Zeitung fest mit seinen Fingern. Das gefaltete Papier der Zeitung erinnerte ihn an die Anzeige für Versandbräute. Sein Bauch tat ihm immer noch weh von dem Schlag, den er von McCurdy hatte einstecken müssen, aber er ließ sich von dem Schmerz nicht abhalten.

Er ging schnell um die Ecke, sodass er von den Fenstern des Saloons aus nicht mehr gesehen werden konnte, öffnete den *Billings Herald* und blätterte durch die Seiten, bis er die Anzeige, nach der er suchte, gefunden hatte.

AGENTUR VERSANDBRÄUTE DES WESTENS
SUCHT JUNGGESELLEN MIT GUTEM RUF
FÜR QUALITÄTSBRÄUTE MIT GUTEN
KOCH- UND HAUSHALTSKENNTNISSEN

Eigenes Haus und Mittel zum Unterhalt für die
Ehefrau sind ein Muss. Charakterzeugnis erforderlich,
bevorzugt von Ihrem Pfarrer, oder einer anderen
Person guten Rufs, die Ihren Charakter beurteilen kann.
Machen Sie in Ihrer Antwort Angaben zu Ihrem Aussehen,
Ihrem Standort, Ihrem Bildungsstand, Beruf und Haus
sowie zu Ihren Anforderungen an eine Ehefrau.
50,00 $ für Agenturgebühren und Zugfahrkarte

In der Anzeige standen weitere Angaben, wie die Informationen und Anforderungen an Mrs. Seymour in St. Louis zu schicken wären. Seth musste die Worte mehrmals lesen, bevor er die Informationen in seinem Kopf verarbeiten konnte. Er faltete die Zeitung, bis die Anzeige obenauf war.

Ich mach das doch nicht wirklich, oder?

Nach einer Frau zu schicken, die er nicht kannte. Und sie dann zu heiraten. Was wäre denn, wenn sie ein Hausdrachen ist? Dann wäre er für den Rest seines Lebens an sie gebunden – was für ein schreckliches Leben.

Seth dachte an seinen Traum, Lucy Belle zu heiraten. Wie er sich ausgemalt hatte, dass sie Licht in sein dunkles, einsames Leben bringen würde. War es wirklich so offensichtlich, dass er sie wollte? Ihm schauderte bei dem Gedanken, dass er Gegenstand von Mitleid und Gespött der ganzen Stadt – oder Lucy Belles Mitleid oder Gespött –

gewesen sein könnte. Bei dem Gedanken wurden seine Ohrenspitzen ganz heiß.

Die Hitze stieg in sein Gesicht, breitete sich über Hals und Brust aus, brannte bis hinunter in seine Beine und machte ihm ein Feuer unter dem Hintern, sodass er schnellstens zur Pferdetränke marschierte. Er spritzte sich Wasser ins Gesicht, um den Gestank von Rauch und Whiskey abzuspülen. Er schüttelte die Hände trocken und überquerte die Straße auf dem Weg zur weißen Kirche.

Mitten am Tage und unter der Woche nahm er an, dass Reverend Norton zuhause oder in seinem Arbeitszimmer sei, er hoffte es zumindest. Wäre der Pfarrer unterwegs bei Hausbesuchen in seiner Gemeinde, müsste Seth wohl warten. Und wenn er warten müsste, hätte er ja Zeit, um nachzudenken und beim Grübeln kämen ihm sicher Bedenken. Nein, er warf alle Bedenken über Bord.

Er ging um die Kirche herum zum kleinen Pfarrhaus und klopfte an.

Mrs. Norton öffnete ihm. Ihr braunes Haar, das von grauen Strähnen durchzogen war, war in einem festen Dutt nach hinten gebunden. Sie trug ein schlichtes, blaues Kleid und war somit der wohl drastischste Gegensatz zu Lucy Belles Garderobe.

Er zuckte beim Gedanken an Lucy Belle zusammen. *Wie lange dauert es wohl, bis ich sie mir aus dem Kopf schlage?*

Mrs. Norton hieß ihn mit einem Lächeln willkommen. »Mr. Flanigan, kommen Sie doch herein. Reverend Norton ist in seinem Arbeitszimmer. Er schreibt gerade die Sonntagspredigt.«

»Ich will ihn nicht stören, Ma'am.«

»Mr. Norton ist an Unterbrechungen gewöhnt. Er behauptet sogar, dass er dadurch neue Ideen für die Predigt erhält.«

Seth dachte zurück an die Rauferei im Saloon. Er würde

sehr wohl ein Thema abgeben für die Predigt. Aber wahrscheinlich nicht etwas, was der gute Pfarrer eigentlich meinte.

Mrs. Norton bat ihn herein.

Als Seth durch die Tür trat, hoffte er inständig, die Pfarrersfrau würde nicht den Geruch des Whiskeys bemerken, der in sein Hemd eingezogen war.

Wenn sie es bemerkt hatte, so ließ sie es sich aus Höflichkeit nicht anmerken.

Sie gingen den kurzen Flur entlang zum Arbeitszimmer. Der Duft von angebratenem Fleisch und etwas Süßem, Kuchen vielleicht, lag in der Luft und erinnerte Seth daran, dass er heute noch nicht viel gegessen hatte. Er war viel zu sehr mit seinem geplanten Heiratsantrag beschäftigt gewesen, als dass er an Essen hätte denken können. Das Haus der Nortons war kleiner als seins, aber hatte die häusliche Wärme, die Seth sich so sehr für sein eigenes Heim wünschte – und die er sich von einem Leben mit Lucy Belle erhofft hatte. Seine Bauchschmerzen waren dieses Mal nicht körperlich. *Denk nicht mehr an sie*, sagte er sich. *Sie gehört nun zu einem Anderen. Bald habe ich eine Ehefrau ... eine Andere, als ich mir erträumt hatte, aber dennoch eine Ehefrau.*

Nach einem sachten Klopfen, öffnete Mrs. Norton die Tür. »Mr. Norton, Mr. Flanigan ist hier, um dich zu sehen.«

»Kommen Sie herein«, erklang die Stimme des Pfarrers. Er hatte ein strenges Gesicht und sein Haar und sein Bart waren mehr weiß als braun. »Ich komme bei meiner Predigt gerade sowieso nicht voran. Ein wenig Abstand von meinen Worten ist vielleicht genau das, was ich gerade brauche.«

Seth brachte ein Lächeln hervor. »Mrs. Norton sagt, ich könnte Ihnen vielleicht behilflich sein.« Seth hob einen Stapel Bücher von einem der Stühle und setzte sich. Dabei versuchte er, nicht zusammen zu zucken wegen seiner schmerzenden Bauchmuskeln.

Der Pfarrer brachte seinen Stuhl auf die andere Seite des Schreibtisches, der mit Papier bedeckt war. Er war Seth so nah, dass sich ihre Knie beinahe berührten, und sah ihn mit seinen stechenden blauen Augen an. »Wir haben ja nicht so oft die Ehre, Sie in der Kirche zu sehen.«

Seth wäre beinahe in seinem Stuhl hin und her gerutscht, wie ein Junge, der etwas ausgefressen hat. »Ich weiß.«

Der Pfarrer blickte ihn streng an. »Sie leben ja nicht nah genug, um es im Winter sinnvollerweise in die Kirche zu schaffen. Aber ich würde Sie gerne das restliche Jahr über öfter sehen.«

»Ja, Sir.«

»Also, womit kann ich Ihnen behilflich sein?«

Seth zögerte einen Moment, hielt dem Pfarrer dann aber die Zeitung hin und deutete mit dem Zeigefinger auf die Anzeige für die Versandbräute.

Reverend Norton nahm die Zeitung und las ohne zu zögern die Anzeige. Seine Mundwinkel zuckten, er behielt jedoch seinen würdevollen Gesichtsausdruck. Als er mit dem Lesen fertig war, hob er den Kopf und schenkte Seth einen nachdenklichen Blick. »Ich glaube, eine gute christliche Frau ist genau das, was Sie brauchen.«

»Wirklich?« Seth begann zu hoffen, dass der Reverend seinem Anliegen positiv gegenüber stünde.

»Ja, das denke ich«, bestätigte der Pfarrer. »Jedoch gibt es da ein Problem.«

»Und welches?«

»Mrs. …« Er blickte erneut auf die Zeitung. »Mrs. Seymour benötigt ein Zeugnis Ihres guten Charakters von Ihrem Pfarrer. Ich befürchte, da kann ich Ihnen keines geben.«

»Ich verstehe.« Seth blickte herab auf seine Stiefel und fühlte die Scham in sich hochsteigen. *So schlimm bin ich doch aber gar nicht, oder?* Sein Bauch schmerzte und erinnerte ihn, dass er gerade ein Teil einer Rauferei im Saloon gewesen war. *Vielleicht ja doch.*

Er wollte gerade aufstehen, aber der Pfarrer lehnte sich nach vorne und legte ihm eine Hand auf die Schulter, um ihn davon abzuhalten. »Ich bin bereit, über ein Zeugnis nachzudenken, wenn Sie mir ehrenvoll versprechen, dass Sie in Ihrem Leben einiges ändern werden.«

Seth richtete sich auf. »Bevor Sie etwas sagen, Reverend, lassen Sie mich Ihnen von meinen Plänen berichten.« Er hielt inne und dachte über seine nächsten Worte nach. »Wenn ich ehrlich bin, habe ich zu viel Zeit im Saloon verbracht. Und das habe ich gemacht, weil ich einsam war, so allein auf der Farm … ganz ohne Gesellschaft. Manchmal muss ich einfach raus und unter Leute kommen. Aber im Saloon kann man nur trinken, Karten spielen, mit den Mädchen flirten und Ärger bekommen. Ich habe mir schon geschworen, dass ich keinen Fuß mehr in den Saloon setzen werde, sobald ich verheiratet bin … Das brauche ich gar nicht, wissen Sie. Mir steht der Sinn nicht so nach Alkohol, wie das bei anderen vielleicht der Fall ist. Ich will auch nicht all meine hart verdienten Ersparnisse beim Spiel verlieren.«

Reverend Norton strich sich durch den Bart, mit einem nachdenklichen Ausdruck auf seinem Gesicht. »Das sind hervorragende Neuigkeiten. Aber es ist auch nicht gut, wenn Frauen so lange allein sind, auch mit ihrem Ehemann vor Ort. Frauen müssen Kontakte pflegen, besonders mit anderen Frauen. Da draußen, wo Sie wohnen, da gibt es ja niemanden in der Nähe. Was haben Sie diesbezüglich vor?«

Seth schluckte und versuchte, seine vagen Ideen in Worte zu fassen. »Sonntags geht sie in die Kirche, natürlich nur insoweit es die Arbeit auf der Farm und das Wetter erlauben. Und dann alle geselligen Aktivitäten, die ihr gefallen.«

Der Reverend nickte und lehnte sich entspannt in seinem Stuhl zurück. »Das freut mich zu hören.«

Seths Hoffnung wuchs.

Der Pfarrer hob eine Hand. »Ich werde Sie bitten, etwas damit zu warten, die Ehe zu vollziehen. Geben Sie ihr Zeit, sich an Sie zu gewöhnen und Sie liebzugewinnen.«

Seth schluckte. Diese Idee gefiel ihm ganz und gar nicht. »Wie lange denn?«

»Bis sie den ersten Schritt macht.«

»Das könnte ja ganz schön lange dauern.«

»Sie sind doch ein attraktiver Mann, Mr. Flanigan«, sagte der Pfarrer in einem trockenen Ton. »Wenn Sie sie gut behandeln, ihr den Hof machen, wie eine Frau es verdient, auch wenn Sie dann schon verheiratet sind, dann sollten Sie schnell zu Ihrem gewünschten Ergebnis kommen.«

Es ist schon zu spät, um zu dem Ergebnis zu kommen, das ich mir wünsche.

»Sollen wir gemeinsam beten, dass der Herr Ihnen die richtige Gefährtin senden möge?«

Seth sah sich eigentlich nicht als jemanden, der betete. Naja, damals, als der Blitz in die Scheune eingeschlagen und er beschlossen hatte, erst das Feuer zu löschen, statt zuerst die Pferde herauszulassen …

Da hatte er ziemlich heftig gebetet, den Allmächtigen angerufen, ihm zu helfen, das Feuer in Schach zu halten, bevor es Scheune, Tiere, Wagen, Futter und alles niederbrannte. Und der gute Herr hatte sein Gebet erhört und ihm einen starken Regen geschickt, um die Flammen zu löschen. Er erinnerte sich, wie er sein Gesicht in den Schauer hielt und bis in seine Zehenspitzen von Dank erfüllt war. Er hatte das damals auch gesagt … laut heraus. Danach wachte er wochenlang nachts schweißgebadet auf, geplagt von Alpträumen davon, wie knapp das alles gewesen war – wie er beinahe die falsche Entscheidung getroffen hatte.

Seth dachte angestrengt nach. *Nichts*. Er konnte sich an kein weiteres Gebet seitdem erinnern. Voller Scham merkte er, dass er mehr oder weniger zum Heiden geworden war.

Reverend Norton hatte auf Seths Antwort gewartet, während dieser darüber nachgedacht hatte und dann nickend zustimmte.

Die Männer senkten den Kopf und der Pfarrer betete.

Seth ließ sich von den Worten umspülen und konzentrierte sich auf sein eigenes Gebet, in dem er Gott versprach, ein besserer Mann zu werden. In Stille bat er um Stärke und Geduld, denn der Herr wusste, wie dringend er beides brauchte.

Als Reverend Norton sein Gebet beendet hatte, öffneten beide Männer die Augen und sahen sich an. Seth fühlte sich etwas unwohl – aber auf gute Weise – was die Verbindung anging, die sie gerade geschlossen hatten.

»Es ist immer wichtig, bedeutende Unternehmungen mit einem Gebet zu beginnen«, sagte der Pfarrer mit einem befriedigten Ton. »Nun, gehen Sie doch einfach in die Küche und lassen Sie sich von Mrs. Norton ein Stück Kuchen geben. Ich schreibe Ihnen das Zeugnis während Sie essen.«

Seth stand auf. Nicht einmal der Schmerz in seinem Bauch konnte sein Gefühl der Dankbarkeit dämpfen. »Sie werden es nicht bereuen, diesen Brief geschrieben zu haben, Reverend. Das verspreche ich.«

Das strenge Gesicht des Pfarrers erhellte sich durch sein Lächeln. »Das will ich sehr hoffen, Mr. Flanigan.«

Als Seth das Arbeitszimmer verließ und seiner Nase in die Küche folgte, überkam ihn ein Gefühl der Erleichterung und seine angespannten Muskeln lösten sich. Er hatte erhalten, weswegen er gekommen war. Nun musste er nur noch herausfinden, welche Anforderungen er an eine Ehefrau hatte, denn schließlich hatte er nun einen wichtigen Brief zu schreiben.

Kapitel Drei

Am gleichen Abend saß Seth an seinem Esstisch. Die Petroleumlampe brannte und spendete zusätzliches Licht zum Feuer im Kamin und sein alter Hund Henry schlief zu seinen Füßen. Er hatte sein Geschirr vom Abendessen ans andere Ende des Tisches geschoben, aber der Geruch nach Bohnen und geräuchertem Schinken lag noch in der Luft.

Er starrte auf das leere Blatt Papier vor sich und versuchte seine Vorstellung von einer Ehefrau in Worte zu fassen. Aber immer wieder kam ihm Lucy Belle in den Kopf – er stellte sich vor, wie sie ihm am Tisch gegenüber saß – und sein Herz schmerzte bei dem Gedanken an den geplatzten Traum.

Er nahm seinen Stift und tauchte die Spitze in das Tintenfass. Er war bereit, sich eine Ehefrau zu bestellen.

Sehr geehrte Mrs. Seymour,

mein Name ist Seth Flanigan. Ich bin achtundzwanzig Jahre alt. Ich lebe in Sweetwater Springs, Montana-Territorium, wo die Prärie an die Berge grenzt. Ich bewirtschafte meine eigenen Felder und habe auch eine Herde Rinder auf der Weide.

Seth dachte daran, dass seine Ehefrau sich mit Frank McCurdy als nächstem Nachbarn im Süden herumplagen müsste und dem Einsiedler Chappie Henderson als nächste

Person westlich der Farm – keine anderen Frauen um sie herum. Er fragte sich, ob er sie warnen sollte. Vielleicht würde sie das aber auch erschrecken. Er beschloss, eine taktvolle Andeutung zu machen, die ganze Wahrheit aber erst dann zu berichten, wenn sich seine zukünftige Frau eingelebt hätte. Er tauchte den Stift erneut ein und schrieb noch ein paar Sätze mehr.

Ich habe zwar keine direkten Nachbarn, die eine Frau besuchen könnte, aber ich bin eine Stunde zu Pferd von der Stadt entfernt. Nah genug, um bei gutem Wetter zur Kirche zu gehen und sich anderen sozialen Aktivitäten anzuschließen.

Seth sah sich im Zimmer um und bemerkte zum ersten Mal, wie leer und heruntergekommen alles aussah. Er hatte zwar drei Stühle am Tisch, aber nur einen bequemen Platz vor dem Kamin. Vielleicht sollte er da auch ehrlich sein. Er wollte seine Frau nicht gleich enttäuschen, wenn sie einen Fuß über die Schwelle setzte.

Im Laden von den Cobbs gab es keine Möbel zu kaufen, also konnte er nicht einfach dorthin reiten und welche kaufen. Allein der Gedanke daran, einen Katalog zu durchstöbern, bereitete ihm Kopfschmerzen. Seth fragte sich, ob er vielleicht Phineas O'Reilly einen Besuch in seiner Schreinerei abstatten sollte. Nein. Am besten ließe er seine neue Braut diese Entscheidungen treffen.

Mein Haus ist einfach und braucht die liebevolle Hand einer Frau, hat aber einen wunderschönen Blick auf die Berge. Ich habe nicht viele Möbel und vieles ist heruntergekommen. Aber ich denke, dass eine Frau sich das aussuchen will, was ihr gefällt. Ich habe Geld dafür beiseitegelegt.

Das Haus hat ein großes Zimmer mit Küche und Wohnzimmer und einen offenen Dachboden darüber. Zurzeit gibt es nur ein Schlafzimmer, aber ich habe vor, weitere anzubauen, sollte Gott unseren Bund mit Kindern segnen.

Seth blickte erneut auf die Zeitungsanzeige, um zu sehen,

welche Angaben Mrs. Seymour noch benötigte. Ah, genau, Ausbildung.

Ich wurde in Sweetwater Springs geboren, bin hier aufgewachsen und zur Schule gegangen. Ich lese gerne Bücher über Tiere.

Nun dazu, was er sich vorstellte. Seth dachte zurück an die Situation im Saloon und hatte Schwierigkeiten sich zu erinnern, was er da über seine angebliche zukünftige Braut so alles von sich gegeben hatte. Die Haarfarbe wusste er natürlich. Die hatte McCurdy ihm in den Kopf eingebrannt. Aber was sonst? Er dachte einen Moment lang nach. Er überlegte, ob es wohl zu viel verlangt wäre, nach einer hübschen Frau zu fragen. Aber was hatte er denn eigentlich zu verlieren?

Ich suche nach einer hübschen Frau mittlerer Größe. Ihre Haare sollten zwischen blond und rot sein und sie sollte eine fröhliche Natur haben. Ich hoffe, sie redet gerne, denn ich höre gerne zu. Es wird hier manchmal ziemlich einsam.

Er hielt inne und ein Tropfen Tinte kleckste von der Stiftspitze auf das Papier. Er fluchte und hob den Stift an. Aber nun war es schon passiert. Seth überlegte, ob er noch einmal von vorne anfangen sollte, aber es war ja nicht gesagt, dass es nicht noch einmal passieren würde. Er war einfach nicht daran gewöhnt, Briefe zu schreiben. Er beschloss, weiter zu machen und dachte einen Moment lang nach, was er als nächstes sagen wollte.

Sicherheitshalber entschied Seth, den Rat des Reverend in Bezug auf die ehelichen Pflichten zu erwähnen. Das würde eine potentielle Braut vielleicht beruhigen. Beim Gedanken, solch intime Worte an eine fremde Person zu schreiben, wurde ihm ganz heiß.

Ich verspreche, meiner Frau Zeit zu lassen, bis sie sich an mich und ihr neues Leben gewöhnt hat, bevor es zu ehelichen Beziehungen kommt.

Seth kam nichts Weiteres in den Sinn, was er sagen konnte, also beschloss er, seinen Brief mit einem Versprechen zu beenden.

Ich werde mein Bestes geben, ein guter und liebevoller Ehemann zu sein.

Hochachtungsvoll,

Seth Flanigan

Einen Moment lang starrte Seth auf die Worte, die seine Zukunft prägen sollten und dachte darüber nach, ob er den Brief tatsächlich absenden sollte oder nicht. Dann kamen ihm aber schon wieder McCurdys Spott und die Wette mit Slim in den Sinn.

Er konnte Slim nicht hängen lassen. Seth war ihm noch was schuldig von dem einen Mal, als er zu viel getrunken hatte, um nach Hause zu torkeln – geschweige denn zu reiten. Slim hatte ihn aus dem Saloon befördert, auf sein Pferd Saint gehievt und ihn dann zwei Meilen nach Hause geführt, um Seth in sein eigenes Bett zu befördern. Dann verbrachte Slim die Nacht auf dem Boden bei ihm im Haus. Ja, er schuldete ihm wirklich was.

Er griff langsam nach dem Brief, hob ihn hoch und ärgerte sich über den Tintenklecks. Er versicherte sich, dass die Tinte trocken war und faltete das Papier. Einen Moment lang erlaubte sich Seth ein Fünkchen Hoffnung, dass etwas Gutes aus dieser Anfrage kommen könnte … dass er vielleicht einen Schritt in Richtung Glück gehen würde.

Er atmete langsam aus. *Nein.* Glück ohne Lucy Belle war nicht denkbar. Aber vielleicht könnten er und seine Versandbraut ja eine heimische Zufriedenheit erlangen. Er dachte wieder an seine Träumerei mit Lucy Belle. Eine Ehe mit irgendeiner unbekannten Frau wäre nicht das Gleiche wie das Leben, das er geplant hatte.

Ja, beschloss er, heimische Zufriedenheit wäre etwas, was er sich erhoffen konnte.

Morgen reite ich in die Stadt und sende den Brief ab.

Kapitel Vier

Trudy stieg aus der Straßenbahn aus und ging die Straße entlang bis hin zu dem rot-weißen viktorianischen Haus an der Ecke. Mit einem kleinen Stich Neid in der Brust bewunderte sie die aufwendige Holzverzierung und das Türmchen auf der linken Seite des Gebäudes. Sie hatte schon immer ein Haus mit einem Türmchen gewollt. Sie zweifelte daran, dass es in den Pionierstädten, zu denen sie sich aufmachte, solch feine Häuser gab, und unterdrückte einen Seufzer. *Alle,s nur keine Ein-Raum-Hütte, lieber Gott. Das wäre zu abenteuerlich für mich.*

Rasch ging sie den steinernen Weg zum Haus hinauf, auf die weiße Veranda, auf der Kletterrosen mit gelben Blüten über das Geländer wuchsen, und klopfte an die graue Tür.

Eine junge Frau, ungefähr in ihrem Alter, öffnete. Unter einer weißen Schürze, die einen Fleck auf der Tasche hatte, trug sie einen schwarzen Rock und eine schwarze Hemdbluse. Ihr dunkelblondes Haar war zu einem Dutt gebunden und einige locker gewordene Strähnen umspielten ihr Gesicht. Das Hausmädchen hob die Augenbrauen über ihren blauen Augen an.

Trudy zog die Anzeige aus ihrer Handtasche und reichte ihr den zerfledderten Papierfetzen, den sie vor Monaten aus der Zeitung ausgeschnitten hatte. »Mein Name ist Gertrude Bauer. Ich möchte mich als Versandbraut bewerben.«

Die junge Frau strahlte plötzlich. »Kommen Sie herein.«

Trudy entspannte sich Dank des warmen Empfangs des Hausmädchens merklich.

»Folgen Sie mir bitte in den Salon, ich sage Mrs. Seymour Bescheid, dass Sie hier sind. Mrs. Seymour ist die Inhaberin der Agentur. Möchten Sie vielleicht einen Tee?«

»Tee wäre herrlich, danke sehr.« Trudy folgte dem Hausmädchen in einen doppelten Salon, der etwas größer als der in ihrem Elternhaus war. Der Kamin war gesäumt von zwei Sofas aus braunem Samt und Trudy nahm auf dem ihr nächstgelegenen Platz. Im Kamin brannte ein kleines Feuer und über dem Kaminsims hing eine große ovale Fotografie von einem Mann und einer Frau. Der Mann trug eine Uniform und die Frau ein weißes Kleid. Ein Hochzeitsfoto? Das Kleid mit dem weiten Reifrock war mehr als zwanzig Jahre aus der Mode, was bedeutete, dass das Paar nicht über die Agentur zusammen gefunden haben konnte.

Trudy blickte sich im Zimmer um und bemerkte dabei eine hübsche Glaslampe mit hängendem Perlenbesatz am Schirm, die auf einem Klavier stand. Sie war so mit Annas Hochzeit beschäftigt gewesen, dass sie wochenlang nicht mehr geübt hatte. Es wäre schön, mal wieder zu spielen, solange sie noch die Möglichkeit hätte. Wer weiß, ob sie noch einmal dazu käme, bevor sie St. Louis verlassen würde.

Die Tür auf der anderen Seite des Zimmers öffnete sich und es erschien eine große Frau – eine ältere Version der Braut im Hochzeitsfoto. Sie hatte ein schönes, obgleich gealtertes Gesicht, und war von einer Aura der Autorität umgeben. In ihrem braunen Haar war an der Schläfe eine weiße Strähne sichtbar. Es war in einem einfachen Knoten nach hinten gebunden. Der strenge Schnitt ihres blauen Kleides erinnerte Trudy an eine Militäruniform.

Als die Hausmutter Trudy erblickte, huschte ein überraschter Blick über ihr Gesicht, der sich aber gleich wieder glättete. Sie durchquerte das Zimmer schnellen Schrittes und streckte ihre Hand aus. »Miss Bauer, ich bin Mrs. Seymour.«

Sie gaben sich die Hand und Mrs. Seymour deutete auf die Tür. »Bitte folgen Sie mir in mein Arbeitszimmer. Evelyn wird uns gleich Tee bringen.«

Trudy trat ein. »Oh!«, rief sie, als sie die hellen Fenster im Zimmer, das sich im Türmchen befand, sah. »Ich liebe dieses Zimmer.« Eine gepolsterte Fensterbank aus rotem Samt erstreckte sich über die gesamte Raumlänge. Sie wünschte, sie könnte es sich mit einem Buch auf den Polstern einen Nachmittag lang gemütlich machen.

Mrs. Seymour setzte sich an ihren Schreibtisch aus Walnussholz und bedeutete Trudy, sie solle im Windsor-Stuhl ihr gegenüber Platz nehmen. Als Trudy zum Stuhl hinüber ging, konnte sie einen Blick auf eine Fotografie auf dem Schreibtisch erhaschen. Darauf war der gleiche Mann abgebildet, wie in dem Porträt über dem Kamin im Salon, obwohl er in diesem Bild älter war und eine deutlich aufwendigere Uniform mit mehreren Medaillen trug.

Mrs. Seymour musterte Trudy mit ihren klugen Augen. Sie zog ein großes Buch hervor, nahm ihren Stift und tauchte ihn in ein apfelförmiges Tintenfass. »Lassen Sie mich Ihnen ein paar Fragen stellen, Miss Bauer, bevor ich Ihnen erläutere, was die Agentur zu bieten hat.«

»Ja, Ma'am.« Trudy war plötzlich nervös und umklammerte ihre Hände im Schoß, wo Mrs. Seymour sie nicht sehen konnte.

Die Hausmutter stellte ihr Fragen über ihr Alter, ihre Ausbildung, ihre Familie, Kenntnisse im Haushalt, Talente und danach, was sich Trudy als Charaktereigenschaften in einem Ehemann wünschte. Sie machte dabei Notizen. Als Trudy ihr sagte, sie sehne sich nach einem neuen Ort und nach Abenteuern, zog Mrs. Seymour die Augenbrauen hoch. »Das ist ungewöhnlich«, sagte sie. »Die meisten Frauen sehnen sich nach Beständigkeit und lassen sich auf einen Mann ein, der sie unterstützen kann.«

»Das möchte ich auch«, rief Trudy ein und beugte sich vor. »Aber wenn das alles wäre, wonach ich suchte, dann könnte ich auch hier in St. Louis einen Mann finden. Tatsächlich habe ich genauso einen als Nachbarn.«

»Das war nicht als Kritik gemeint, meine Liebe. Ganz im Gegenteil. Mein Ehemann, Colonel Seymour, war im Westen stationiert.« Ihr Blick wanderte hinüber zu der Fotografie und hielt dort einen Moment inne. »Ich bin so viel ich nur konnte mit ihm gereist. Ich habe mehr Abenteuer erlebt, als so mancher Mann zu seinen Lebzeiten. Es war eine herrliche Zeit, ich vermisse sie sehr.« Sie sah Trudy direkt an. »Wenn Sie ein Leben als Versandbraut wählen, wird das Leben Sie auf die Probe stellen, meine Liebe, in Arten, die Sie sich gar nicht vorstellen können. Sie werden schwere Zeiten erleben und Freude, Sie werden Stärken in sich entdecken und auch Schwächen. Sie werden bleibende Erinnerungen schaffen, die Sie für immer in Ihrem Herzen tragen werden.«

Mit einem Kopfschütteln lehnte sich Mrs. Seymour in ihrem Stuhl zurück. »Nun ja. Das ist *nicht* die Ansprache, die ich normalerweise meinen neuen Bräuten gebe. Ich hoffe, ich habe Sie nicht eingeschüchtert.«

Trudy hüpfte ganz und gar nicht damenhaft in ihrem Stuhl auf. »Nein, gar nicht. Vielen Dank, dass Sie so ehrlich mit mir sind … und dafür, dass Sie verstehen, wonach ich mich sehne. Ich glaube Versandbräute des Westens ist die richtige Agentur für mich.«

Mrs. Seymour schob ihr Buch beiseite und tippte auf den ledernen Ordner darunter. »Ich habe mehrere potentielle Ehemänner, die Ihren Anforderungen entsprächen.

Allerdings --« Die Augen der Hausmutter funkelten und ihr erfreutes Lächeln ließ sie wie ein junges Mädchen erscheinen. »Passen Sie perfekt auf die Anforderungen eines Mannes in Sweetwater Springs, Montana-Territorium. Ich habe gerade heute seinen Brief erhalten. Ich war ganz überrascht, als ich Sie heute gesehen habe.«

Aufregung machte sich wie Schmetterlinge in Trudys Bauch breit. *Montana-Territorium!*

»Normalerweise zeige ich angehenden Bräuten so früh noch keine Briefe der Männer. Aber bei Ihnen habe ich ein gutes Gefühl. Die übliche Vorgehensweise ist, dass ich von meinen Bräuten verlange, dass sie hier einziehen, damit ich mindestens zwei Wochen lang die häuslichen Fertigkeiten beurteilen kann und ihnen Nachhilfe geben kann, wo es Verbesserungsbedarf gibt. Natürlich kann das Warten auf einen richtigen Kandidaten mehrere Monate dauern. Wird es Ihnen möglich sein, hier zu wohnen?«

»Kann ich weiterhin meinen Vater besuchen?«

»Selbstverständlich. Jeden Tag, wenn Sie das wünschen.«

»Dann bin ich einverstanden hier einzuziehen«, sagte Trudy. Sie war erleichtert, dass sie nicht ihre letzten wertvollen Tage mit ihrem Vater einbüßen musste.

»Gut. An ihrem feinen Kleid merke ich schon, dass Sie keines meiner günstigeren Quartiere unter dem Dach benötigen. Ich habe einen Schlafsaal, den Sie sich mit fünf anderen angehenden Bräuten teilen können, oder teurere Einzelzimmer. Sie haben im Schlafsaal vielleicht etwas weniger Privatsphäre, aber dafür können Sie sich mit den anderen Frauen anfreunden. Es kommt oft vor, dass die Bräute hier tiefe Freundschaften aufbauen und über die Jahre hinweg miteinander in Kontakt bleiben. Kein anderer kann sich so gut in die Aufregung und Schwierigkeiten, die es mit sich bringt, eine Versandbraut zu werden, hineinversetzen, als eine andere Braut.«

Trudy gefiel die Idee, mit anderen Frauen in einem Raum zusammen zu leben. All ihre Freundinnen waren schon lange verheiratet und hatten ihre Familien. Sie hatten kaum mehr Zeit für Trudy. »Ich nehme den Schlafsaal.«

»Ausgezeichnet.« Die Hausmutter nahm einen Brief in die Hand. »Ich kann nicht zwei Wochen warten, bis ich Ihnen diesen und zwei andere Briefe zeige. Ich vertraue auf meinen Instinkt, der mir sagt, dass Sie die häuslichen Fertigkeiten besitzen, wie Sie berichten, und dass diese zwei Wochen der Beobachtung eine reine Formalität sein werden. Ich benötige aber noch ein Charakterzeugnis von Ihrem Pfarrer.«

»Das ist kein Problem.« Trudys Hände entspannten sich. »Ich glaube, ich kann keine zwei Wochen warten, um mehr über den Mann in Montana zu erfahren. Darf ich seinen Brief lesen?«

Die Hausmutter nickte. »Mr. Seth Flanigan hat einen höchst ungewöhnlichen Brief geschrieben. Er sagt, er ist bereit, sich beim Vollzug der Ehe nach der Hochzeit zurück zu halten. Es ist natürlich eine meiner Vorgaben, dass die von meinen Bräuten ausgewählten Ehemänner einen Monat warten müssen, bevor sie die Erfüllung der ehelichen Pflichten erwarten, damit ihre Ehefrauen die Möglichkeit haben, Gefühle zu entwickeln und sich an ihr neues Leben zu gewöhnen. Aber es ist ungewöhnlich, dass ein potentieller Ehemann freiwillig Zurückhaltung vorschlägt. Dieser Mann schrieb, er würde warten, bis seine Frau sich bereit fühlt, und ich muss Ihnen nicht sagen, dass das mitunter länger dauert, als der von mir vorgeschriebene Monat.«

Trudy fand, das sei ein vernünftiger Plan. In ihrem Alter war ihr schon etwas bewusster, was zwischen Eheleuten geschah, als einem unerfahrenen Mädchen. Tatsächlich hatte sie mit Anna besprochen, was in deren Hochzeitsnacht geschehen würde. Auch wenn Trudy sich vorgenommen hatte, eine Versandbraut zu werden, so hatte sie den Gedanken daran vermieden, sich einem Mann zu dessen Vergnügen hingeben zu müssen. Ein notwendiges Übel, hatte ihre Haushälterin vor vielen Jahren einmal zu ihr gesagt, als sie über den Ehevollzug sprachen. Für sie klang das ganze Vorgehen unangenehm. *Oh ja. Eine Weile zu warten, wäre sicherlich gut.*

Mrs. Seymour öffnete den Ordner und blätterte suchend darin, während sie von der Schönheit des Montana-Territoriums sprach. Sie zog zwei Seiten gefalteten Papiers heraus. »Das ist das Charakterzeugnis von Mr. Flanigans Pfarrer --«, sie blickte auf die Unterschrift »-- Reverend Norton«

Trudy gefiel, was sie über Seth Flanigan hörte. »Darf ich?« Sie streckte ihre Hand nach dem Brief aus. Ihr Herz pochte und sie musste kurz innehalten, bevor sie ihn zu lesen begann. *Was auf diesem Papier steht, könnte mein gesamtes Leben verändern.*

»Lesen Sie ihn und ich gebe Ihnen die Korrespondenz der zwei anderen Männer, die mir vorschweben. Es ist schön, eine Auswahl zu haben, finden Sie nicht? Manche meiner Bräute haben nicht so viel Glück.«

Trudy holte tief Luft und begann langsam, den Brief zu lesen, und versuchte, die Informationen aufzunehmen. Ihr Herz schlug wie verrückt und sie hatte ein banges Gefühl im Bauch, was ihr das Entziffern der Sätze erschwerte, sodass sie immer wieder anhalten, und von vorne beginnen musste. Auch wenn Seth Flanigans Handschrift Trudys strenger Gouvernante wohl nicht ausgereicht hätte – sie hatte auf perfekte Schreibschrift bestanden – so war sie doch stark und ordentlich. Der Tintenklecks auf dem Papier hätte ihm allerdings einen Hieb von Miss Kellys Lineal eingebracht.

Als sie den letzten Satz gelesen hatte, entfuhr ihr ein unerwarteter Seufzer, und sie drückte den Brief an ihr Herz.

»Es klingt perfekt! Berge und Prärie – freie Flächen weit und breit, erhabene Naturschönheit – genau das, was ich mir wünsche.«

Mrs. Seymour blickte sie belustigt an. »Und was sagen Sie zu dem Mann? Oder der Tatsache, dass er Sie beinahe perfekt beschrieben hat? Natürlich weiß ich nicht, ob Sie eine lebhafte Persönlichkeit haben oder gerne reden, aber Sie erscheinen mir doch recht wortgewandt.«

Trudy wurde rot. »Natürlich, das ist auch wichtig.«

Mrs. Seymour beugte sich vor und reichte ihr zwei weitere Briefe. »Diese zwei Männer leben in Orten an der Eisenbahn, so wie Sie es gefordert haben. Wenn Sie einen dieser drei auswählen, werde ich Ihnen erlauben in …« Sie tippte sich mit einem Finger ans Kinn » … zwei Tagen zu antworten. Damit habe ich ein wenig Zeit, Sie zu beobachten. Es sei denn, ich ändere meine Meinung und beschließe, dass Sie Nachhilfe benötigen. Können Sie morgen früh einziehen? Dann können Sie dabei helfen, unser Mittagessen zu kochen und vorzubereiten.«

»Selbstverständlich. Was immer Ihnen am besten passt.«

Mrs. Seymour nickte entschlossen. »Allerdings dürfen Sie keinesfalls den anderen Bräuten erzählen, dass ich für Sie meine zweiwöchige Probezeit-Regel breche. Manche von ihnen … naja, ich sage mal so, sie brauchen mehr Vorbereitung, um den von der Agentur gesetzten Standard zu erreichen. Natürlich sollen Sie nicht lügen … aber sagen Sie nichts über den Zeitrahmen. Sind wir uns einig?«

»Ja, ich stimme Ihnen zu.« Trudy entspannte sich immer mehr und konnte nun die Briefe der anderen Männer einfacher lesen. Einer von ihnen lebte in Ost-Texas. Er hatte zwar versucht, die Gegend einladend zu beschreiben, jedoch hatte Trudy von Jane darüber gehört, einer ehemaligen Klassenkameradin, die mit ihrem Mann dorthin gezogen war, um eine Ranch aufzubauen. Jane war kreuzunglücklich in dieser heißen, staubigen Gegend. Und auch wenn es für Trudy erträglich gewesen wäre, wenn sie in der Nähe ihrer Freundin wäre, so lebte der Mann nicht in der Nähe von Jane. *Ein deutliches Nein.* Trudy legte den Brief wieder auf den Tisch. Der zweite Mann war schon etwas besser. Er beschrieb sich gut, er war Anwalt, wie Trudys Vater. Er hatte eine elegante Handschrift und verwendete gebildete Ausdrücke in seinem Anschreiben. Jedoch hatte dieser Mann zwei Töchter und einen Sohn, für die er eine Mutter suchte. Trudy hatte aber bereits ihre Schwestern großgezogen und wünschte sich nun etwas Zeit alleine mit ihrem Ehemann und Zeit für Abenteuer, bevor Babys auf der Bildfläche erschienen. Noch dazu war der Nachname des Mannes Hottenslager. Ihr schauderte. Sie wollte auf keinen Fall ihr Leben lang Mrs. Hottenslager sein. Der Brief landete ebenfalls auf dem Tisch.

Sie nahm den Brief von Seth Flanigan erneut in die Hand und las, was er geschrieben hatte. Dieses Mal war es leichter, die Worte aufzunehmen. Sein Haus war kleiner, als sie sich das erhofft hatte, aber wenigstens war es mehr als nur ein Zimmer und er hatte versprochen, anzubauen. *Mrs. Seth Flanigan. Gertrude Flanigan. Trudy Flanigan.* Sie spielte mit ihrem möglichen neuen Namen herum. Ja, das gefiel ihr. Dieses richtige Gefühl ließ sie aufblicken zu Mrs. Seymour. »Wenn Sie mich annehmen, dann möchte ich diesen Mann.«

Am nächsten Tag brachte Trudy ihre Truhe mit Kleidung und Accessoires zur Agentur. Trudy konnte Mrs. Seymour erfolgreich beweisen, dass sie ihren Ansprüchen gerecht wurde. Sie wusste, wie man Hähnchen goldbraun und knusprig briet, Kartoffeln stampfte, bis kein einziges Klümpchen mehr im Püree zu finden war, Möhrchen so süß glasierte, dass sie wie

Bonbons schmeckten, und einen Apfelkuchen aus einem Korb selber mitgebrachten Äpfeln backte. Dadurch konnte Trudy die Anerkennung der Hausmutter gewinnen.

Auf dem Weg in den Schlafsaal, als Trudy an der Tür des oberen Badezimmers vorbei ging, hörte sie einen markerschütternden Schrei. Sie ging schnell in das Badezimmer und fand das Hausmädchen Evie gegen die Wand gedrückt, einen Putzlappen an sich pressend wie einen Schutzschild. Sie blickte nach oben an die Decke über der Toilette.

»Was ist denn los?«, fragte Trudy.

Evie blickte sie an und wurde rot. »Ich habe Angst vor Spinnen.« Sie deutete auf eine dicke, braune Spinne, die an der Decke saß und förmlich darauf wartete, sich auf den Kopf der nächsten Dame herab zu lassen, die unwissend die Toilette benutzte.

Trudy mochte Spinnen auch nicht und bat üblicherweise ihren Vater um Hilfe im Umgang mit den Biestern. Es sei denn er war nicht zuhause, dann musste sie sich selbst darum kümmern.

Aber in diesem reinen Frauenhaushalt gab es keinen edlen Ritter, der gerufen werden konnte, das Biest zu erlegen. Sie nahm mehrere Blatt Toilettenpapier aus der Packung neben dem Waschbecken, kletterte auf die Toilette, griff die Spinne und zerquetschte sie mit den Fingern. Dann ließ sie die Spinnenleiche, in Toilettenpapier eingefaltet, in die Schüssel fallen, zog an der Kette und spülte sie herunter. »So, jetzt sind wir in Sicherheit.« Sie lächelte Evie an. »Ich bin froh, dass du sie gesehen hast. Stell dir einmal vor, die wäre auf dir gelandet, während du …«

Evie schüttelte sich. »Es tut mir leid, Miss Bauer. Ich wollte Sie nicht stören.«

»Ach nichts da. Ich bin froh, dass ich helfen konnte. Und nenn mich doch Trudy. Durch dieses Abenteuer, das wir gerade durchgestanden haben, finde ich, sind wir Freunde geworden.«

»Das ist sehr freundlich, Miss Bauer.« Evie richtete sich wieder auf. »Vielen Dank. Ich meine, die meisten anderen Bräute beachten mich nicht einmal, wenn ich um sie herum bin. Viel weniger noch sprechen sie mit mir … und eine *Freundschaft* hat mir noch keine angeboten.«

Trudy zog die Augenbrauen hoch. »Sind wir etwa nicht in Amerika? Das Land, in dem jedermann, und in unserem Fall, jede Frau ihren eigenen Weg gehen kann?«

»Ich bin trotzdem nur ein Hausmädchen«, antwortete Evie sanft.

Trudy stützte die Hände in die Hüfte. »Meine Großeltern sind in dieses Land von Deutschland ausgewandert. Sie waren arme Flickschuster ohne Bildung. Aber sie haben genug Geld zusammengekratzt, um meinen Vater auf die Schule zu schicken, wo er sich mächtig ins Zeug legte. Einer der Vorsitzenden im Trägerverein der Schule gab ihm ein Stipendium, damit er auf die Universität gehen konnte, um Jura zu studieren. Er wurde Anwalt. Wir sind nicht gerade reich, aber es geht uns gut und wir erkennen es an, wenn jemand sich so bemüht wie wir.«

Evie fuhr mit ihrem Finger über den feinen Stoff von Trudys Ärmel. »Ich glaube, du und ich haben eine ganz unterschiedliche Vorstellung von Reichtum.«

»Das mag sein«, lachte Trudy. »Aber wir haben alle Möglichkeiten, Evie. Wir müssen diese nur erkennen, wenn sie unseren Weg kreuzen, damit wir sie ergreifen können.«

Evie nickte und fuhr mit dem Lappen über den Waschbeckenrand. »Oh, da stimme ich voll und ganz zu.«

»Genau deshalb bin ich hier«, sagte Trudy mit festem Ton in der Stimme. »Ich möchte ein anderes Leben.«

»Du bist wirklich selbstbewusst mit deinen Einstellungen. Das bewundere ich sehr.«

Trudy atmete lange aus. »Ich will dir etwas erzählen, was ich noch nie jemandem gesagt habe. Manchmal liege ich nachts wach und habe Angst. Ich riskiere gerade mein gesamtes zukünftiges Glück.« Sie zuckte mit den Schultern und lächelte ihre neue Freundin an. »Aber es steht in der Bibel geschrieben: ›des Morgens ist Freude‹, also lasse ich das Sonnenlicht meine Zweifel wegwaschen.«

Evie nahm vorsichtig Trudys Hand.

Trudy fühlte wie rau die Hände des Hausmädchens von der Arbeit waren.

»Du hast mir viel zum Nachdenken gegeben.« Das Hausmädchen drückte Trudys Hand und ließ sie los. Evie lächelte, als hätte sie ein großes Geheimnis, das sie teilen wollte, besann sich dann aber und wedelte mit dem Lappen Richtung Tür. »Ich glaube, du hast jetzt eine Kochstunde, und ich muss das Bad zu Ende putzen.«

Kapitel Fünf

An diesem Abend saßen die acht angehenden Bräute im Kreis – stickend, häkelnd, strickend oder klöppelnd. Alle bis auf Darcy Russel, die laut aus *Walden: oder ein Leben in den Wäldern* vorlas. Auch wenn Henry David Thoreau nicht Trudys erste Wahl gewesen wäre, so machte Darcys angenehme Stimme das Zuhören zur Freude.

Megan O'Bannon, mit ihrem roten irischen Einschlag, kam freudig hüpfend in den Raum. Sie hatte ihre Fahrkarte erhalten für die Reise nach Battle Mountain, Nevada.

Darcy unterbrach ihre Vorlesung, damit die Bräute Megans Beschreibung folgen konnten, wie sie zu ihrem neuen Zuhause gelangen würde.

Trudy häkelte noch eine Runde an ihrem Spitzendeckchen, das sie für Evie machte, und hörte Megan zu, wie sie von der langen Planwagenfahrt erzählte, die sie nach der Zugfahrt unternehmen musste. Danach folgte noch eine fünfstündige Kutschfahrt von der Stadt bis zum Land ihres neuen Ehemannes. Trudy freute sich zwar über Megans Begeisterung, aber sie war dankbar dafür, dass ihre Reise nach Sweetwater Springs im Vergleich zu Miss O'Bannons Reise recht einfach sein würde.

Megan ließ sich weiter über die Eigenschaften ihres

zukünftigen Mannes aus. »Er sagt, er ist nicht groß, und das ist in Ordnung für mich. Er ist Ire, dünn, mit roten Haaren.« Sie sah sich im Kreis um und lachte. »Vielleicht sieht er ja aus wie mein Bruder.«

Darcy klappte ihr Buch zu und sagte: »Wenigstens ist er nicht fett. Ich würde keinen fetten Ehemann wollen. Meine Eltern wollten, dass ich den Sohn eines Geschäftspartners meines Vaters heirate.« Ihr schauderte. »Sein Bauch ging bis hier.« Sie demonstrierte mit ausgestreckten Armen. »Und er hatte immer feuchte Hände. Seine Berührungen hätte ich niemals ertragen können.«

Ich auch nicht, dachte Trudy. *Ein stämmiger Körperbau ist in Ordnung. Aber keiner dieser Männer, die aussehen, als würden sie jeden Moment ein Kind zur Welt bringen, oder mit einem riesigen Doppelkinn.*

»Ach, ich weiß nicht«, sagte Prudence Crawford mit einem hochnäsigen Ton und hatte dabei einen berechnenden Blick auf ihrem knochigen Gesicht. »Ein fetter Banker käme mir gerade recht. Ein *reicher* fetter Banker. Oder ein reicher, fetter Geschäftsmann.«

Die mollige Bertha Bucholtz meldete sich zu Wort. »Mir wäre ein beleibter Mann recht«, sagte sie mit ihrer frohen Art. »Ein fetter Mann mit gutem Humor. Der würde dann wahrscheinlich gern essen und ihm würde mein Essen schmecken. Ich mag Männer, die gern essen.«

»Das liegt daran, weil du auch fett bist«, sagte Prudence in einem schnippischen Ton. »Du willst einen, der zu dir passt.«

Eine schockierte Stille folgte auf diese Worte.

Berthas fröhliches Gesicht wurde ganz weiß und ihre Lippen begannen zu zittern.

Trudys Rücken versteifte sich. Sie wollte Prudence eine Backpfeife geben. Hätte sie neben dieser Schlange gesessen, hätte sie sie mit ihrer Nadel gestochen. Sie tauschte einen entsetzten Blick mit Darcy und Megan aus, bevor sie sich zu Bertha hinüber lehnte, ihre Hand nahm und sie drückte.

»Dein Ehemann ist ein Glückspilz, meine Liebe. Du bist von uns allen die beste Köchin. Mein Brot ist nicht annähernd so leicht wie die Laibe, die du gestern gemacht hast.«

Heather Stanfords grüne Augen funkelten Prudence genervt an. Sie warf ihren Kopf zurück und eine Locke schwarzen Haares löste sich aus ihrem Dutt. »Mir ist es egal, ob mein Mann arm ist. Ich war mein Leben lang arm. Ich weiß, wie man zurechtkommt. Mir ist es auch egal, ob er fett ist. Ich will einen Mann, der gut zu mir ist und der mich liebt.«

Trudy drehte sich herum, um Prudence den Rücken zuzukehren und schenkte Bertha und Heather ein warmes Lächeln. »Ich habe keinen Zweifel daran, dass eure Ehemänner euch für eure Güte allein lieben werden. Kein Mann will eine Fuchtel.« Tapfer strengte Trudy sich an, Prudence nicht anzusehen und setzte sich wieder gerade hin.

Darcy schenkte Trudy einen anerkennenden Blick. Die dünnen Gesichtszüge der Frau waren nicht auf übliche Weise schön, aber sie war von einem Hauch Eleganz umgeben, der sie attraktiv wirken ließ. Sie hatte feine, blaue Augen mit dunklen Wimpern, aus denen Intelligenz herausblitzte. Sie hatte dickes goldbraunes Haar und einen zarten Hals. »Was wünscht ihr euch denn noch so?«

Evie trat mit einem silbernen Teetablett ein. Sie brachte es zu einem Beistelltisch und stellte die silberne Teekanne, Zucker, Sahne, Tassen und Untertassen sowie zwei Teller mit Keksen, die die Bräute am Nachmittag gebacken hatten, ab.

»Attraktiv!«, rief die dralle Angelina Napolitano mit einem verschmitzten Lächeln und einem fröhlichen Glanz in den Augen.

»Ein wichtiger Mann soll er sein«, sagte Prudence und hob ihr Kinn hochmütig an.

»Ein fleißiger Mann«, sagte Heather Stanford in einem

pragmatischen Ton. Sie setzte mit einer grazilen Bewegung einen Stich in ihre Stickerei. »Ich kann träge Männer nicht ertragen. Oder Eingebildete.«

»Ein sparsamer Mann«, sagte Angelina und schob eine Korkenzieherlocke schwarzen Haares hinter ihr Ohr, die sich aus ihrem Dutt gelöst hatte. »Ich will keinen Mann, der meine Mitgift verschwendet.«

Kathryn Ford schüttelte das Taschentuch, das sie gerade bestickte und sagte: »Er soll zwar sparsam sein, aber ich will, dass er für mich Geld ausgibt. Ich will keinen Geizkragen.« Der Schein der Gaslampe hinter ihr reflektierte die blonden Strähnen in ihrem kastanienbraunen Haar.

»Einer, der interessant ist«, ergänzte Trudy.

»Ein Ehemann, der mich liebt«, sagte Evie von der Zimmerecke aus und umarmte dabei das leere Tablett, das sie wie einen Schild vor sich hielt.

Trudy lächelte sie an. Kurz zuvor hatte das Hausmädchen ihr gestanden, dass sie einen der Briefe der potentiellen Ehemänner aus dem Briefkorb der Agentur genommen hatte und darauf geantwortet hatte. Mrs. Seymour wusste von nichts.

Einige der Frauen blickten irritiert in Evies Richtung. Prudence schenkte dem Hausmädchen einen abschätzigen Blick.

Um die Aufmerksamkeit von Evie weg zu lenken, warf Trudy eine Frage in die Runde: »Macht es euch etwas aus, wenn er schon Kinder hat?«

»Oh ja«, sagte Angelina und faltete die Hände vor ihrer Brust. »Ich kann es kaum abwarten, Mutter zu werden. Meine Familie ist so groß, ich kann mir ein Leben ohne herumtapsende Kinder gar nicht vorstellen.«

Es folgte eine Runde von Jas und Neins auf Angelinas Anmerkung. Etwa die Hälfte der Gruppe fand die Idee, eine Stiefmutter zu werden, gut, die andere nicht.

Unter dem Schutz des Geredes konnte Evie sich aus dem Zimmer schleichen.

Trudy lehnte sich zurück und konzentrierte sich wieder auf ihre Arbeit und folgte der Konversation passiv. Sie wusste schon, was für einen Ehemann sie wollte ... sie hatte schon lange eine Liste in ihrem Kopf und Herzen. Hoffentlich würde Seth Flanigan genau diese Anforderungen erfüllen.

Wenn Mrs. Seymour mir eine Zusage gibt!

Am nächsten Tag hatte Trudy die Erlaubnis von Mrs. Seymour erhalten und saß am Schreibtisch in der Ecke des Salons. Die anderen Bräute waren im Garten hinter dem Haus und hörten sich einen Vortrag eines hutzligen Gärtners an, der sie an einen Gartenzwerg erinnerte. Dieser Brief war so wichtig, dass sie die Möglichkeit haben wollte, ihre Gedanken in aller Ruhe allein zu Papier zu bringen. Sie tauchte ihren Stift in das Tintenfass und begann mit der Einleitung.

Lieber Seth,

Mein Name ist Gertrude Marie Bauer, ich werde aber Trudy genannt. Ich bin 24 Jahre alt und lebe in St. Louis mit meinem Vater, der Anwalt ist. Meine Mutter starb, als ich 19 war. Ich habe zwei jüngere Schwestern, die ich seit dem Tod meiner Mutter großgezogen habe. Die jüngste Schwester hat gerade geheiratet, sodass ich nun mein eigenes Leben frei gestalten kann.

Sie starrte aus den von Samtvorhängen gesäumten bunten Glasfenstern, ohne dabei wirklich etwas zu sehen und dachte dabei darüber nach, ob sie noch mehr über ihre Schwestern schreiben sollte. Nach einigen Minuten des Nachdenkens, beschloss Trudy, den Mann nicht mit zu vielen Details zu überwältigen.

Ich passe sehr genau auf Ihre Beschreibung. Ich habe rotblondes Haar und blaue Augen, bin mittelgroß und habe eine durchschnittliche Figur.

Die Entscheidung, was sie ihrem potentiellen zukünftigen Ehemann schreiben sollte, fiel ihr schwerer, als sie gedacht hatte. Sie atmete tief ein, um sich zu beruhigen und bemerkte dabei den Duft nach getrockneten Rosenblüten in der Glasschale auf dem äußeren Ende des Tischs.

Sie fragen sich vielleicht, warum ich mich dazu entschlossen habe, eine Versandbraut zu werden. Vielleicht wundern Sie sich, ob ich hier in St. Louis keinen passenden Partner finden konnte. Ich hatte mehrere Verehrer, aber entschied mich gegen sie, da ich vom Leben mehr wollte, als diese mir bieten konnten.

Sie machte eine Pause und fragte sich, ob Seth Flanigan vielleicht eine konventionellere, weniger abenteuerliche Braut suchte. Sie dachte etwas nach und beschloss, ihm die Wahrheit über sich zu schreiben, damit er es sich im Zweifelsfall noch anders überlegen konnte. Dieser Gedanke versetzte Trudys Herz einen Stich. Sie bemerkte, dass sie sich schon sehr auf die Idee eingestellt hatte, diesen bestimmten Mann zu heiraten. Eine Abfuhr würde wehtun.

Ich sehne mich nach einem neuen Leben, einem Leben in der Natur mit Abenteuern.

Trudy tippte sich an ihr Kinn und überlegte, was sie ihm noch schreiben könnte. Ihre Geschichte, Persönlichkeit, Hoffnungen und Träume in nur einem wichtigen Brief zusammenzufassen war eine schwere Aufgabe.

Als ich jünger war, hatten meine Schwestern und ich eine Gouvernante. Danach besuchte ich die Oakmoss Ladies Academy. Leider wurden in dieser Schule hauptsächlich damenhafte Dinge gelehrt und weniger tatsächliche Schulfächer. Mein Vater bestand aber darauf, dass wir auch Privatunterricht bekamen. Ich habe einige Bücher zu verschiedenen Themen, die ich dann auch mitbringen werde.

Meine Eltern bestanden auch darauf, dass sich ihre Töchter gut in Haushaltsdingen auskennen. Ich bin daher eine gute Köchin und

47

Haushälterin. Ich liebe Gartenarbeit. Aber besonders talentiert bin ich in der Handarbeit und werde eine große, gut gefüllte Aussteuertruhe mitbringen.

Über die letzten vier Jahre hat mein Vater einer wunderbaren Frau den Hof gemacht. Seine Auserkorene hat geduldig darauf gewartet, bis alle seine Töchter aus dem Nest waren. Wenn ich das Haus verlasse, können die beiden endlich heiraten.

Trudy blickte auf die Gipsbüste von Pauline Bonaparte, Napoleons Schwester, die auf einer eckigen Säule in der Nische des Raumes stand und hoffte auf etwas Inspiration. Sie beschloss, den Brief so zu beenden wie er.

Ihr Brief hat mich darauf gespannt gemacht, Sie kennen zu lernen und unser neues Leben gemeinsam zu beginnen. Ich verspreche, Ihnen eine gute und liebevolle Ehefrau zu sein.

Hochachtungsvoll,

Trudy Bauer

Nachdem sie die Tinte trocken geblasen hatte, faltete sie das Papier und saß einen Moment lang da und stellte sich die Reise vor, auf die sich der Brief nun begeben würde auf seinem Weg von St. Louis nach Sweetwater Springs, bis er in den Händen von Mr. Seth Flanigan ankam. Sie fragte sich, wie er sich fühlen würde, wenn er ihre Worte las. Ob er sie noch wollen würde, nachdem er gelesen hatte, was sie geschrieben hatte. Ob er sich gleich hinsetzen würde, um eine Antwort zu schreiben oder ob er erst darüber nachdenken würde.

Trudy stand auf, ging in den Flur und legte den Brief auf den silbernen Teller. Mrs. Seymour würde Trudys Brief ihrem eigenen an Seth Flanigan beilegen.

Ich werde wie auf glühenden Kohlen sitzen, bis ich seine Antwort erhalte!

Kapitel Sechs

Die Antwort von Mrs. Seymour kam schneller als Seth es
erwartet hatte. Tatsächlich sogar schneller als er sich selbst
darauf vorbereitet hatte. Als er in die Stadt gekommen war
und zum Bahnhof ging, um seine Zeitungen abzuholen, hatte
er nicht erwartet, einen Brief zu erhalten, der mit dem
heutigen Zug angekommen war.

Er ignorierte den neugierigen Blick des Bahnhofswärters,
steckte den Brief in seine Tasche und verließ den Bahnhof.
Dabei versuchte er, den Brief zu vergessen – nicht, dass dies
möglich gewesen wäre. Der elendige Brief brannte ihm auf
dem Weg nach Hause förmlich ein Loch in die Tasche. Er
machte sich an sein Tagwerk, bereitete sein Abendessen zu,
aß es und wusch ab. Jetzt hatte er keine Ausreden mehr, die
Antwort von Mrs. Seymour nicht zu lesen. *Vielleicht hat sie
mich abgelehnt oder kann mir keine passende Frau anbieten.* Seth
wusste nicht so recht, ob er sich bei diesem Gedanken
enttäuscht oder erleichtert fühlen sollte.

Er zündete die Petroleumlampe auf dem Tisch an und
zog sie näher an sich heran. Er zog eine einzelne Seite Papier
aus dem geöffneten Umschlag und einen weiteren Umschlag.
Er faltete das Papier auf und schaute auf die Unterschrift:
Mrs. Seymour. Er las dann den Brief und erfuhr, dass die

Dame eine *solide* Kandidatin für ihn gefunden hatte. *So würde man eher ein Pferd beschreiben als eine Braut*, dachte er. Sie schrieb, dass, wenn sie ihm zusagte, er die Gebühr für die Agentur und die Zugfahrkarte senden könne, oder die Gebühr und Geld für eine Fahrkarte, die sie dann kaufen würde.

Der Brief endete mit einer Vorstellung der zukünftigen Braut mit ein paar Details über sie. Seth konnte diese Informationen kaum aufnehmen, außer die Tatsache, dass sie hübsch sein sollte. Er öffnete den zweiten Umschlag und überflog Trudys Zeilen.

Er ging noch einmal zurück zum Anfang und las den Brief langsam, dachte darüber nach, was die Frau geschrieben hatte und las die Worte noch einmal gründlich durch. Soweit er das beurteilen konnte, klang alles über seine zukünftige Braut, Miss Gertrude Bauer, *solide*. Dieser Gedanke stimmte ihn melancholisch.

Er saß eine Weile da und dachte an Lucy Belle, an Gertrude – Trudy, wie sie genannt werden wollte. Die Frau suchte das Abenteuer ... das könnte zu einem Problem werden. Das Leben eines Farmers war eintönig, gleichförmig, reine harte Arbeit. Einer der Gründe, warum es ihn in den Saloon zog, war, weil er sich nach etwas anderem sehnte.

Seth starrte aus dem Fenster, ohne etwas durch die Dunkelheit erkennen zu können, und doch kannte er das Bergpanorama auswendig. Abenteuer gab es da draußen, für diejenigen, die sie suchten. Vielleicht könnte er ihr Flanigan Falls zeigen, den geheimen Wasserfall, den nur er kannte.

Flanigan Falls. Er hatte sich vorgestellt, wie es wäre Lucy Belle im Sommer dorthin mitzunehmen und sie im Gras unter dem blauen Himmel zu lieben, während das tosende Wasser die Luft mit Geräuschen füllte und feiner Sprühnebel über ihre nackten Körper wehte.

Seine Melancholie nahm deutlichere Formen an. Aber nachdem er sich genug darin gesuhlt hatte, bereitete er sich darauf vor, eine Antwort zu schreiben.

Eine Antwort voller Lügen.

Endlich hielt Trudy den Brief von Seth Flanigan in ihren Händen. *Hat er mich ausgewählt?*

Sie eilte in Mrs. Seymours Salon und war dankbar, dass keine anderen Bräute in der Nähe waren. Ihre Hände zitterten, als sie den Briefumschlag öffnete und ein einzelnes Blatt Papier herauszog. Auf den ersten Blick erkannte sie, dass er nur recht wenig geschrieben hatte in seiner ordentlichen Handschrift. Keine Tintenkleckse, Miss Kelly wäre einverstanden, keine Hiebe mit dem Lineal dieses Mal.

Trudy tadelte sich für ihre albernen Gedanken und machte sich daran, den Brief zu lesen, der ihre Zukunft prägen würde.

Verehrte Miss Bauer,

Ihr Brief hat mich zu einem glücklichen Mann gemacht. Nach dem, was Sie schreiben, scheint es, als passten wir sehr gut zusammen. Ich habe Mrs. Seymour die Mittel für Ihre Reise gesendet. Bitte teilen Sie mir Ihre Reisepläne mit, sodass ich Sie am Bahnhof treffen kann und Sie zu Reverend Norton begleiten kann für unsere Hochzeit.

Ich freue mich auf Ihre Ankunft in Sweetwater Springs und den Anfang unseres gemeinsamen Lebens.

Seth Flanigan

Ihr Herz machte einen Satz, als Trudy klar wurde, dass Mr. Flanigan sie gewählt hatte, so wie sie ihn gewählt hatte. Die Aufregung durchflutete ihren Körper und beinahe wäre sie aufgesprungen und hätte sich wild lachend im Kreis gedreht vor Freude. Natürlich würde sie solch ein ganz und gar nicht damenhaftes Verhalten nicht an den Tag legen.

Sie las Mr. Flanigans Brief erneut. Nach dem zweiten Durchgang bemerkte sie, dass er ihr keine weiteren Angaben zu sich oder seinem Leben gemacht hatte, worüber sie leicht enttäuscht war.

Evie betrat den Raum mit einem Staubwedel in der Hand.

»Evie!« Trudy sprang auf und eilte hinüber zu ihrer Freundin. Sie bugsierte sie weiter in den Raum hinein, sodass keiner sie in der Eingangshalle hören konnte. Ihre Freundin hatte bereits Antwort von ihrem Auserkorenen erhalten und geheime Pläne geschmiedet, zu ihm zu gehen. Sie teilte diese Pläne mit Trudy.

Trudy beugte sich hinüber zu Evie. »Mr. Flanigan hat mir geschrieben«, sagte sie aufgeregt. »Er will mich heiraten!«

Evies Augen wurden ganz groß und sie ließ einen quietschenden Schrei los, den sie schnell unterdrückte »Trudy, das ist wunderbar! Wir werden beide in Montana sein! Vielleicht können wir uns gegenseitig besuchen. Wäre das nicht schön?«

»Oh, das hoffe ich, Evie.« Bereits beim Aussprechen dieser Worte fragte Trudy sich, ob eine solche Reise wohl möglich wäre, insbesondere weil sie die Farm und Ranch zurück lassen müssten. Aber man durfte ja träumen. Genau in diesem Moment bestanden ihre Leben nur aus Träumen. Sie würden allzu schnell in die Realität ihrer neuen Leben eintreten.

Evie legte den Staubwedel auf den Beistelltisch mit der Marmoroberfläche und legte eine Hand über die Tasche in ihrer Schürze. »Ich habe auch Neuigkeiten. Ich war gerade dabei, dich zu suchen.«

»Schieß los!«

»Meine Pläne stehen nun fest. Ich reise morgen ab.«

»Morgen?« Trudy atmete schwer vor Entsetzen. »Oh, Evie, das ist doch viel zu früh, um uns zu verabschieden. Ich hatte gehofft, wir könnten zusammen abreisen.«

Evies Gesichtsausdruck wurde düster. »Oh, Trudy, das wäre so schön gewesen.«

Trudy umarmte Evie, als wolle sie sie an ihrer Seite behalten. »Ich bin doch nur selbstsüchtig. Ich weiß, wie sehr du dich auf die Abreise gefreut hast.« Sie trat einen Schritt zurück und legte sich dramatisch eine Hand an die Stirn. »Ich kann damit leben, dass du nun zu Mr. Holcomb gehörst.«

Evie lachte.

Trudy senkte ihre Hand und griff damit Evies. »Zeit und Distanz können uns nicht entzweien, Evie«, sagte sie in einem entschlossenen Ton.

Evie hatte plötzlich Tränen in den Augen. »Du warst so gut zu mir«, flüsterte sie. »Wir werden für immer Freunde bleiben.«

Trudy drückte ihre Wange auf Evies. »Komme was wolle, wir können uns gegenseitig Trost spenden, indem wir uns Briefe schreiben.«

Kapitel Sieben

Am gleichen Nachmittag war Trudy in ihrem Schlafzimmer zu Hause in ihrem Elternhaus. Sie war über ihre Aussteuertruhe gebeugt. Diese hatte sie von ihren Eltern zu Weihnachten bekommen, als sie sechs Jahre alt war. Sie atmete den Duft der Säckchen mit Zedernholz und Rosenblüten ein, die sie in der Truhe verstaut hatte. Die Truhe war bis zum Rand gefüllt mit den Schätzen jahrelanger feiner Handarbeit, bestickte Kissenbezüge mit gehäkeltem Spitzenbesatz, Leintücher, Handtücher, Babykleidung, einem Nachthemd für die Hochzeitsnacht, das sie heimlich genäht hatte, als Anna ihre Verlobung verkündet hatte und sie wusste, sie würde bald frei sein, selbst zu heiraten.

Sie hob das Nachthemd auf und hielt es sich an. Es war aus feiner Baumwolle gemacht, mit echter Spitze am Kragen und den Ärmeln. Sie stellte sich vor ihren großen, ovalen Spiegel und betrachtete sich. Bald würde sie es für ihren Ehemann tragen. Sie fragte sich, was Seth wohl von ihr darin halten würde. Wie er sie anfassen würde. Der Gedanke daran ließ einen Schauer über ihren Rücken laufen.

Es klopfte an der Tür. Trudy faltete das Nachthemd schnell zusammen und legte es zurück in die Truhe. »Ja, bitte?«

Ihr Vater streckte seinen Kopf durch die Tür. Nachdem er sie gesehen hatte, ging er auf sie zu und hielt an ihrem Himmelbett an. Carl Bauer trug seinen besten Anzug, den er für Annas Hochzeit hatte anfertigen lassen. »Ich habe mit Minerva gesprochen und sie hat meinen Heiratsantrag angenommen.«

»Oh, Papa!« Trudy eilte auf ihn zu und umarmte ihn. »Ich bin so froh.« Sie nahm den bekannten Geruch von Zigarrenrauch an seiner Weste wahr, bevor sie sich aus der Umarmung löste. »Nicht, dass es daran je etwas zu zweifeln gegeben hätte.«

Ihr Vater nestelte an seinem Kragen. »Für einen Mann, der einen Antrag macht, gibt es immer Zweifel, Täubchen.«

»*Ich* hatte nie einen Zweifel, selbst wenn du einen hattest.«

Er lachte. »Nun, wenigstens ist das nun geklärt. Ich will, dass du an unserer Feier teilnehmen kannst. Deswegen halten wir die Zeremonie nächsten Samstag ab, bevor du abreist. Eine einfache Feier.«

Trudy musste plötzlich einen Kloß im Hals herunterschlucken. »Das wäre wunderbar, Papa.«

Er sah sich im Zimmer um.

Trudy folgte seinem Blick und sah dabei ihre rosa Tapete mit dem Rosenmuster, ihr großes Bett, das ihren Großeltern mütterlicherseits gehört hatte und den dazu passenden Sekretär, Kleiderschrank, Schreibtisch und Waschtisch.

Ihr Vater strich sich durch den Bart. »Du sagtest, Seth hätte geschrieben, er hätte nicht viele Möbel. Minerva hat einen vollständig eingerichteten Haushalt. Sie möchte, dass du in der Küche nachsiehst, was du brauchen könntest und dir nimmst, was du willst. Sie möchte, dass du deine Möbel behältst.« Er machte eine breite Geste durch den Raum. »Und nimm alles mit, was du sonst noch aus dem Haus willst. Seth braucht sein Geld nicht dafür auszugeben, dir alles zu kaufen.«

Ein Begeisterungsschwall erfasste Trudy bei dem Gedanken, bekannte Gegenstände mit in ihr neues Heim zu nehmen. »Das Klavier?«

»Wir brauchen keinesfalls zwei. Ich denke, ich kann das Klavier dahin liefern lassen, wo du hingehst. Ich bin froh, dass du eine Stadt an der Eisenbahnlinie gewählt hast. Ich werde für den Versand all deiner Dinge bezahlen, das ist mein Hochzeitsgeschenk an dich.«

Trudy hatte Tränen in den Augen. »Danke, Papa.«

Er räusperte sich. »Ich mache mir Sorgen um dich …«, sagte er mit einem Schulterzucken. »Das ist wohl eines Vaters Last im Leben. Ich hätte vermutlich auch sein können wie die meisten Männer. Ich hätte ein Machtwort sprechen können, was deinen Plan anging, eine Versandbraut zu werden. Ich hätte auch die Ehen deiner Schwestern verhindern können. Hätte Männer für sie auswählen können, die in der Nähe lebten. Aber dein Glück … das Glück deiner Schwestern ist mir wichtiger. Auch wenn es bedeutet, dass ich dich gehen lassen muss, Täubchen.«

»Ich weiß, Papa. Ich bin dir dankbar dafür.«

Er erhob die Hand, um seiner nächsten Aussage mehr Bedeutung zu verleihen. »Die Ehe ist eine ernste moralische und rechtliche Bindung, Gertrude Marie. Normalerweise würde ich niemals zwischen einen Ehemann und seine Frau kommen, nicht einmal bei meinen eigenen Töchtern. Allerdings weißt du nicht, was dich erwartet. Wenn dieser Seth Flanigan ein schlechter Mann ist … ein Trinker, Ehebrecher ist oder dich schlägt, Gott bewahre«, – er schüttelte den Kopf, machte eine Redepause, offensichtlich erschüttert von der Idee –, »dann möchte ich, dass du nach Hause kommst und zwar sofort. Hast du das verstanden? Lass dich nicht von falschem Stolz lenken, denk nicht, dass du mit jemandem zusammen sein musst, der dich zugrunde richtet. Versprich mir das.«

Seine Worte liefen ihr eiskalt den Rücken herunter. »Ich verspreche es dir, Papa.«

»Gut!« Seine Miene entspannte sich. Er griff in seine Tasche und zog einen Lederbeutel hervor, den er ihr in die Hand drückte. »Eintausend Dollar. Ich wünschte, ich wäre ein reicher Mann und könnte dir mehr geben.«

Ihre Finger umschlossen den Beutel. »Papa! Das musst du doch nicht machen.«

Er schüttelte den Kopf. »Doch, das muss ich, meine Tochter. Ich habe deinen Schwestern jeweils den gleichen Betrag gegeben. Allerdings ist eins anders. Ich gebe dir fünfzig Dollar zusätzlich. Was auch immer geschieht, ich möchte, dass du dir stets das Geld für eine Fahrkarte beiseitelegst, versteckt vor Seth. Ich will, dass du die Möglichkeit hast, zu gehen, wenn du das musst.«

Aus Angst umklammerte sie den Beutel fest und musste sich zwingen nicht den Gedanken nachzugehen, gefangen zu sein mit einem schrecklichen Ehemann. »Das werde ich, Papa. Ich werde stets fünfzig Dollar beiseitelegen. Aber …« Sie versuchte ungezwungen zu klingen. »Wenn sich nach ein paar Jahren herausstellt, dass Seth ein guter Mann ist, möchte ich, dass dieses Versprechen aufgehoben wird.«

Seine ernste Miene hellte sich auf. »Zwei Jahre, meine Tochter.«

»Zwei Jahre«, wiederholte Trudy nickend.

Er griff in seine andere Tasche. »Hier ist noch etwas.« Er zog die Granathalskette und Ohrringe ihrer Mutter hervor. »Ich will, dass du diese hier hast. Vor ihrer Hochzeit gab ich Anna das goldene Kreuz deiner Mutter und Lora die Perlenkette.«

»Ich erinnere mich daran, dass sie die Ketten getragen haben, aber bei allem was drum herum los war zu der Zeit, habe ich gar nicht nachgefragt.«

Er drückte ihr den Schmuck in die Hand.

Trudy betrachtete ihre Handfläche. Sie konnte kaum etwas sehen mit den Tränen in ihren Augen. Die goldene Kette hatte einen Anhänger mit facettierten Edelsteinen mit einem großen Stein in der Mitte und rundherum angeordnete kleinere Steine. Die Kette war schon immer ihr Lieblingsstück gewesen. »Ich werde sie tragen und mich an Mama erinnern und an dich denken.«

Ihr Vater schluckte merklich mit glänzenden Augen. Er drückte sie fest an sich. »So, nun mach eine Liste. Ich gehe zum Versandbüro und kümmere mich darum, dass nächste Woche jemand zum Haus kommt, alles in Holzkisten verpackt und vor Ort einlagert.«

»Das klingt nach einer guten Idee.«

»Sie können dann die Kisten am Tag deiner Abreise in den Zug nach Montana einladen.«

Die Genauigkeit seines Plans zu hören, brachte Trudy zum Zittern. Ihre Abreise wurde gerade allzu real. »Ich fange sofort damit an.«

Er nickte ihr kurz zu und verließ den Raum.

Freude stieg in ihr hoch wie Champagnerperlen. Trudy drehte sich im Kreis und drückte dann ihre Hände gegen ihre Brust. Ihr Blick streifte ihren Schreibtisch, sie eilte hinüber, setzte sich und holte Briefpapier, Stift und Tintenfass hervor. Sie sollte Seth lieber Bescheid geben, dass sie einige Dinge mitbringen würde. Sie würde ihm nicht das ganze Ausmaß schildern. Es sollte ja auch eine Überraschung werden.

Trudy hielt eine gusseiserne Pfanne, ein gehäkeltes Spitzendeckchen mit Wellenrand sowie einen Spitzenkragen und −bündchen in der Hand und klopfte an die Tür von Evies Zimmer neben der Küche. Sie hatte gewartet, bis die anderen Bräute beschäftigt waren und Mrs. Seymour in ihrem Büro war, bevor sie sich auf die Suche nach dem Hausmädchen machte. Die zwei Frauen waren gute Freundinnen geworden und verbrachten Zeit miteinander, wann immer es Evies Pflichten zuließen.

Ich werde sie vermissen, wenn sie geht.

Evie öffnete die Tür, ihr Gesicht war ganz rot und angestrengt. Als sie aber Trudy sah, hellte sich ihre Miene auf. »Trudy, komm doch rein.«

Trudy betrat das kleine Zimmer. Das schmale Bett stand unter dem Fenster, von dem man den Rosengang im Garten sehen konnte. Am Fuß des Bettes stand eine orange Holzkiste, vermutlich für Evies Habseligkeiten. Ein paar Nägel in der Wand hatten wohl als Kleiderhaken gedient. Auf dem Bett lag eine geöffnete Reisetasche und daneben mehrere ausgebreitete Kleider – eins aus blauem Samt, eins aus gelbem Serge und ein braunes aus Musselin.

Trudy reichte ihr die Bratpfanne. »Für dich.«

»Wofür?«

»Ein Hochzeitsgeschenk für dich. Ich habe dir ja erzählt, dass mein Vater heiraten wird. Seine Braut hat ihren eigenen Haushalt. Wir haben mehr Bratpfannen, als wir brauchen können, auch wenn ich mehrere nach Sweetwater Springs mitnehme. Ich wollte dir eine geben. Jede Braut sollte etwas für ihre neue Küche haben.«

»Oh, Trudy!« Evie umschlang die Pfanne vor der Brust. »Vielen Dank. Ich werde immer an dich denken, wenn ich darin etwas brate.«

»Solange du dabei nicht das Abendessen von Chance anbrennen lässt. Und denk dran, eine Bratpfanne ist auch eine gute Waffe.«

Evie lachte. »Nicht gegen meinen lieben Chance.« Ihr Ausdruck wurde ernst.

Trudy beugte sich herüber. »Bekommst du kalte Füße? Es ist noch nicht zu spät, es dir anders zu überlegen.«

»Nein, nicht wegen Chance. Ich kann es kaum abwarten, ihn zu heiraten.« Evie setzte sich auf ihr Bett und zog Trudy neben sich. »Mrs. Seymour hält mich heute ganz schön auf Trab, was die Vorbereitungen für die Teerunde angeht, die sie für die Hilfsgesellschaft für Damen für morgen geplant hat.« Evie biss sich auf die Lippe »Sie hat völlig vergessen, dass morgen mein freier Tag ist und braucht mich zum Servieren. Ich fühle mich ganz schrecklich bei dem Gedanken, dass ich sie so hängen lasse.«

»Evie, du solltest ihr die Wahrheit sagen. Ich glaube Mrs. Seymour wird dir vergeben, dass du den Brief genommen hast.«

Evie schüttelte den Kopf. »Das kann ich nicht riskieren. Ich mache mir aber Sorgen wegen der Teerunde. Wäre meine Fahrkarte nicht für morgen ausgestellt, würde ich noch einen weiteren Tag bleiben. Wer wird den Damen den Tee auftragen?«

Trudy schloss Evie in ihre Arme. »Ich werde das machen.«

Evie riss die Augen weit auf. »Oh, nein, das kannst du nicht. Du und die anderen Bräute sollen Tee *trinken*. Du kannst keine *Dienerin* sein.«

Trudy strich Evie eine Haarsträhne aus der Stirn. »Einen Tee zu servieren macht mich nicht zur Dienerin. Und keiner sollte sich zu gut sein, zu dienen. Denk doch an Jesus, der seinen Jüngern die Füße wusch. Ich trage ja nur Tee, Sandwiches und Kuchen auf und schrubbe nicht irgendwem die dreckigen Zehen.«

Evie lachte, ihr Gesicht entspannte sich merklich und der besorgte Blick wich aus ihren Augen.

»Mal davon abgesehen, glaube ich, dass bei Mr. Flanigan auch ich diejenige sein werde, die Tee serviert.«

»Danke, meine liebe Freundin.« Evie drückte Trudys Hand. »Ich danke dir von ganzem Herzen.«

Vor Trudys Augen verschwamm alles. »Sehr gern geschehen.«

»Ich wünschte, du hättest auch einen Ehemann in Y Knot gewählt. Dann könnten wir uns oft sehen.«

Trudy lachte und ihre Tränen verschwanden. »Wir werden uns Briefe schreiben. Und das bringt mich auch schon zu meinem zweiten Geschenk.« Sie reichte Evie ein Päckchen, das in Seidenpapier eingeschlagen war und eine blaue Schleife hatte. »Etwas neues, schönes für dich und dein Haus in Montana, das dein Chance für dich baut.«

Evie lächelte Trudy fröhlich an und öffnete das Päckchen, in dem sich der gehäkelte Spitzenkragen und die Spitzenbündchen sowie die runde Spitzendecke befanden. »Oh Trudy!« Evie fuhr mit der Fingerspitze über die Geschenke. Sie breitete sie auf dem Bett aus und begutachtete die Arbeiten nacheinander bewundernd. »Sie sind wunderschön.«

»Freut mich, dass sie dir gefallen.« Trudy sah das Taschentuch, das sie Evie für ihren Hochzeitstag geliehen hatte. Es lag ausgebreitet auf dem Bett neben dem gelben Kleid. Sie ging hinüber und fuhr mit dem Finger die Spitzenbordüre und die gestickten Blumen in den Ecken nach. Sie berührte die eingestickten Worte, *LIEBE VERSAGT NIE* und vermisste plötzlich ihre Mutter.

Evie legte ihr die Hand auf den Arm und Tränen sammelten sich in ihren Augen. »Du bist eine so enge Freundin geworden. Vielen Dank, dass du mir das Taschentuch deiner Mutter leihst. Ich verspreche dir, es gleich nach meiner Zeremonie zurück zu senden, sodass du es für deine eigene Hochzeit hast.«

Trudy gab ihr einen Kuss auf die Wange. »Ich weiß, du musst dich morgens früh rausschleichen und wir werden nicht mehr reden können, aber ich wünsche dir für deine Ehe alles Glück dieser Erde.«

Dieses Mal kullerten Tränen Evies Wangen hinunter. »Für dich ebenso, meine liebe Trudy. Mögen wir beide die Liebe finden, nach der wir uns sehnen!«

Kapitel Acht

Trudy saß am Sekretär in ihrem Zimmer mit einem Brief von Evie in der Hand. Die beiden hatten ausgemacht, dass Evie ihre Briefe an Trudys Elternhaus senden sollte, statt an die Agentur, für den Fall, dass Mrs. Seymour ihr Übles nachtrug.

Trudy erinnerte sich an den Tag, an dem Evie abgereist war. Sie hatte die Reaktion von Mrs. Seymour nicht gesehen, da sie sich in ihrem Büro eingeschlossen hatte. Die Hausmutter hatte jedoch den Koch informiert und von dort aus verbreitete sich die Neuigkeit wie ein Lauffeuer durch den Haushalt.

Zwei Stunden vor der Teerunde klopfte Trudy an Mrs. Seymours Bürotür und erhielt Einlass. Sollte die Hausmutter verärgert gewesen sein, so zeigte sie es nicht. Mrs. Seymour war hart im Nehmen. Als Soldatenfrau, die schon einige schlimme Zeiten durchgemacht hatte und auch die Gefahren des Wilden Westens kannte, konnte sie die unerwartete Abreise einer Bediensteten nicht aus dem Konzept bringen.

Zu Trudys Erleichterung, nahm Mrs. Seymour ihr Angebot, den Tee zu servieren, an und fragte sie nicht nach Evie. Trudy würde die Hausmutter zwar nicht anlügen, aber sie war über die Aussicht, gestehen zu müssen, dass sie in

Evies Pläne eingeweiht gewesen war, nicht erfreut. Die Teerunde verlief gut mit nur einem schnippischen Kommentar von Prudence über Trudys Rolle als Dienerin.

Seit diesem Tag hielt Trudy Ausschau nach einem Brief von Evie, obwohl sie wusste, dass es dafür eigentlich noch zu früh war. Nun, da sie endlich einen Brief von ihrer Freundin in der Hand hielt, hatte sie Bedenken, ihn zu öffnen. Was wenn Evie unglücklich war?

Und doch konnte sie es nicht mehr aushalten und öffnete den Umschlag vorsichtig mit einem Brieföffner, zog eine einzelne Seite hervor und begann zu lesen.

Meine liebste Trudy,

Wie versprochen, schreibe ich dir noch in der ersten Woche. Ich schreibe den Brief tatsächlich am Tag meiner Ankunft, da ich viel zu aufgeregt bin, um zu lesen oder mich auszuruhen. Mein geliebter Chance Holcomb hat mich heute vom Planwagen abgeholt. Ich gebe zu, mir war bang vor dem Treffen. Als er aber seine Hände um meine Taille legte und mich vom Wagen hob, merkte ich, dass er mein Herz schon gestohlen hatte.

Falls du dich das fragst, mein Chance sieht betörend gut aus, genauso wie ich ihn mir vorgestellt hatte. Sein Blick lässt Schmetterlinge in meinem Bauch fliegen. Obwohl wir nur einige wenige Worte ausgetauscht haben, so fühle ich mich bei ihm sicher und geliebt, auch wenn es noch zu früh ist, um zu erahnen, wie er für mich empfindet.

Bei meiner Ankunft begrüßte er mich mit einer romantischen Anrede, die mich erröten ließ. Er hat auch ein Zimmer reserviert, sodass ich ein Bad nehmen konnte, bevor wir heute im Hotel gemeinsam zu Abend essen. Ich bin schon sehr gespannt auf seine Ranch und darauf, das Haus zu sehen, das er nun für mich zu Ende gebaut hat.

Ich bin gut angekommen, obgleich ich erschöpft und schmutzig bin. Wie Mrs. Seymour zu sagen pflegt, wir müssen das Leben so annehmen, wie es uns gegeben wurde. Ich hoffe, die Situation nach meiner Abreise war nicht allzu schlimm. Bitte grüße mir alle Mädchen lieb,

*insbesondere Heather, Kathryn, Darcy und Angelina, denn sie scheinen
unseren Abenteuergeist zu teilen.*

Ich warte gespannt auf deine Antwort.

Meine Liebe und Gebete ewig

Evie Davenport, bald schon Evie Holcomb

Nachdem sie Evies Brief gelesen hatte, machte sich in ihr
spürbar Erleichterung breit. Dank sei dem Herrn, dass ihre
Freundin gut angekommen war und sie so entzückt war von
ihrem zukünftigen Ehemann. *Ich hoffe, ich werde mit Mr.
Flanigan auch solches Glück haben.*

Sie las den Brief ein zweites Mal und bemerkte, dass Evie
ihr kaum Details gegeben hatte. Sie wollte alles genau wissen!
Trudy nahm sich ihr Briefpapier vor. Sie musste ihre
Freundin necken und sie auffordern, mehr zu erzählen.

Auf dem Weg nach Hause trug Seth Trudys Brief sicher
verwahrt in seiner Westentasche. Er wollte nicht ein einmal,
dass der Brief mit den Zeitungen zusammen in der
Satteltasche war. Er freute sich darauf zu lesen, was sie
geschrieben hatte, und gleichzeitig graute ihm davor. Die
Korrespondenz rückte die Tatsache, dass er eine Fremde
heiraten würde, allzu sehr in die Realität.

Nachdem er sein Pferd Saint versorgt hatte, beeilte er
sich, ins Haus zu gehen. Er schob Holz in den Ofen, bewegte
die Kohlen hin und her, um sie zu entfachen, und hängte
dann seinen Mantel, Schal und Hut an seiner Garderobe
auf. Er zog sich einen Stuhl heran und las Trudys Zeilen. Er
las die erste Seite schnell durch, dann noch einmal
langsamer, um die volle Bedeutung einsinken zu lassen.
Einige Zeilen stachen hervor.

Ich werde am 14. in Sweetwater Springs ankommen.

Seth war sich nicht sicher, ob er schon bereit dafür war, dass sie so schnell in sein Leben kommen würde.

Machen Sie sich keine Sorgen über neue Möbel. Ich werde einige Stücke mitbringen.

Seth überlegte, wie viel Trudy wohl mitbringen würde und wie er es vom Bahnhof zu seinem Haus bringen würde. Würde alles in seinen Wagen passen? Würde er Hilfe beim Be- und Entladen benötigen? Würden ihre Möbelstücke gemeinsam mit ihr ankommen? Vorher? Nachher?

Er knurrte leicht verärgert. Würde er ihr diese Fragen jetzt per Brief stellen, so wäre sie bereits im Zug auf dem Weg nach Sweetwater Springs, bevor der Brief sie erreichte.

Seth verschränkte die Arme hinter seinem Kopf und lehnte sich zurück, um ordentlich nachzudenken. Wenn er den Wagen mit den Möbeln über McCurdys Land fahren würde, könnte es sein, dass der Mann ihm eine unangenehme Szene machen würde. Nicht gerade der nachbarschaftliche Empfang, den er sich für seine Braut vorstellte. Allein der Gedanke an einen solchen Vorfall erfüllte ihn mit Grauen.

Die Zeit war gekommen. Er musste eine Brücke über den Bach auf seinem Land bauen. Er würde ein paar Bäume fällen und die Wurzeln herausziehen müssen. Vorrübergehend würde es ausreichen, ein paar Bretter mit Stützen über den Bach zu legen. Zum Glück wuchs dort nur ein lichtes Pappelwäldchen. Er würde immer noch eine Meile weiter fahren müssen in die Stadt, aber das war besser als die fünf Meilen, die er zur Furt benötigte.

Und auch sicherer. Wenn Mrs. Flanigan ... er stolperte über diesen Titel ... selbst in die Stadt reiten oder fahren wollte, wollte er nicht, dass sie sich mit McCurdy herumplagen musste. Wer weiß schon, was dieser miese Kerl wohl zu ihr sagen würde? Vielleicht lässt er sich darüber aus, wie viel Zeit Seth im Saloon verbrachte ... die Schlägerei ... Lucy Belle.

Seth nahm seinen Hut von der Garderobe und setzte ihn auf. Er klemmte seinen Mantel unter den Arm und verließ das Haus. Er musste eine Straße frei räumen und eine Brücke bauen.

Trudy saß im Arbeitszimmer ihres Vaters. Er hatte das Haus kurz zuvor verlassen und so konnte sie den Brief von Evie ungestört lesen. *In Frieden und ungestört*, ergänzte sie in Gedanken. Alle anderen Zimmer waren entweder von ihren Möbeln befreit oder wurden gerade mit Minervas Dingen gefüllt. Nur am Rückzugsort ihres Vaters war alles noch unberührt und Trudy konnte so tun … oder zumindest versuchen so zu tun, als würde sie nicht am nächsten Tag nach Montana abreisen.

Sie begann eifrig, Evies Worte zu lesen.

Meine liebste Trudy,

Vielen Dank, dass du so schnell zurück geschrieben hast. Ich habe deinen Brief gestern erhalten, Chance hatte ihn mir gebracht, er war in die Stadt gefahren. Es war mein erster Tag alleine auf der Ranch, und ich muss dir gestehen, ich hatte etwas Angst. Das Land ist so riesig, so offen und so anders als St. Louis, wo man an jeder Ecke einen Menschen sieht. Mir wurde mulmig, als ich ihm zusah, wie er davon ritt und langsam hinter dem Horizont als kleiner Punkt verschwand. Aber ich habe es überstanden. Wenn ich so zurückblicke, hatte ich einen sehr friedlichen Tag und war auch recht produktiv. Ich tue mein Bestes, für Chance die beste Ehefrau zu sein.

Ich muss dir sagen, ich habe kichern müssen, als ich deinen ersten Brief gelesen habe. Ich kann deine Stimme durch die Zeilen hören, so als säßest du bei mir. Wie du gewünscht hast, werde ich versuchen, dir so viele Details wie möglich über meinen Ehemann und mein Haus zu berichten.

Chance ist groß, mindestens 1,90 m. Seine hellbraunen Haare fallen ihm immer in die Augen und wenn er keinen Hut trägt, schiebt er sie stets nach hinten. Ich sehne mich schon nach dem Tag, an dem ich mich traue, sie ihm nach hinten zu streichen. Seine grünen Augen sind so ernst, dass ich ihm einfach alles erzählen möchte, und du weißt so gut wie ich, dass ich das niemals tun kann. Das macht mich sehr traurig und ich bereue, dass mein Leben auf diese Lüge aufgebaut ist. Ich fürchte mich vor dem Tag, an dem er herausfindet, wie ich an seine Briefe kam. Er ist gut zu mir und versucht stets, meine Nerven zu beruhigen. (Es scheint, als sei ich die meiste Zeit nervös!) Seine Stimme ist so tief wie der Ozean, den ich nie gesehen habe, und zaubert ein Lächeln auf meine Lippen. Ich freue mich auch schon, mit ihm ein Ehebett zu teilen, wenn der Monat Wartezeit, der von Mrs. Seymour vorgeschrieben ist, vorbei ist. Er ist ein ehrenwerter Mann und bat nur um ein, zwei Küsse.

Mein Haus, das nun fertig gestellt ist, ist sehr hübsch. Es ist natürlich das absolute Gegenteil des viktorianischen Hauses der Agentur, aber es ist das schönste Haus, das ich kenne, weil es unseres ist! Es ist ein typisches Präriehaus aus Ziegeln und Holz. Ich habe einen richtigen Herd, mit dem ich mich leider immer noch nicht gut genug auskenne. Ich beneide dich um all deine schönen Kleinigkeiten und Kisten voll Dekoration und praktischen Dingen. Mein armer Chance hat da eher Pech gehabt mit mir.

Ich muss nun gehen und diesen … Eintopf fertig machen, den ich versuche zuzubereiten, damit Chance etwas zum Essen hat. Ich wünschte du wärst hier, Trudy, und könntest mir Kochen beibringen! In meinem nächsten Brief schreibe ich dir etwas über meine neuen Freunde.

Jetzt ist dein Vater verheiratet und du bist wahrscheinlich bald auf dem Weg nach Sweetwater Springs. Ich kann es kaum abwarten, von deinem neuen Leben zu erfahren. So wie du, will ich all die glorreichen Details von dir hören.

Ich habe dir das zwar in meinem ersten Brief aus Zeitmangel nicht geschrieben, aber nach unserer Hochzeit habe ich dein Taschentuch in den Briefumschlag des Briefs, den ich dir schon geschrieben hatte, gesteckt. Ich will, dass du weißt, wie lieb mir dieses Taschentuch war.

Als ich es bei meiner Hochzeit bei mir trug, fühlte es sich an, als seiest du dabei. Ich habe es zurück geschickt, mit all der Liebe in meinem Herzen und hoffe, du hast es erhalten. Ich warte gespannt auf deinen nächsten Brief.

In Liebe,
Evie Holcomb

Pech gehabt? Wohl kaum! In ihrem nächsten Brief würde Trudy mit ihrer Freundin schimpfen und ihr sagen, dass Mr. Holcomb in Evie eine wunderbare Frau bekommen hatte. Kein Gut auf dieser Welt könnte eine üble oder selbstsüchtige Persönlichkeit wettmachen. *Denk doch nur an den Mann, der Prudence Crawford zur Frau bekommen wird!* Sie musste Evie daran erinnern.

Vielleicht hat Evie Chance sogar davor bewahrt, Prudence zu heiraten. Trudy lachte bei der Vorstellung, auch wenn sie wusste, dass Mrs. Seymour die Frau nicht mit einem Rancher zusammengebracht hätte. *Ich muss das Evie aber so schreiben. Dann fühlt sie sich sicher besser.* Sie musste sie auch daran erinnern, den nächsten Brief nach Sweetwater Springs zu senden und nicht nach St. Louis.

Trudy las den Brief erneut und machte Pausen, um sich anhand der Details vorzustellen, wie Evie ihr neues Leben lebte. Sie kam nicht umhin, ihre Freundin zu beneiden, die einen liebevollen Ehemann und das Glück gefunden hatte. Trudy wünschte sich das auch für sich.

Aber bei dem Risiko, das ich eingehe, wer kann schon sagen, ob mir ähnlich Gutes widerfahren wird.

Kapitel Neun

Seth verbrachte seinen Hochzeitstag damit, vor Trudys Ankunft das Haus in Ordnung zu bringen. Er konnte das Haus zwar nicht weniger heruntergekommen und kahl machen, aber er konnte zumindest die wenigen Möbel, die er besaß, abstauben, den Boden fegen und die Fenster putzen. Während der Arbeit stellte sich Seth vor, das Haus mit Trudys Augen zu sehen, und schämte sich zunehmend. Warum war ihm nicht aufgefallen, dass die Wände gestrichen werden mussten oder dass der Hund einen Teil des Lumpenteppichs, den seine Mutter geknüpft hatte, angekaut hatte.

Je mehr Seth daran arbeitete, desto schlechter fühlte er sich. Er schrubbte jede Oberfläche in der Küche und den geschwärzten Herd, bis alles glänzte. Er konnte das alte Ding kaum wieder erkennen. Gestern hatte er viel Holz gehackt, um damit nicht nur den Herd zu füllen. Er hatte sogar einen Stapel auf der Veranda angelegt, der für eine Woche ausreichen würde.

Er betrachtete die Regale der Speisekammer. Gestern war er in die Stadt gefahren, um Vorräte zu beschaffen. Da die herrische Mrs. Cobb nicht da gewesen war, war Mr. Cobb – der Ladeninhaber – reichlich entspannt gewesen. Er fragte sogar, ob Seth bereits jetzt für den Winter Vorräte anlegte, da er so viel kaufte. Seth befriedigte die Neugierde des Mannes nicht mit einer Antwort.

Jetzt begutachtete er seine Vorräte. Als Vorbereitung auf Trudys Ankunft hatte Seth eine große Menge Bohnen in einem gusseisernen Topf eingeweicht. Im Brotkasten waren zwei Laibe von Mrs. Muellers Brot, ein Weißbrot und ein Vollkornbrot, sowie zwölf Brötchen für ihr erstes gemeinsames Essen. Im Buffetschrank hatte er noch einen Apfelkuchen und eine Hackpastete vom Bäcker. *Hoffentlich war das das letzte Mal, dass ich Brot und Nachtisch kaufen musste.*

In der Speisekammer standen mehrere Gläser Marmelade und eingelegtes Gemüse aus dem Laden. Sie strahlten auf dem Regal in den hellsten Farben neben einem großen Behälter Tee. Säcke aus Stoff und Jute standen auf dem Boden, gefüllt mit Mehl, Reis, Kaffeebohnen, braunem und weißem Zucker, Salz und Bohnen. Im Keller lagerten eine dicke Speckschwarte, ein Topf Rahmbutter, eine große Kanne Milch und ein Dutzend Eier. Es gab auch noch Körbe voll Äpfel, Kartoffeln, Möhren und Pastinaken von der letzten Ernte, wobei diese über den Winter verschrumpelt waren. Auf dem Dachboden hingen mehrere geräucherte Schinken.

Hoffentlich hatte er alles gekauft, was Trudy brauchte und wollte – zumindest für den nächsten Monat. Aber wer weiß schon, was sie in St. Louis so gegessen hatte. *Naja, sie wird schon keinen Hunger leiden müssen.*

Auf dem Dachboden hatte Seth versucht, alles, was so herumgestanden hatte, ordentlich an die Wände zu stellen. Er hob einen Topf mit einem Kaputten Griff auf. Brauchte er den wirklich? Oder die Kiste voller Kleider seiner Mutter? Oder den Porzellanteller mit dem Riss in der Mitte? Sollte er all diese Sachen wegwerfen, oder sollte er Trudy entscheiden lassen, was damit zu tun war?

Schließlich stopfte er alle Gegenstände in eine Truhe in der Ecke.

Er richtete sich ein Lager in der Mitte des Dachbodens ein. *Es würde viel leichter sein, sein Versprechen an Reverend Norton und Trudy zu halten, wenn er nicht im gleichen Bett schliefe.* Seth fragte sich, wie lange er wohl dort oben schlafen musste. Wenn er Glück hätte, wären es nur Tage. Aber Wochen wären wohl wahrscheinlicher. Monate wären ja schon eine echte Bestrafung, und Jahre …

Er stieg vom Dachboden hinab, bevor sich sein Kopf noch weitere schlimme Szenarien ausdenken konnte.

Ein paar Tage zuvor hatte er seine Bettwäsche und all seine Kleidung, abgesehen von seinem Anzug und den Sachen, die er anhatte, zur Mrs. Murphy zum Waschen gebracht. Als er nun dabei war, das Bett in seinem Schlafzimmer zu beziehen, bemerkte er ein Loch in einem der Leintücher. Er wusste sogar, dass das Loch da war. Tatsächlich hatte er es bisher immer so positioniert, dass er nicht mit dem Zeh darin hängen bleiben und den Stoff völlig zerreißen konnte. Aber tagsüber hatte er noch nie an seine Bettwäsche gedacht und dadurch auch vergessen, das Leintuch flicken zu lassen.

Er starrte auf sein Bett und fühlte sich hilflos. Er wünschte, er hätte Mrs. Murphy darum gebeten, das Leintuch zu stopfen. Natürlich hätte sie ihm eine horrende Summe für den Dienst berechnet und Trudy könnte sich mit ihren Handarbeitsfähigkeiten auch kostenlos darum kümmern. Aber das Loch war noch ein weiterer Aspekt, in dem er sich seiner Braut nicht würdig fühlte. Er bedeckte das Leintuch mit einer Wolldecke und einer Patchwork-Decke, die seine Mutter genäht hatte. Als er den Quilt glatt strich, bemerkte er, wie sehr die Farben verblichen waren.

Seth richtete sich auf und zuckte kurz zusammen, so sehr schmerzten ihn seine Muskeln. Er hatte am Vortag im

Garten gearbeitet, Unkraut gejätet und mit der Schaufel alle Hundehaufen von Henry vergraben. Wenigstens nutzte der alte Hund in der Regel den gleichen Ort.

Er grub den Garten um, sodass er bereit war für die Frühlingsaussaat. Eigentlich hätte er sich schon vor einem Monat darum kümmern und schon ein paar Saaten pflanzen sollen … aber er war zu beschäftigt gewesen. Seth rollte seine Schultern und fragte sich, ob es wohl zu früh sei, Trudy darum zu bitten, ihm den Rücken einzureiben. Nach ein paar Sekunden des Nachdenkens, beschloss er, dass es das wohl noch war.

Als er mit dem Haus fertig war, kümmerte er sich um die Scheune. Er mistete die Ställe aus und striegelte die Pferde, bis ihr Fell glänzte. Dann fegte er den Sitz des Wagens. Danach war er dran.

Er ließ sich ein Bad in die enge Zinnwanne ein, rasierte sich, zog seinen Anzug an und fühlte sich dabei seltsam und unwohl in der Kleidung, die er seit der Beerdigung von Dan Palmer nicht mehr getragen hatte. Oder war es bei der Hochzeit von BJ und Lisette gewesen?

Seth stand vor dem kleinen Spiegel seines Waschtisches. Er hoffte, dass er passabel aussah. Nichts an seiner Person würde dafür sorgen, dass eine Frau schnurstracks umdrehen und dem Zug nachlaufen würde, um wieder nach Hause zu fahren. Er passte immer noch in seinen fünf Jahre alten Anzug. Weder Anzug noch Hemd hatten Löcher, Flicken oder Flecken.

Er mochte eine glatte Rasur. Hoffentlich würde es Trudy nichts ausmachen, dass er keinen Schnurr- und Backenbart hatte. Er hatte einen vollen Schopf braunen Haars, das ihm bis zu den Schultern ging. Ihm fehlten keine Zähne. Seine Nase war vielleicht ein wenig zu groß, aber sie passte in sein Gesicht. Seine Augen – die Augen seiner Mutter und nachdem, was sie erzählt hatte, auch die Augen der anderen

Flanigans, ihres Vaters, ihrer Brüder, Schwestern, Nichten und Neffen – waren grau mit einem schwarzen Kreis um die Iris. Ein Blick von ihm konnte Frauen verunsichern. Er hoffte, Trudy würde keine solche Frau sein.

Als er auf seine silberne Taschenuhr blickte, die seinem Vater gehört hatte, sah Seth, dass er noch eine Stunde hatte, bevor er sich in die Stadt aufmachen müsste. Er zog sein Jackett aus und hängte es an die Garderobe, neben seinen alten Strohhut, seinen Cowboyhut und einen gestrickten Schal. Er zog sich einen Stuhl heran und dachte nach. Zum hundertsten Mal ging er seine Liste von Tätigkeiten durch, die er vor Trudys Ankunft erledigt haben wollte, um sicherzugehen, dass er nichts vergessen hatte.

Er zog den Granatring aus seiner Tasche und polierte den Stein mit seinem Ärmel, wobei er melancholisch wurde. Er hatte den Stein ausgewählt, weil Lucy Belle oft rot getragen hatte. Er fragte sich, ob Trudy die Farbe gefallen würde. *Wenigstens wird sie nie erfahren, dass der Ring eigentlich für eine andere Frau gedacht war.*

Seth dachte zurück an die Hochzeit von BJ und Lisette. Da war praktisch die ganze Stadt dabei gewesen, im Gegensatz zu seiner eigenen, wo nur die Nortons anwesend sein würden. Lisettes Schwestern hatten die Kirche mit Blumen geschmückt. *Blumen!* Er sprang auf. Eine Braut brauchte Blumen an ihrem Hochzeitstag.

Er rannte aus dem Haus und störte dabei Henry, der sich rührte und seinem Herrn flugs folgte, um zu sehen, was los war. Draußen blickte Seth sich hastig um und suchte nach Blumen. Im Mai wuchsen nicht viele, zumindest nicht in der Nähe seines Hauses. Er konnte keine sehen, noch nicht einmal Wildblumen.

Er dachte angestrengt nach, welche Blumen wohl um diese Jahreszeit wuchsen und wo er sie finden könnte. Ihm fiel nichts in der Nähe seines Hauses ein und er dachte an die

Stadt. Dabei erinnerte er sich, dass er Rosenknospen gesehen hatte, die über den Zaun beim Haus des Arztes wuchsen. Er müsste wohl zu drastischen Maßnahmen greifen – oder zumindest Mrs. Cameron sein Geheimnis anvertrauen. Er würde schon irgendwie einen Brautstrauß für Trudy bekommen.

Er spannte seine Pferde an und legte eine gefaltete Decke auf den Sitz, um die Bank etwas zu polstern. Zurück am Haus wusch er sich noch einmal die Hände in der Pferdetränke und schnappte sich Jackett und Hut.

Draußen stieg er auf den Wagen und machte sich auf den Weg. Zum ersten Mal fuhr er auf seiner neuen Straße, auch wenn es sich bis zum Bach hin nur um Gras handelte. Er hatte einen Platz für die Brücke ausgesucht, an dem er nur zwei Bäume fällen musste, einen auf jeder Seite des Baches. Die gefällten Pappeln lagen noch da, wo er sie mit seinen Pferden hingeschleppt hatte. Bei der ganzen Farmarbeit, die anstand, hatte er keine Zeit gehabt, die Bäume zu zerkleinern, nachdem er die Brücke gebaut hatte. Er würde noch früh genug dazu kommen.

Sie überquerten die Brücke, die aus stabilen Planken bestand, die mit mehreren Brettern darunter vernagelt waren. Er hörte das Klickediklack der Wagenräder auf dem Holz. Er nahm den Duft von Wasser, grünem Unterholz und Bäumen wahr, als er den Bach überquerte, der von Schmelzwasser angeschwollen war.

Als er sich auf offener Fläche befand, blickte Seth nach rechts – dort sah er blaugraue Berge mit weißen Spitzen in der Ferne. Ein paar dicke Schäfchenwolken zogen über einen tiefblauen Himmel. Er hoffte, Trudy würde dieser Anblick gefallen.

Auf dem Weg in die Stadt hatte er nichts anderes zu tun, als nachzudenken, und dadurch wuchs seine Anspannung. Was wäre, wenn er Trudy nicht mochte? Was, wenn sie ihn nicht mochte? Würden sie dann immer noch heiraten? Was, wenn sie dachten, sie würden einander gut genug mögen, um zu heiraten, und später, wenn es schon zu spät wäre, feststellten, dass sie nicht zusammen passten? Seine Finger umklammerten die Lederzügel fester.

Komme was wolle, ich werde ein guter Ehemann sein. Sie hat versprochen eine gute Ehefrau zu sein. Wir werden schon miteinander zurechtkommen, ohne allzu viele Reibereien.

Er erinnerte sich zurück an das Treffen mit Reverend Norton ... die Macht des Gebets des Pfarrers. Während der Fahrt schickte er noch ein Stoßgebet gen Himmel. »Lieber Gott, mach bitte, dass wir uns mögen. Hilf mir dabei, sie glücklich zu machen.«

Seth vermutete, dass er zufrieden sein würde, wenn seine Frau glücklich wäre. Allein das Gebet an den Allmächtigen auszusprechen, spendete ihm Trost. Seine Nervosität beruhigte sich – nicht völlig, aber genug.

Als er in der Stadt angekommen war, fuhr er direkt zum Haus des Arztes. Seth war der Ansicht, dass sein Haus eines der Schönsten in Sweetwater Springs war, hauptsächlich wegen des schönen Gartens mit den roten Rosen – die meisten von ihnen noch Knospen – die über den weißen Lattenzaun wuchsen. Bäume, deren zarte grüne Blättchen austrieben, spendeten Schatten an beiden Enden des Gartens, und Fliederbüsche blühten in den Ecken. Der Duft des Flieders war so süß, dass Seth überlegte, ob er anstelle von Rosen nach Flieder fragen sollte. Mrs. Cameron würde am besten wissen, was für eine Hochzeit angemessen wäre.

Seth fragte sich kurz, ob er die Eingangstür zum Wohnhaus nehmen oder nach hinten zum Praxiseingang gehen sollte. Da ihm ja nichts fehlte, entschied er sich für den Vordereingang. Er hielt in der Nähe eines Anbindepfostens an und setzte die Bremse.

Er sprang vom Wagen und band die Pferde an, dann

öffnete er das Gartentor und ging den gepflasterten Weg entlang zum Haus. Er mochte es nicht, anderen etwas zu schulden, auch wenn es um etwas so einfaches wie Blumen ging. Aber der gute Beginn seiner Ehe war ihm wichtiger als die Vermeidung des Gefühls, dass er es hasste, um einen Gefallen zu bitten. Er klopfte an die Tür.

Mrs. Cameron öffnete ihm. Sie trug eine Schürze über ihrem Kleid und dem Mehlfleck auf der Nase nach zu urteilen, war Seth sich sicher, dass er sie beim Backen gestört hatte. Ihr lockiges rotes Haar war aus ihrem Haarknoten herausgerutscht und Korkenzieherlocken umspielten ihr Gesicht. Ihre grünen Augen musterten Seth aufmerksam, offensichtlich um herauszufinden, ob er verletzt oder krank war. »Mr. Flanigan, wie kann ich Ihnen helfen?«, fragte sie mit ihrem leichten schottischen Akzent.

Seth nahm seinen Hut ab und hielt ihn in der Hand, während er mit sich haderte, was er ihr wohl sagen sollte. »Ich brauche Blumen, Ma'am«, sprudelte es aus ihm heraus.

Sie blickte ihn aus großen Augen an. »Vielleicht kommen Sie lieber herein und erzählen mir, was los ist.«

Seth hatte noch zwanzig Minuten, bis er am Bahnhof sein musste, um den Zug abzupassen, also ließ er sich von ihr in den Flur leiten, wo es nach frisch gebackenem Brot duftete, und vom Flur bis in den Salon. Im Zimmer standen ein Sofa aus grünem Samt, ein heller Lederarmsessel, von dem er annahm, dass dies der Stuhl des Doktors war, und ihm gegenüber ein Ohrensessel aus braunem Samt. Außer den Möbeln fanden sich in dem Zimmer Glaslampen, Spitzendeckchen, Spitzenvorhänge, ein Teppich mit Rosenmuster, eine grüne Tapete und allerlei Nippes auf dem geschnitzten Kaminsims – all die Dinge, die in seinem Haus fehlten.

Allein in dieses Haus zu kommen, rief bei Seth Scham über sein eigenes hervor. Seth wünschte sich, er hätte früher bemerkt, dass er kein gemütliches Haus für sich selbst eingerichtet hatte, eines in das man voller Stolz eine Braut bringen konnte.

Mrs. Cameron bedeutete ihm, sich auf das Sofa zu setzen und legte dann ein dickes Kissen mit Blumenmuster auf die Seite, damit sie sich in den Ohrensessel setzen konnte. »Möchten Sie einen Tee, Mr. Flanigan?«

»Nein danke, Ma'am.« Er drehte seinen Hut in den Händen und fragte sich, wie er die Unterhaltung beginnen sollte. »Sehen Sie, ich werde heute heiraten. Innerhalb der nächsten Stunde sogar.«

Sie zog die Augenbrauen hoch. »Ich bin mir sicher, ich hätte davon erfahren, wenn Sie einer Dame den Hof gemacht hätten. Wie haben Sie es geschafft, ein solch großes Geheimnis für sich zu behalten?«

Sollte er ihr die Wahrheit erzählen? Als ihm damals eingefallen war, so zu tun, als hätte er eine Braut in Aussicht, hatte er nicht daran gedacht, dass er die Leute anlügen musste. Nun ja, mehr Leute anzulügen als nur die Männer im Saloon. Unaufrichtigkeit konnte er nicht ausstehen. Aber beim Gedanken an die Reaktion der Männer– insbesondere McCurdys – wurde ihm klar, dass er sein Geheimnis, dass er eine Versandbraut bestellt hatte, nicht preisgeben konnte. Er beschloss, so nah an der Wahrheit zu bleiben, wie möglich.

»Meine Braut, Miss Gertrude Bauer, kommt mit dem heutigen Zug in zwanzig Minuten an.« *Wahr.* »Wir standen für einige Zeit per Brief in Kontakt.« Er musste ja nicht erwähnen, dass einige Zeit einen Monat bedeutete. »Wir werden heiraten, sobald sie ankommt.«

»Ich verstehe«, murmelte Mrs. Cameron. »Haben Sie sich denn schon einmal getroffen?«

Seth zögerte. Er blickte in Mrs. Camerons strenge, grüne Augen und konnte einfach nicht lügen. »Nein, Ma'am. Aber es wäre mir recht, wenn Sie das für sich behalten könnten.«

Sie lächelte und zeigte dabei ein paar schiefe Zähne. »Ich verstehe das. Die Ehe ist schon schwierig genug, da braucht man nicht noch unnötiges Getratsche, um Miss Bauers ersten Kontakt mit Sweetwater Springs ... und Ihnen ... noch schwieriger zu machen.«

»Nein, Ma'am«, stimmte er zu und war dankbar für ihr Verständnis. »Miss Bauer ist die Tochter eines Anwaltes, der in St. Louis lebt.«

»Ach. Es wird schön sein, eine weitere gebildete Frau zum Reden zu haben. Ich freue mich schon darauf, sie kennenzulernen.« Sie trommelte sanft mit den Fingern auf der Armlehne und dachte nach. »Bringen Sie sie zuerst hierher, Mr. Flanigan. Aus meiner eigenen Erfahrung kann ich Ihnen sagen, dass Miss Bauer sicherlich dankbar wäre, wenn sie die Möglichkeit hätte, sich frisch zu machen und ihr Hochzeitskleid anzuziehen. Mit dem Zug zu reisen ist schrecklich dreckig und unbequem.«

»Ich danke Ihnen von Herzen, Ma'am. Mrs. Norton hat dies jedoch auch schon angeboten. Ich möchte nur ungern diesen Plan ändern. Vielleicht hat sie schon viel vorbereitet für Trudys, äh, Miss Bauers Ankunft.«

»Natürlich, Mrs. Norton ist sicher vorbereitet.« Mrs. Cameron trommelte noch ein wenig mit den Fingern. »Dr. Cameron hat gerade keine Patienten, obwohl sich das, wie Sie sicher wissen, jederzeit ändern kann. Jedoch möchte ich gerne Ihrer Hochzeit beiwohnen, wenn das für Sie in Ordnung ist. Ich denke, wenn wir dabei sind, verleihen wir der Hochzeit mehr ...« Sie zögerte.

»Glaubwürdigkeit«, ergänzte Seth. »Wir haben dadurch sicher einen besseren Stand in der Gemeinde. Nicht, dass mir das persönlich wichtig wäre, aber Miss Bauer wäre es das vielleicht.«

»Gut.« Mrs. Cameron stand auf. »Sie holen nun besser Ihre Braut ab. Wir treffen Sie an der Kirche *mit* den Blumen.«

Erleichterung und ein Gefühl tiefer Dankbarkeit breiteten sich langsam in Seth aus. Er musste sich räuspern bevor er Mrs. Cameron für ihre Mühen danken konnte.

»Nichts da.« Mrs. Cameron tätschelte ihm die Schulter. »Wann immer wir eine Frau in unserer Stadt willkommen heißen können, profitiert davon die ganze Gemeinde. Ich freue mich darauf, sie kennen zu lernen. Nun gehen Sie los und holen Sie sie ab. Lassen Sie sie nicht warten.«

Kapitel Zehn

Trudy hatte ihren Hut abgesetzt, damit sie sich gegen das Zugfenster lehnen konnte, um zuzusehen, wie die Berge immer näher rückten. Die Landschaft bot alles, was sie sich erhofft hatte, mit dem herrlichen Licht über der weiten Prärie in sattem grün, eingerahmt von einem blauen Himmelsband. Ein Himmel der viel schöner war als der graue, kohlenrauchgesättigte Himmel über St. Louis, den sie ihr Leben lang gesehen hatte. Die grauen Berge stießen ihre schneebedeckten Spitzen in das Blau, an ihren Hängen dichte Wälder. Sie konnte es kaum erwarten aus dem Zug zu steigen, um die Aussicht in ihrer Gänze zu genießen.

Wie aufs Stichwort kam der behäbige Schaffner gerade den Gang entlang und rief: »Sweetwater Springs. Sweetwater Springs.«

Diese Worte ließen Furcht und Vorfreude in ihr aufsteigen. Mit zitternden Händen strich Trudy ihr Haar glatt und setzte ihren praktischen Hut, einen einfachen schwarzen Strohhut mit schmaler Krempe, auf. Sie band die blauen Bänder unter ihrem Kinn und zog den Staubmantel aus, den sie über ihrem blauen, gewalkten Reisekleid getragen hatte.

Sie wischte ihr Gesicht mit einem Taschentuch ab und hoffte, keine Rußspuren vom Rauch und den Ascheteilchen aus dem Schornstein des Zuges auf dem Gesicht zu haben. Um ganz sicher zu gehen, zog sie einen kleinen runden Taschenspiegel aus ihrer Handtasche, um nachzusehen. Soweit sie sehen konnte, sah ihr Gesicht sauber aus, wenn auch blass und müde.

Sie zwickte sich in die Wangen, um ein wenig Farbe zu bekommen, dadurch sah sie schon besser aus. Aber die Röte hielt nicht lange an und Trudy wünschte sich, dass sie nur dieses eine Mal ein wenig Schminke auftragen könne. Nicht so viel, dass sie wie ein Saloon-Mädchen aussah, aber ein kleines bisschen Farbe wäre schön. Sie zuckte mit den Schultern. Es half nichts, sie besaß ja ohnehin keine Kosmetika.

Der Zug hielt ruckartig an. Trudy stand auf und versuchte die Falten aus ihrem Rock zu streichen, aber es wollte nicht klappen. Sie fühlte sich wie ein Lumpenmädchen und das war nicht die Art und Weise, wie sie sich ihrem neuen Ehemann zeigen wollte. Sie schob die Verschlussbänder ihres Beutelchens über ihr Handgelenk und nahm ihre Reisetasche an sich. Der Schaffner griff nach der Tasche und Trudy übergab sie ihm dankbar. Sie war froh, dass sie nicht voll beladen durch den engen Gang navigieren musste.

Auf dem Bahngleis reichte der Schaffner ihr die Tasche. Sie dankte ihm und sah sich dann eifrig nach Seth Flanigan um.

Auf dem Bahngleis war nichts los. Sie war die einzige, die aus dem Zug ausgestiegen war, also musste der Mann im Anzug derjenige sein, der auf sie wartete. Er war groß, aber nicht zu groß mit breiten Schultern und einer schlanken Taille. Zu ihrer Erleichterung stellte Trudy fest, dass sie die Angst einen *fetten Ehemann* zu bekommen, von ihrer Liste streichen konnte.

Seth ging ein paar Schritte auf sie zu, hielt aber in einigem Abstand zu ihr an und zog seinen Hut. Er hatte einen vollen Schopf dunkelbraunes Haar, das ihm bis auf die Schulter reichte, und schöne graue Augen.

Er hat keine Glatze. Sie strich eine weitere Angst von ihrer Liste.

Seth lächelte, jedoch sah er sie dabei zögerlich an.

Er hat all seine Zähne. Perfekt!

»Ich muss gar nicht fragen, ob Sie Miss Trudy Bauer sind. Das merke ich schon an Ihren Haaren und hübschen blauen Augen.«

Trudy wurde rot und freute sich über sein Kompliment. Sie blickte nach unten und dann wieder in sein Gesicht. Seine grauen Augen mit den dunklen Wimpern faszinierten sie. Ein schwarzer Kreis rahmte die rauchige Iris ein – ungewöhnlich, aber anziehend. Sein Gesicht war eher schmal mit einer kräftigen Kinnpartie und einer starken Nase. Sie war begeistert von ihrem attraktiven, zukünftigen Mann und wünschte, sie wäre nicht so erschöpft von der Reise, sodass sie in einem besseren Licht vor ihm erschiene.

Er streckte die Hand aus, um ihre Reisetasche zu nehmen. »Lass mich das tragen.«

Sie reichte ihm die Tasche. Ihre Finger berührten sich und sie konnte sogar durch ihre Handschuhe hindurch seine Wärme spüren, die einen angenehmen Schauer durch ihren Arm laufen ließ.

Trudy konnte nicht umhin, sich zu wünschen, dass Seth ihre Hand geküsst oder sie umarmt hätte … Sie schimpfte mit sich selbst für ihre Enttäuschung. *Wir sind Fremde und in der Öffentlichkeit. Es wird in Zukunft genug Möglichkeiten für solche Gesten geben.*

Aber was ist, wenn nicht? Kann ich mein Leben lang ohne sie leben? Trudy erinnerte sich selbst daran, dass sie in ein Vertragsverhältnis eingetreten war, das aus Notwendigkeit geschlossen worden war und nicht aus Liebe. Sie und Evie hatten von Liebe gesprochen, meist weil ihre Freundin sich die Sicherheit der Wertschätzung ihres Mannes und eine liebevolle Familie über alles wünschte und auch brauchte.

Aber Trudy hatte alles eher pragmatisch gesehen. Bis zu diesem Moment war Trudy noch nicht bewusst geworden, dass ihre praktischen Gründe für eine Heirat vielleicht nicht genug sein würden – dass sie vielleicht mehr von diesem Mann wollte. In ihrem Magen flatterte die Panik wie aufgescheuchte Vögelchen.

Hinter sich hörte sie, wie eine Rampe zum Gepäckwagen geschoben wurde. Ted, der Mann, den ihr Vater beauftragt hatte, mit dem Gepäck zu reisen, stapfte mit einer Holzkiste in den Armen die Rampe hinunter. Er kam zu den beiden hinüber und ließ die Kiste ab, wobei sie nicht besonders sanft aufkam. »Wohin sollen Ihre Sachen, Miss Bauer?«

Trudy blickte an Seth vorbei auf die Straße, wo der Pferdewagen an der Plattform des Depots stand. Zu ihrer Bestürzung stellte Trudy fest, dass ihre Kisten nicht alle in den Wagen passen würden. Nicht einmal in drei Wagen. Sie umklammerte ihr Täschchen. *Oh je! Ich hab das wohl nicht ganz durchdacht.*

Seth deutete auf seinen Wagen. »Da können Sie aufladen.«

Der Mann blickte zwischen Wagen und Seth hin und her und spuckte dann seinen Kautabak auf den Boden neben sich.

Trudy sah angeekelt weg.

»Sie sind der Bräutigam, ja?«

»Der bin ich.«

»Nun ja, die ganzen Kisten Ihrer Braut wer'n nie im Leben in den Wagen pass'n, können Se vergessen.«

Seth zog die Brauen hoch und blickte Trudy belustigt an. »Na, da hast du wohl deine Ankündigung wahr gemacht, dass du mein Haus ausstatten wirst.« Er zuckte mit den Schultern. »Dann fahr ich eben zwei Mal.«

Trudy war erleichtert, dass er nicht wütend war, aber ... »Zwei Fuhren sind vielleicht nicht genug.« Sie zögerte und blickte Seth an, dann die Kiste und dann zum Wagen. »Vielleicht drei ... und dann gibt es da noch...«

»Komm schon, Miss Bauer«, neckte Seth sie. »Spuck es aus.«

»Mein Klavier.«

»Dein Klavier!« Seine Augen waren weit aufgerissen vor Fassungslosigkeit. »Wie zum Henker soll ich denn ein Klavier zu meinem Haus bekommen?« Seth schüttelte den Kopf und rang um Fassung. »Halb so wild. Die Sachen sind alle in Kisten verpackt. Die können hier bis später im Depot bleiben. Ich werde dann eine Lösung für unser Transportproblem finden.«

Sie hörten Geräusche von Stiefelabsätzen und klingenden Sporen und ihre Blicke wanderten vom Gepäckwagen hin zu drei Männern, die die Stufen zum Bahnsteig hinaufstiegen.

Trudy sah, wie ihr Bräutigam sich sichtlich anspannte und seine freie Hand sich zu einer Faust ballte. Sie wusste, dass diese Männer kein willkommener Anblick waren.

Sie sahen genauso aus, wie Groschenromane Cowboys im Wilden Westen beschrieben: Jeans, karierte Hemden, Lederwesten und Hüte – wobei sie genauso gut Farmer oder Kriminelle sein konnten. Mit Besorgnis blickte Trudy auf die tiefgeschnallten Revolvergürtel. Dann schaute sie, ob Seth einen trug – nein, das tat er nicht.

Zwei der Männer hatten Schnurrbärte – der des einen wuchs um den Mund herum nach unten, die Spitzen des anderen waren mit Wachs nach oben gezwirbelt worden. Der gut Aussehende war glatt rasiert, so wie Seth.

Der Mann hakte einen Daumen in seine Hosentasche. »Na, wen haben wir denn hier, Flanigan?« Er schenkte ihr ein attraktives Lächeln, aber musterte sie gleichzeitig mit seinen goldfarbenen Augen.

Zu ihrer Besorgnis wurde Trudy bewusst, dass sie nicht nur einen Mann heiraten würde, sie würde sich auch an die Gegebenheiten der Stadt anpassen müssen. Und wenn die Leute nicht freundlich waren ... Sie dachte an die Geschichten, die sie gelesen hatte und erinnerte sich, dass es auch gefährlich sein konnte ... Plötzlich sehnte sie sich nach dem langweiligen, aber sicheren St. Louis.

Stell dich nicht so an! Trudy schimpfte mit sich selbst. *Du wolltest ein Abenteuer und hier ist es.*

Seth musste einen Fluch runterschlucken. Slim Watts, Jasper Blattnoy und ausgerechnet sein Erzfeind Frank McCurdy.

Slim kam mit seinem o-beinigen Gang lässig herüber zu Seth und klopfte ihm auf den Rücken. »Wir haben dich hier mit einer Frau gesehen und da hab ich gesagt ›Lass uns doch mal rüber gehen und sehen ob ich meine Wet ...‹«

»Miss Bauer, das hier ist Slim Watts«, sagte Seth laut genug, um Slim zu übertönen bei dem, was er gerade verraten wollte. Er warf seinem „Freund" einen *halt-bloß-den-Mund* Blick zu. »Meine Verlobte, Miss Bauer.«

Slim schenkte Trudy ein zahnlückiges Grinsen. Der Cowboy hatte getrunken und der Geruch nach Whisky und ungewaschenem Mann trieb Seth die Tränen in die Augen. *Trudy wird von meinen Freunden nicht beeindruckt sein.*

Er riskierte es, seiner Braut einen Blick zuzuwerfen und sah, wie sie versuchte, einen bestürzten Blick zu vermeiden. Aber er rechnete es ihr hoch an, dass sie nicht einen Schritt vor Slim zurückwich.

Slim lüftete seinen Hut, wodurch seine weiße Stirn und sein lichter werdendes Haar sichtbar wurden. »Sehr erfreut, Ma'am. Seth hat sich recht bedeckt gehalten, was Sie angeht.« Er deutete mit dem Daumen auf Seth. »Wann ist denn die Hochzeit?«

»Reverend Norton erwartet uns *jetzt*«, sagte Seth. Mit einer scharfen Handbewegung, dirigierte er das Abstellen einer der Kisten.

Slims zusammengekniffene, braune Augen glitzerten schelmisch. Er beachtete Seth nicht und machte sich daran, Trudy zu mustern. »Flanigan sagte, Sie seien hübsch, aber ich glaube er hat sich da zu sehr zurückgehalten. Ich vermute mal, ich kann Sie hier nicht umstimmen, was Flanigan angeht?« Er knuffte Seth mit dem Ellenbogen. »Heiraten Sie doch mich.«

Der bestürzte Blick auf Trudys Gesicht verschwand. Stattdessen wurde sie rot und sah dadurch hübsch und begehrenswert aus.

Seth bemerkte mit nur einem Blick auf Slim, dass dies seinem Freund ebenfalls nicht entgangen war.

Trudy hakte sich bei Seth unter und sagte: »Vielen Dank für das Angebot, Mr. Watts.« Sie schenkte Seth ein strahlendes Lächeln. »Meine Entscheidung steht jedoch fest.«

Bei Trudys Lächeln regte sich etwas in seiner Mitte. Dazu kam noch das gute Gefühl, ihre Finger auf seinem Oberarm zu spüren. Er richtete sich auf und war stolz, dass sie sich für ihn entschieden hatte, auch wenn es nicht viel bedeutete, dass er über einen Mann wie Slim gesiegt hatte.

Die zwei anderen traten schnell vor und Seth deutete auf einen von ihnen: »Jasper Blattnoy.« Nun war es an der Zeit, Trudy den Mann vorzustellen, den er ihr am allerwenigsten vorstellen wollte. »Frank McCurdy« Er sagte den Namen so schnell wie irgend möglich.

»Willkommen in Sweetwater Springs, Miss Bauer.«

McCurdy lüftete seinen Hut. Die Sonne ließ sein Haar aufleuchten und zeigte seine attraktiven Gesichtszüge. Er lächelte so charmant, dass er so ziemlich jeden hätte betören können. »Was Flanigan Ihnen vorenthalten hat ist, dass ich Ihr nächster Nachbar bin. Wenn Sie also etwas brauchen, *ganz egal* was es ist …« Sein Ton klang verführerisch. » … melden Sie sich einfach bei mir.«

Seth ballte seine Faust und unterdrückte ein Revierknurren. Er wollte mit der Reisetasche nach McCurdy werfen und ihm gleich danach noch eins mit der Faust verpassen. Aber mit seiner Verlobten an seiner Seite konnte er schlecht in eine Schlägerei geraten. Er zwang sich, seine Hand wieder zu entspannen.

Trudy lächelte. »Das ist sehr freundlich von Ihnen, Mr. McCurdy.«

Einen Teufel ist es. Aber Trudy schien nichts zu bemerken von all dem Drumherum, also beschloss Seth, keine Szene zu machen.

Etwas weiter die Straße hinunter nahm er Bewegung wahr und sah hinüber. Dr. und Mrs. Cameron gingen auf die Kirche zu, gemeinsam mit dem Rancher John Carter und seiner Frau Pamela. Nick Sanders lief hinter ihnen. Mrs. Cameron trug einen großen Strauß rote Rosen.

Mrs. Cameron sah, wie sie auf dem Bahnsteig standen, winkte und lenkte die Gruppe in ihre Richtung. Am Depot schürzte sie mit der freien Hand ihren Rock und stieg die Stufen hinauf. »Sie müssen mir vergeben, Mr. Flanigan.« Ihr schottischer Akzent hatte etwas Beruhigendes an sich. »Ich war so frei und habe Mr. und Mrs. Carter eingeladen, die ich auf ihrem Weg in den Laden abgefangen habe.«

Mit der neuen Gruppe bei ihnen, wichen die Cowboys zur Seite. Seth stellte alle rundherum vor.

Mrs. Carters Lächeln hellte ihr rundes, einfaches Gesicht auf. Ihre blauen Augen leuchteten. »Mr. Carter und ich

möchten Sie recht herzlich in Sweetwater Springs
willkommen heißen, Miss Bauer. Da Sie ja nicht von Ihrer
Familie und Ihren Freunden umgeben sind, würden wir
gerne zu Ihrer Hochzeit kommen.«

Vor drei Jahren hatte John Carter seine Frau von einer
Reise nach Boston mit in die Stadt im Westen gebracht.
Seitdem hatte all die Wärme und Güte Pamelas die Herzen
von Sweetwater Springs gestohlen. Seths Anspannung
darüber, wie die Stadt Trudy wohl aufnehmen würde, löste
sich im Angesicht dieses warmen Empfangs allmählich.

Mrs. Cameron reichte Trudy den Strauß. »Mr. Flanigan
hat die für Sie ausgesucht. Er ist extra zu mir nach Hause
gekommen, um sie zu bestellen.«

»Oh, vielen Dank«, hauchte Trudy mit glühenden
Wangen. Sie nahm die Blumen entgegen und hielt sie an ihre
Nase, um ihren süßen Duft zu schnuppern.

Ted wuchtete eine weitere Kiste hinüber und stapelte sie
auf die andere. »'Ne ziemlich große Ladung im Gepäckwagen.
Und der Zug fährt gleich ab.« Er schüttelte den Kopf, wobei
sein Doppelkinn wabbelte. »Der nimmt Ihr Zeug mit, Miss
Bauer.«

»Oh, nein«, rief Trudy und blicke Seth besorgt an.

Seth versuchte eine Lösung zu finden. Aber die
Entscheidung musste schnell getroffen werden und mit all
den Zuschauern um ihn herum, insbesondere McCurdy, der
ihn abschätzig beobachtete, rasten die Gedanken nur so
durch seinen Kopf.

»Ich sag mal, Sie brauchen da schon drei Wagen«, fuhr
Ted in seinem düsteren Ton fort. »Einen allein für das
Klavier.«

Mrs. Carter schlug die Hände zusammen. »Wie
wunderbar! Mr. Carter hat mir letztes Jahr ein Klavier
bestellt. Ich hoffe, Sie haben neue Musik mitgebracht.«

»Das habe ich und ich werde sie gerne mit Ihnen teilen.«

Carter, der die größte Ranch in der Gegend besaß, war ein großgewachsener Mann mit einem schlanken Gesicht, ruhigen blauen Augen und strohblondem Haar. Er schien eher verschwiegen zu sein, aber wenn er etwas entschied, sprangen alle sofort und taten, was er verlangte. Er begutachtete Seths Situation mit einem Blick. »Zum Glück haben wir den Wagen mitgebracht, um einzukaufen, und nicht die Kutsche.« Er sah die Männer an. »Blattnoy, bist du mit dem Wagen gekommen?«

Der Cowboy deutete mit einem Daumen in Richtung Saloon. »Steht bei Hardy's.«

»Gut. Hol ihn her, in Ordnung? Wir brauchen noch einen. Nick, los, hol unseren. Sag den Cobbs Bescheid, dass wir unsere Waren später vom Laden abholen werden.«

Seit dem Tag der Schlägerei war die Schwellung in Nicks Gesicht zurückgegangen. Aber so wie Seth es sich schon gedacht hatte, hatte McCurdys Schlag dem jungen Mann einen Höcker auf die Nase verpasst.

»Ich kann ein paar Dinge in meinen Surrey laden«, bot Dr. Cameron mit dem gleichen schottischen Akzent wie seine Frau an.

»Ich bin Ihnen allen herzlichst zu Dank verpflichtet.« Seth blickte in die Runde. Auch wenn es ihm sehr schwer viel, die Hilfe der anderen anzunehmen, so war er doch froh, dass sich eine schnelle Lösung gefunden hatte. Er sah Trudy an und war froh darüber, dass sie ihn mit einem zustimmenden Blick anstrahlte.

Seth wusste nicht, warum sie gerade ihn so ansah, wenn doch Carter all seine Probleme gelöst hatte, aber allein diesen Blick auf ihrem Gesicht zu sehen, gab ihm ein gutes Gefühl.

»Auf geht's, Jungs, lasst uns den Zug entladen«, befahl Carter. »Dann beladen wir die Wagen. Nach der Zeremonie bringen wir alles rüber zu deinem Haus, Flanigan. Leih dir im Mietstall aber am besten noch ein weiteres Gespann für das Klavier aus. Wir können es zusätzlich vor meinen Wagen spannen.« Er runzelte die Stirn. »Aus eigener Erfahrung weiß ich, dass nur zwei Pferde wahrscheinlich nicht ausreichen werden.«

Seth verzog angesichts der unerwarteten Kosten das Gesicht.

Carter lachte und schlug Seth gutwillig auf die Schulter. »Sei nur froh, dass du das vermaledeite Ding nicht über einen Bergpass hieven musst wie ich.«

Gott sei Dank dafür!

Mrs. Cameron nahm Trudys Hand. »Mrs. Carter und ich bringen Miss Bauer hinüber ins Pfarrhaus, damit sie sich frisch machen und für die Hochzeit umziehen kann, während Ihr Männer euch um die Fuhre kümmert.«

Trudy zog die Brauen zusammen. Sie blickte von Seth hinüber zu John Carter. »Mein Hochzeitskleid ist in meiner Truhe.«

Seth berührte ihre Hand, die noch immer auf seinem Oberarm ruhte. »Wir werden die Truhe zuerst entladen, sie auf den Wagen laden und hinüber zum Pfarrhaus bringen.«, versicherte er ihr.

»Nick kann sie in Ihrem Wagen rüberfahren.« Carter warf dem jungen Mann einen Blick zu. »Er ist stark genug, um die Truhe ins Haus zu tragen, richtig?«

Der Junge nickte.

»Danke, Nick!«, sagte Trudy mit erleichterter Stimme. »Es ist die braune Truhe, nicht die grüne. Die grüne kann gleich aufgeladen und zur Farm gebracht werden.«

Nick nickte und ging davon.

»Ausgezeichnet.« Mrs. Carter schenkte allen Beteiligten ein warmes Lächeln. »Wir sehen uns dann in der Kirche.«

Sie hakte sich bei Trudy unter und ging los, während die Arztgattin ihnen folgte.

Trudy sah über ihre Schulter und es schien, als wolle sie sich versichern.

Seth lächelte und hob seine Hand zu einem kleinen Winken.

Dann machten sich die Männer ans Werk.

McCurdy versuchte, sich klammheimlich davon zu stehlen. Er kam aber nicht weit, bevor Carter ihm einen harschen Blick zuwarf, der ihm signalisierte, dass er sich besser den arbeitenden Männern anschließen sollte.

Seth musste sich bemühen, seine Genugtuung darüber, dass McCurdy gezwungen war, die Kisten seiner Braut zu entladen, nicht zu zeigen.

Slim lehnte sich hinüber zu McCurdy und sagte etwas, das Seth nicht hören konnte. Aber er sah McCurdy im Profil und hörte ihn knurren. Er griff in seine Tasche, zog ein paar Scheine hervor, nahm einen davon und warf Slim das Geld zu. An seinem großspurigen Gang konnte Seth erkennen, dass der Mann gerade seinen Wettgewinn kassiert hatte.

Seth fühlte sich beinahe so großspurig wie Slim, zog sein Jackett aus, hängte es über das Geländer am Bahnsteig und beeilte sich, den Männern zu helfen. Je schneller sie den Zug entluden, desto schneller konnte er heiraten und seine hübsche Braut für sich alleine haben ... und endlich ein neues Leben als Ehepaar beginnen.

Kapitel Elf

Mrs. Carter und Mrs. Cameron sprachen über die Stadt und deren Einwohner, aber so gerne Trudy auch alle Details aufnehmen wollte, so schweiften ihre Gedanken hin und her zwischen Seth und der Verladung und ihrer anstehenden Hochzeit. Obwohl sie ihren Verlobten bisher gerne mochte und ihn auch anziehend fand, so fürchtete sie sich doch immer noch davor, einen Fremden zu heiraten. Ihr Plan für ein neues Leben war ihr, als sie noch weit weg in St. Louis war, so logisch erschienen und jetzt kam er ihr geradewegs tollkühn vor.

Die Damen versuchten die schlimmsten mistgefüllten Pfützen auf der unbefestigten Straße zu vermeiden und folgten dem am meisten begangenen Pfad. Sie gingen mit geschürzten Röcken an der weißgetünchten Kirche entlang bis hin zum Pfarrhaus, das dahinter lag.

Pamela Carter berührte Trudys Arm. »Fürchten Sie sich nicht vor Reverend Nortons Erscheinung. Er hat mich nervös gemacht, als ich ihn zum ersten Mal traf. Er sieht aus wie ein strenger Prediger, der stets von Sodom und Gomorrha spricht. Aber ganz im Gegenteil, er ist zum Glück ein guter, herzlicher Mann mit Interesse an Bildung, dem er leider nicht immer genug nachgehen kann, weil er stets in der Gemeinde unterwegs ist und darüber hinaus auch bei allen, die ihn brauchen.«

»Danke für die Vorwarnung«, sagte Trudy.

»Was Mrs. Norton angeht …« Mrs. Carter lächelte aufmunternd. »Sie ist schüchtern, eine ganz zarte Seele. Sie hat ein Herz aus Gold. Der Reverend kann sich fast alles erlauben. Aber manchmal zeigt sich, dass sie eine immense Standfestigkeit hat unter all der Güte.« Sie schlug die Hand auf den Mund und ließ sie dann auf die Brust gleiten. »Das klang jetzt fürchterlich. Was ich meine ist, dass sie sich oft sehr stark macht, wenn es darum geht, diejenigen zu verteidigen, mit denen es das Leben nicht so gut gemeint hat.«

»Also passt sie hervorragend zu ihm«, schlussfolgerte Trudy.

»In der Tat.«

Sie gingen die kleine Veranda entlang zur Haustür. Noch bevor sie anklopfen konnten, öffnete ihnen eine kleine Frau mit blassem Teint und Falten rund um ihre Augen und ihren Mund. Ihr grau durchsetztes blondes Haar war zu einem strengen Dutt gebunden. Ihre blauen Augen weiteten sich, als sie die zwei Damen sah, die Trudy anstelle von Seth begleitet hatten. Aber Trudy fühlte sich von Mrs. Nortons Lächeln willkommen geheißen.

Mrs. Cameron tätschelte Trudys Arm. »Miss Bauer hat bereits ein Gefolge, Mrs. Norton. Ich hoffe, es macht Ihnen nichts aus, dass wir sie begleitet haben.«

»Natürlich nicht.«

Pamela Carter erklärte der Pfarrersfrau, die sie mit einer Handbewegung hereingebeten hatte, schnell die Situation.

»Ich freue mich sehr, Sie kennen zu lernen, meine liebe Miss Bauer.« Wenn sie lächelte, breiteten sich die Fältchen um Mrs. Nortons Augen aus wie ein Fächer. Sie tat einen Schritt zurück. »Kommen Sie doch bitte alle herein. Reverend Norton ist in seinem Arbeitszimmer und bemüht sich, seine Sonntagspredigt zu beenden. Aber sobald Sie bereit sind, Miss Bauer, würde er Sie gerne vor der Hochzeit kennenlernen.«

»Selbstverständlich«, murmelte Trudy und hoffte dabei, dass der Pfarrer sie anerkennen würde.

Mrs. Norton trug ein braunes gewalktes Kleid, das Trudys Reisekleid, aus dem sie sich dringend befreien wollte, nicht unähnlich war. Als sie sich umdrehte, sah Trudy, dass Mrs. Nortons Kleid keine kleine, praktischere Tournüre hatte wie die Kleider, die Mrs. Carter und Mrs. Cameron trugen.

Trudy beschloss, sich dem Kleidungsstil der Damen anzupassen. Es wäre sicherlich wesentlich bequemer zu reisen, wenn sie keine große Wölbung hinter sich hätte – auch ohne ein eng geschnürtes Korsett. Für die Zugfahrt war sie hin- und hergerissen gewesen zwischen Eitelkeit und Bequemlichkeit und die Bequemlichkeit hatte gesiegt.

Sie fragte sich, ob Seth bemerkt hatte, dass ihre Taille nicht so schmal war, wie sie hätte sein sollen. Nicht dass er ihre Taille mit seinen Händen hätte umfassen können, selbst wenn sie ein fest geschnürtes Korsett getragen hätte. Sie hatte zu viel stämmiges deutsches Bauernblut in sich. So gerne sie auch einen Taillenumfang von 45 cm gehabt hätte, so wurden es bei ihr meist etwa 58 cm bei eng geschnürtem Korsett.

Mrs. Norton ging in ein Zimmer und verschwand aus dem Blickfeld.

Mrs. Cameron bedeutete Trudy, sie solle der Pfarrersfrau folgen. »Mrs. Carter und ich werden in der Küche auf Sie warten.«

In dem kleinen Schlafzimmer gab es kaum Platz. Das einfache Himmelbett mit einem Patchwork-Quilt, ein Waschtisch und eine Kommode füllten das Zimmer beinahe völlig. An der Wand waren Haken angebracht, an denen

Kleider aufgehängt werden konnten. Es lag ein würziger Geruch in der Luft und Trudy entdeckte schnell eine mit Nelken gespickte Orange, die an einem braunen Samtband an einem der Bettpfosten hing.

Mrs. Norton deutete auf den Waschtisch und sagte: »Ich bringe Ihnen heißes Wasser, damit sie sich frisch machen können.«

Trudy schenkte der Frau ein Lächeln und sprach ihren Dank aus. Als sie wieder allein war, stellte sie ihre Reisetasche auf das Bett, löste die Bänder an ihrem Hut und zog ihn sich vom Kopf. Sie legte den Hut ebenfalls auf das Bett. Sie zog die Haarnadeln aus ihrem Zopf und ließ ihn herabhängen während sie ihre Kopfhaut massierte, die an manchen Stellen von der Last ihrer dicken, hochgesteckten Haare schon wund waren.

Mrs. Norton kam herein und trug einen Kupferkessel, ihre Hände durch ein Handtuch vor dem heißen Griff geschützt. Sie schüttete das Wasser in die Schüssel auf dem Waschtisch und füllte kühleres Wasser aus einer angeschlagenen Kanne mit Rosenmuster nach. Sie legte ihre Hand auf einen Stapel Handtücher neben dem Krug. »Die hier sind sauber. Sie können sich damit waschen und abtrocknen.«

»Ich muss dringend den Schmutz der Reise abwaschen.«

»Wenn Sie Ihr Hochzeitskleid ausgepackt haben, Miss Bauer, werde ich es für Sie bügeln. Ich habe das Bügeleisen bereits auf dem Herd.«

Trudy drückte die Hand der Pfarrersgattin. »Sie sind so freundlich. Vielen Dank.«

Mrs. Nortons blasse Wangen füllten sich mit Röte.

Ein schnelles Anklopfen an der Haustür hallte durch das Haus.

Mrs. Norton verließ das Zimmer, um die Tür zu öffnen.

Schwere Fußtritte kündigten Nick mit Trudys Truhe an.

Sie öffnete die Tür weit, sodass er die Truhe hineinbringen konnte. Sie ging aus dem Weg.

Mit einem Rums stellte er die Truhe vor dem Bett ab.

Trudy bedankte sich.

Er senkte den Kopf schüchtern und verließ beinahe fluchtartig das Zimmer.

Trudy lächelte ihm nach. Ihr gefielen seine blau-grünen Augen, das braune Haar, das ihm lockig bis auf die Schulter fiel, die leicht schiefe Nase mit den Sommersprossen. *In ein paar Jahren und mit etwas mehr Selbstbewusstsein wird der Bursche sicher zu einem echten Casanova.*

Trudy entriegelte ihre Truhe und hob den Deckel an.

Mrs. Norton kam zu ihr und schaute sich den Spitzenschleier an, der auf den Kleidungsstücken obenauf lag.

Trudy nahm den hauchfeinen Stoff in die Hand. Das Licht, das durch das einzige Fenster fiel, ließ die Kristalle und Perlen im Diadem funkeln. »Er hat meiner Mutter gehört. Meine zwei jüngeren Schwestern haben ihn bei ihrer Hochzeit getragen und jetzt bin ich dran.«

Mrs. Norton berührte die zarte Spitze. »Wunderschön.«

Tränen schossen in Trudys Augen. »Ich vermisse meine Mutter.«

Mrs. Norton legte Trudy mitfühlend eine Hand auf die Schulter.

»Sie hatte nie die Möglichkeit, die Hochzeit einer ihrer Töchter mitzuerleben.« Trudy legte den Schleier auf das Bett. »Man kann seinen Hochzeitstag nie ganz unbeschwert genießen, wenn die eigene Mutter nicht da ist.«

»Ihre Mutter *hat* die Hochzeiten Ihrer Schwestern miterlebt, und ich bin sicher, sie wird heute bei Ihnen sein.«

Trudy sah die Frau an und war erstaunt, dass sie nicht eine frommere Antwort von einer Pfarrersgattin erhalten hatte. Sie deutete mit dem Finger nach oben. »Ich weiß ja, sie ist im Himmel …«

Mrs. Norton nahm Trudys Hand und legte sie mit der Handfläche auf ihre Brust. »Im Himmel und in Ihrem Herzen. Die Liebe versagt nie, meine liebe Miss Bauer. Auch wenn es nicht das gleiche ist, wie die Arme Ihrer Mutter an diesem besonderen Tag um sie zu fühlen, so bin ich dennoch sicher, dass sie Ihnen viel Liebe sendet.«

Als sie hörte, wie Mrs. Norton die Worte zitierte, die auf Trudys Hochzeitstaschentuch eingestickt waren, bekam sie Gänsehaut. Sie atmete tief durch und spürte die Wahrheit in Mrs. Nortons Weisheit und fühlte sich von der mütterlichen Art der Frau geborgen. Es war beinahe so, als sei ihre eigene Mutter im Raum. »Sie haben mir sehr geholfen, Mrs. Norton. Vielen Dank.«

Mrs. Norton ließ Trudys Hand los und streckte ihre Hand aus. »Lassen Sie mich Ihr Hochzeitskleid bügeln, während Sie sich fertig machen«, sagte sie in einem sachlicheren Ton. »Ich verspreche Ihnen, ich werde vorsichtig damit umgehen.«

»Das weiß ich.«

Trudy zog ihr Kleid und ihre Unterwäsche aus. So ganz ohne das hochgeschlossene, langärmelige Kleid, funkelten die Halskette und das Armband ihrer Mutter deutlicher. Ihre Finger wanderten zum Anhänger. Sie hatte den Schmuck im Zug versteckt getragen, aber jetzt wo sie im sicheren Sweetwater Springs war, konnte sie die Stücke stolz tragen und an ihre Eltern denken.

Sie wusch sich mit dem Waschlappen, trocknete sich ab und zog sich dann wieder an. Sie trug ein spitzengesäumtes und besticktes Höschen, ein Unterhemd und ihr Korsett, das sie fest schnürte. Dann zog sie den bestickten Unterrock an, den sie für den heutigen Tag genäht hatte.

Trudy schnallte die unhandliche Tournüre um und verzog beim Anblick des Drahtgestells das Gesicht. Sie versprach sich, das Teil nach der Zeremonie in eine Kiste zu verbannen und nur noch zu besonderen Anlässen zu tragen.

Für ihre Hochzeit hingegen wollte sie sich modisch kleiden. Es sollte ja keiner denken, dass Seth sich eine schlechte Braut ausgesucht hatte – 58 cm Taille hin oder her.

Seth wartete am Altar, der mit einem weißen Tuch bedeckt war. Er spürte, wie sich Unbehagen in seinem Bauch breit machte. Nur eines ließ ihn am Fleck bleiben, nämlich die Tatsache, dass er sich dieser *Farce* einer Ehe verpflichtet hatte, ein Flanigan-Ehrenwort hatte er abgegeben. *Ich sollte hier eigentlich auf Lucy Belle warten.* Er zwang sich, nicht mehr darüber nachzudenken. Seine Braut würde jede Minute durch die Tür kommen. Er dachte darüber nach, was er alles zu erledigen hatte, um Trudys umfangreiches Hab und Gut zu seiner Farm zu bringen.

Eine Vase voller Rosenknospen stand neben dem schlichten silbernen Kruzifix. Mrs. Cameron hatte ihr Versprechen, was die Blumen anging, gehalten und sogar mehr mitgebracht, als er erwartet hatte – Trudys Brautstrauß und die volle Vase. Der Duft lag süß in der Luft. Er würde der Arztgattin auf ewig zu Dank verpflichtet sein dafür, dass seine Braut einen Strauß hatte. Er musste einen Weg finden, um sich bei Mrs. Cameron für ihre Güte erkenntlich zu zeigen.

Die Camerons und Carters sowie Nick, Slim und Jasper füllten die vorderen Kirchenbänke. McCurdy hatte sich zu Seths unglaublicher Erleichterung davon gemacht. *Wie habe ich es geschafft, all diese Leute anzuhäufen? Es sollte doch eine private Hochzeit werden.*

Seth ging weiterhin im Kopf die Logistik für Trudys Sachen durch. Er hatte ein zweites Pferdegespann vom örtlichen Mietstall gemietet und Mack Taylor hatte versprochen, es in einer halben Stunde zu bringen. Der

Stallbesitzer war geschwätzig und Seth hatte keinen Zweifel daran, dass er bald das Thema der Stadt sein würde, mit Mack und McCurdy, die am Stall und im Saloon die Nachricht verbreiten würden. *Wenigstens wissen sie nicht, dass ich eine Versandbraut heirate.*

Seth beschloss, sich später weiter um die Details zu sorgen und sich nun auf seine Hochzeit zu konzentrieren. Er war dabei, sich auf eine heilige, lebensverändernde Reise zu begeben und er musste der Zeremonie seine gesamte Aufmerksamkeit widmen.

Kurz bevor er zu einem Ehemann wurde, sprach Seth ein weiteres Gebet und dankte Gott dafür, dass er ihm eine hübsche Braut gesendet hatte, und bat den Herrn um Segnung seiner Ehe – dass Trudy und er gut zueinander passen würden.

Im letzten Monat bin ich wirklich zu einem frommen Mann geworden. Seth gefiel die Idee ein wenig.

Mrs. Norton setzte sich an das Klavier.

Reverend Norton, der einen schwarzen Gehrock trug, stellte sich neben Seth und legte ihm eine Hand auf die Schulter, als dächte er, der Bräutigam bräuchte eine Stütze.

Seth nickte dankbar.

Der Pfarrer ließ in los und machte einen Schritt zurück.

Die Kirchentür ging auf und Dr. Cameron in seinem schwarzen Gehrock, dessen Taschen ausgebeult waren mit Süßigkeiten für die Kinder und allem anderen Nötigen, trat ein.

Seth stellte sich gerade hin, sein Herz schlug wild vor freudiger Erwartung und Nervosität.

Der Doktor hielt die Tür auf für Trudy, die sanften Schrittes hindurch trat – ein prachtvoller Anblick in weißer Spitze. Durch den durchsichtigen Schleier, der an einem funkelnden Diadem befestigt war, konnte Seth ein Lächeln erkennen.

Seths Herz schlug ihm bis zum Hals. Ein Gefühl von Stolz und Freude überwältigte ihn und er lächelte zurück. Obgleich die Hochzeit für ihn schwer sein mochte, so heiratete Trudy in Abwesenheit ihrer Familie. Ein fremder Mann führte sie anstelle ihres Vaters zum Altar. Seine Braut war tapfer. Auch wenn er sonst nichts über sie wusste, so wusste er dies. Er spürte, dass ihr Mut ihnen beiden ihr Leben lang nützlich sein würde.

Mrs. Norton setzte mit dem Klavier ein. Er kannte das Lied nicht, erinnerte sich aber, dass das Stück bei BJ und Lisettes Hochzeit gespielt worden war.

Dr. Cameron führte Trudy zum Altar.

Die Sonne schien durch die Fenster und erleuchtete die zarte Spitze ihres Kleides und Schleiers und gab Trudys rotblonden Haaren einen goldenen Schimmer. Er genoss den Anblick seiner Braut und wusste, dass er diesen Moment sein Leben lang nicht mehr vergessen würde.

Dr. Cameron übergab Seth seine Braut.

Ihre Finger zitterten in seiner Hand.

Er drückte ihre Hand aufmunternd, obwohl er, wenn er ehrlich war, eine ähnliche Beruhigung gebraucht hätte. Er führte ihre Finger in seine Armbeuge und ließ seine Handfläche auf ihrer Hand ruhen.

»Liebe Gemeinde«, begann Reverend Norton die Zeremonie.

Seth antwortete in festem Ton. Er versprach die Fremde neben sich zu lieben und zu ehren, bis dass der Tod sie scheide.

Trudy gelobte ebenso sicher, auch wenn er sie einmal schlucken sah und ihre Stimme leicht zitterte, als sie die Worte »bis dass der Tod uns scheidet« sprach.

Seth steckte ihr den Granatring auf den Finger. Der Ring blieb an einem Knöchel hängen und er wurde kurz panisch bei dem Gedanken, der Ring könne nicht passen. Aber mit einem Ruck hatte er den Ring über sein Hindernis hinweg geschoben. Er grinste sie erleichtert an.

Ihre Augen weiteten sich und sie schenkte ihm ein süßes Lächeln.

Der Pfarrer gab ihm nun Erlaubnis, seine Braut zu küssen.

Sein Herz schlug wie verrückt, als er vorsichtig ihren Schleier anhob und den zarten Stoff über ihren Kopf nach hinten legte. Seine rauen Finger blieben leicht am Stoff hängen und er war peinlich berührt davon. Jedoch gelang es ihm, den Schleier – wenn auch etwas schief – über ihrem Kopf zu drapieren.

Jetzt wo es um den Kuss ging, spürte Seth seinen Herzschlag wie Donner in jedem seiner Glieder.

Mit einem schüchternen Gesichtsausdruck neigte Trudy ihr Gesicht nach oben. Ihr Herz flatterte und sie spürte ihren Puls ganz deutlich.

Zärtlich presste Seth seine Lippen auf ihre. Ihm gefiel es, wie sich ihre Lippen auf seinen anfühlten. Er verweilte einige Sekunden, holte dann tief Luft und fühlte sich, als wäre er gerade ein Rennen gelaufen.

Trudys Wangen waren gerötet, aber das Glitzern in ihren Augen zeigte, dass ihr ihr erster Kuss gefallen hatte, so einfach er auch gewesen war.

Sie sah so hinreißend aus. Seth wollte sie gerne noch einmal küssen, dachte aber, dass zwei Küsse wohl schlechtes Benehmen wären. Später jedoch …

Reverend Norton stellte sie den anderen als Mr. und Mrs. Seth Flanigan vor und jeder einzelne in den Kirchenbänken blickte sie zustimmend an.

Mrs. Norton spielte noch ein Lied auf dem Klavier. Es war ein schönes, marsch-artiges Lied, an das sich Seth ebenfalls von BJs und Lisettes Hochzeit.

Seth neigte sein Gesicht Richtung Kirchentür und fragte damit Trudy wortlos, ob sie bereit war.

Sie nickte zustimmend.

Mit seiner frischgebackenen Ehefrau am Arm, stolzierte Seth den Gang entlang – seine Schritte fast im Takt mit der Musik – und hinaus in den frühlingshaften Sonnenschein.

Kapitel Zwölf

Trudy war noch ein wenig schwindelig von den Lippen ihres Ehemanns auf ihren und sie wusste nicht, ob sie sich erleichtert oder unbehaglich fühlen sollte in Anbetracht ihrer nun offiziellen lebenslangen Bindung zu Seth Flanigan. Sie hatte einen großen Schwarm Schmetterlinge im Bauch und deutete diese als Zeichen, das wohl beide Gefühle in Ordnung waren.

Sie war noch ganz verloren in der Erinnerung an den Kuss, als sie an Seths Arm den Gang entlang schritt, wobei sie das allgemeine Lächeln und Nicken der neuen Bekannten fast nicht wahrnahm.

Als sie draußen waren, sah sie, dass sich eine Gruppe Leute vor der Kirche versammelt hatte. Freudige Ausrufe erklangen, als sie das Brautpaar entdeckten. Trudy errötete. Dann sah sie die drei voll beladenen Wagen in der Mitte der Straße und hielt plötzlich an. »Oh Herrje!«

Seth lachte: »Du klingst so überrascht.«

»Es ist SO viel!«

Er hob die Brauen.

»Ich habe doch im Haus der Agentur gewohnt«, versuchte Trudy zu erklären. »Mein Vater hat dafür gesorgt, dass alles eingepackt und versandt wird. Ich habe meine eigenen Sachen aus dem Haushalt ausgesucht. Aber ich habe nie alles auf einem Haufen gesehen.«

Er schüttelte den Kopf. »Ich sage dir, meine liebe Frau, deine Sachen werden nicht alle ins Haus passen. Wir müssen einiges in der Scheune lagern, bevor ich anbauen kann.«

Trudy war sich nicht sicher, ob er wütend war, und sah ihn fragend an.

Seine Augenbrauen hoben sich erneut und schienen sie aufzufordern, zu protestieren.

Aber da er nicht wütend aussah, lächelte sie nur und zuckte die Schultern. »Wir werden das schon schaffen, Seth. Das ist ein Teil des großen Abenteuers unserer Ehe.«

Er lachte. »Das ist es wohl, Mrs. Flanigan.«

Die Camerons hatten sie nun eingeholt. Mrs. Cameron umarmte Trudy und Dr. Cameron schüttelte Seths Hand.

Bald waren sie umringt von Gratulanten. Die Menschenmenge wurde immer größer und immer mehr Fremde kamen hinzu. Vorstellungen flogen ihr um die Ohren, Namen an die sie sich nicht würde erinnern können. Glückwünsche umschwirrten sie.

Trudy hörte, wie Slim Seth anbot, ihm einen Drink im Saloon zu spendieren. Sie war plötzlich angespannt und ihr gefiel der Gedanke, dass ihr Ehemann sich vielleicht in Saloons herumtrieb, gar nicht. Sie hörte aber, wie ihr Mann ablehnte und entspannte sich schnell erleichtert.

Seth berührte sie am Rücken, um sie zum Wagen zu führen.

Seine Berührung durchzuckte sie wie ein Blitz und sie musste beinahe nach Luft schnappen.

Mrs. Carter lenkte sie aber ab. »Wir werden nun alle mit zu Mr. Flanigans Haus kommen, damit sie sich einrichten können. Aber wir versprechen Ihnen, wir bleiben nicht lange.« Ihre braunen Augen funkelten.

»Das ist sehr freundlich von Ihnen, Ma'am«, sagte Seth.

Sie gingen auf einen Wagen zu, dessen Gespann aus einem Fuchs und einem kupferfarbenen Pinto mit weißen Flecken bestand.

Trudy hielt Seth an, indem sie ihm eine Hand auf den Arm legte. »Seth, hast du genug Vorräte daheim, um jedem Helfer eine Mahlzeit anzubieten?«, fragte sie mit leiser Stimme. Sie deutete auf den Laden. »Sollten wir noch etwas einkaufen?«

Er zwinkerte ihr zu. »Hab gestern den Laden leer gekauft, Mrs. Flanigan. Es ist nichts besonderes, aber wir werden alle satt werden. Natürlich müssen wir dann wahrscheinlich einen weiteren Ausflug in die Stadt machen, um die Vorräte wieder aufzufüllen.« Er runzelte die Stirn, aber sein Gesicht hellte sich schnell wieder auf und er zuckte mit den Schultern. »Das ist aber wirklich kein Aufwand für all die Hilfe, die wir bekommen.«

Trudy lachte und bemerkte, wie gut ihr Seths Fältchen um seine schönen Augen gefielen. Sie deutete auf den Wagen. »Sollen wir dann?«

Er streckte seinen Arm aus für sie und sagte: »Ja, wir sollten, meine Liebe.« Nachdem er sie zum Wagen begleitet hatte, umfasste er ihre Taille, um sie auf den Bock zu heben. Sie mochte den Kitzel, der sie durchzuckte, als seine Hände sie berührten.

Bei der Fahrt durch Sweetwater Springs – oder besser durch das, was es von der Stadt noch zu sehen gab – machte sich bei Trudy eine gewisse Enttäuschung breit. Sie hatte sich zwar auf das Leben in einer Pionierstadt eingestellt, aber die Realität war doch kleiner und ungeschliffener als sie es sich vorgestellt hatte – ein paar Gebäude mit bunten Fassaden, der Laden aus Backsteinen, die weißgetünchte Kirche und eine Schule. Sie verzog das Gesicht, als sie am Saloon vorbei fuhren, mit der blechernen Musik, die aus der offenen Tür auf die Straße schallte. Die Straße selbst war unbefestigt und bestand aus festgetretener Erde, wobei Matsch und Pferdedung an manchen Stellen zu Mist geworden waren. Trudy hielt sich ihren Strauß an die Nase, um den Gestank einer besonders „würzigen" Pfütze zu überdecken. Aber sie musste zugeben, dass sie in den Straßen von St. Louis schon Schlimmeres gerochen hatte.

Sie drehte sich in ihrem Sitz und sah sich um. Hinter ihnen war der Wagen der Carters. Mr. Carter fuhr sein doppeltes Gespann und neben dem Wagen ritt Nick, der sich mit Mrs. Carter unterhielt. Hinter ihnen fuhren die Camerons in ihrem Wagen, dahinter folgte Jasper ... an dessen Nachnamen sie sich nicht erinnern konnte ... mit seinem Wagen und Slim, der neben ihm zu Pferde saß. Zum Schluss kamen die Nortons in ihrer Kutsche. Was für eine Parade! Und all das nur für sie – eine Wildfremde.

Sie unterdrückte ein Kichern und drehte sich wieder um. »Es tut mir leid, dass ich dir so viele Umstände bereite mit all meinen Siebensachen, Seth. Ich habe nicht wirklich darüber nachgedacht, was passieren würde, wenn ich hier mit so viel Gepäck ankommen würde.«

Seth nahm die Zügel in eine Hand und langte mit der anderen nach ihrer Hand, um sie zu drücken.

Seine Berührung löste eine wunderbare Wärme in ihr aus.

»Ich will gar nicht bestreiten, dass du mir einen Schrecken eingejagt hast, aber es scheint, als würde sich jetzt alles zum Guten wenden. Aber ich muss noch einmal sagen, wir werden mindestens die Hälfte, wenn nicht mehr, in der Scheune lagern müssen.« Er blickte sie reumütig an. »Das Haus ist einfach nicht groß genug.« Er ließ ihre Hand los und nahm die Zügel wieder in beide Hände.

Der Gedanke an ein solch kleines Haus ... ihre Sachen in der Scheune ... missfiel ihr. Die Wärme in ihrem Körper ließ nach.

»Ich hatte vor, in der Zukunft anzubauen … wenn wir dann vielleicht Nachwuchs bekommen würden …«

Babys, das bedeutete eheliche Intimität. Trudy wurde rot. »Können wir denn vorher anbauen … bald?«

»Das würde ich liebend gerne, Mrs. Flanigan, aber es gibt da ein kleines Problem mit Zeit und Geld. Ich will nicht sagen, dass ich mir kein weiteres Zimmer leisten kann, aber ich hatte einige Ausgaben: deine Brautgebühr, die Speisekammer musste ich auffüllen, die Pferde, die ich gemietet habe … das hat schon einiges meiner Ersparnisse aufgebraucht. Ich würde gerne noch etwas auf der Seite haben, für härtere Zeiten. Wenn man eine Farm hat … muss man sich auf das Schlimmste einstellen und auf das Beste hoffen.«

Sollte ich vielleicht sagen, dass ich Geld mitgebracht habe?

»Normalerweise habe ich einen Mann, der mir aushilft. Er lebt nicht das ganze Jahr hier. Er hat eine Familie … Kinder. Er wohnt bei mir während Aussaat und Ernte und anderen Zeiten, wenn ich Unterstützung brauche, zum Beispiel beim Markieren der Kälber. Seine Frau ist aber krank und er ist bei ihr Zuhause. Das ist ungünstig, ich muss nämlich noch Alfalfa aussäen, auch wenn Mais und Hafer schon fertig sind.« Er schaute sie von der Seite an. »Ich pflanze Futtermittel für die Herde, anstatt sie nur auf der Weide fressen zu lassen. Dadurch bekommen sie mehr Masse und ich verdiene mehr, wenn ich sie verkaufe.«

»Hast du einen Garten?«

»Bisher ist er noch nicht bepflanzt, außer mit den Pflanzen, die noch vom Vorjahr übrig sind. Ich bin spät dran damit. Aber er ist schon für dich umgegraben.«

Sie berührte seinen Arm. »Danke, dass du das gemacht hast. Ich habe Saatgut mitgebracht.«

»Das sollte so schnell wie möglich ausgesät werden.« Seth blickte in Richtung Sonne. »Wir haben eine kürzere Anbauperiode als du es aus St. Louis kennst.«

»Dann fange ich gleich damit an.«

Sie hatten das letzte Haus in Sweetwater Springs hinter sich gelassen und fuhren durch einen Wald. An den Baumstümpfen am Wegesrand konnte man erkennen, dass die Städter wohl hergekommen waren, um Holz zum Bauen und Heizen zu fällen. Das Blätterdach versperrte die freie Sicht auf den Himmel. Nach einigen Reiseminuten sah sie einen Pfad vom Hauptweg abgehen.

Seth deutete mit dem Kinn dorthin. »In die Richtung geht es zu Chappie Henderson. Er ist ein reizbarer Einsiedler, aber ich komme ganz gut mit ihm zurecht.«

»Wo lebt die nächste Familie?«

»Das sind die Tannersons auf der anderen Seite von Chappies Haus. Sie haben ein Baby, wenn ich mich recht erinnere ist es ein Junge. Sie bleiben aber eher unter sich. Ich kriege sie nur selten zu Gesicht.«

»Wie oft siehst du Chappie?«

»Wann immer einer von uns beiden, in der Regel ich, ein neues Buch hat. Ich hab ihn kennengelernt, als ich noch ein Junge war, nachdem wir hierher gezogen sind. Er saß unter einem Baum und hat gelesen. Das hatte ich einen erwachsenen Mann noch nie tun sehen. Ich dachte damals, Lesen sei nur etwas, das man in der Schule macht. Und abgesehen von der Bibel, hatte mein Vater kein einziges Buch. Ich sammelte all meinen Mut zusammen, ging hinüber zu ihm und fragte nach seinem Buch. Die Aesopschen Fabeln war das. Ich hatte noch nie davon gehört. Chappie knurrte mich an. Ich glaube, er fand meine Unwissenheit unerträglich. Er hat es mir dann vorgelesen.« Er grinste Trudy an. »Ich war sofort gefesselt. Ich hab schließlich all seine Bücher gelesen.«

»Wie viele Bücher waren das?«

Er warf ihr einen amüsierten Blick zu. »Fünfzehn. Das weiß ich, weil wir sie beide immer und immer wieder gelesen haben. Eines der schönsten Dinge daran, erwachsen zu sein und ein eigenes Einkommen zu haben ist, dass ich mir ab und zu ein neues Buch zulegen kann. Ich lese das Werk zuerst und bringe es dann rüber zu Chappie. Wenn er in die Stadt geht, bringt der Mann kaum zwei Wörter hintereinander raus. Aber wenn wir allein sind, habe ich mit ihm schon ausgezeichnete Unterhaltungen über unsere Literatur geführt.«

Trudy war glücklich in Anbetracht ihres Geschenkes für Seth. *Ich werde es ihm heute Abend geben.* »In einer meiner vielen Kisten, habe ich lauter Bücher. Ich habe natürlich meine eigenen mitgebracht, aber mein Vater hat mir auch die mitgegeben, die durch den Einzug seiner neuen Frau Minerva in seiner Bibliothek doppelt waren.«

Seths Augen leuchteten auf. »Reverend Norton hat heute in der Zeremonie darüber gesprochen, dass der Preis einer guten Frau nicht mit Rubinen abzuwiegen sei. Vergiss die Rubine. Ich nehme Bücher tausendmal lieber als Edelsteine.«

Trudy lachte und fand immer mehr Gefallen an ihrem Ehemann, je länger sie sprachen. »Das liegt daran, dass du keine Frau bist. Wir mögen Edelsteine schon gern.« Sie streckte ihre Hand aus und betrachtete, wie der Sonnenschein ihren Edelstein im Ring zum Funkeln brachte. »Aber ich bin zufrieden mit Granat und Büchern.«

Er sah sie aus dem Augenwinkel an. »Das ist gut. Ich glaube, ich werde nie in der Lage sein, mir Rubine leisten zu können und ich würde nicht wollen, dass du etwas hinterher hängst, das ich dir nicht bieten kann.«

Aber wirst du mir Liebe bieten? Trudy merkte bereits, dass sie sich nach einer innigeren Beziehung zu diesem Mann sehnte und warnte sich selbst, vorsichtig zu sein und ihr Herz im Zaum zu halten, bis sie ihn besser kannte.

Ihre Unterhaltung dauerte an und schon bald hatten sie

den Wald hinter sich gelassen. Sie kamen in einer großen Wiesenlandschaft an, die nur durch einen Weg in Richtung Berge unterbrochen wurde. Im Gegensatz zur enttäuschenden Stadt, erfüllte die Schönheit der hochragenden Spitzen sie mit Staunen. Die schneebedeckten, blaugrauen Berge mit den samtgrünen Wäldern an ihren Hängen ragten empor in ein Himmelsgewölbe, so blau, dass ihr das Herz wehtat, wenn sie gen Himmel blickte.

Aufgrund ihres engen Korsetts und ihrer Tournüre, konnte sie sich nicht entspannen und gegen die Rückseite des Wagens lehnen. Sie war zwar daran gewöhnt, beides zu tragen, aber die hölzerne Bank, wenn auch mit einer Decke gepolstert, auf einem Wagen, der über einen Waldweg holperte, war deutlich unbequemer als ein hölzerner Sitz in einem Trolley, oder die gepolsterten Sitze einer Kutsche, die über die gepflasterten Straßen in St. Louis ratterte.

Ich bin jetzt Mrs. Seth Flanigan. Trudy drehte ihre Hand mit dem Rücken nach oben und bewunderte ihren Ehering.

Seth beobachtete die Geste. Ein unwohler Blick huschte über sein Gesicht. »Gefällt dir der Ring?«

Mit gespreizten Fingern hielt sie ihre Hand vor sich. »Ich liebe ihn. Der Stein passt perfekt zum Schmuck meiner Mutter.« Sie berührte die Halskette. »Mein Vater gab mir ihre Granathalskette und Ohrringe vor meiner Abreise. Du hättest keinen besseren Ring auswählen können.«

Er sah erleichtert aus und lehnte sich wieder zurück. »Du hattest geschrieben, dass du zwei Schwestern hast, die du großgezogen hast nach dem Tod deiner Mutter?«

»Ja.« Traurigkeit stieg in ihr hoch und setzte sich wie ein Kloß in ihren Hals. Ihre Schwestern hätten bei ihrer Hochzeit heute da sein sollen. *Werde ich sie je wiedersehen?* Sie wollte Seth so viel wie möglich über ihre Familie erzählen und es sprudelte nur so aus ihr hervor. Sie beschrieb ihre Schwestern und deren Ehemänner, ihren Vater und

Minerva. Auch wenn es zwischendurch immer mal wieder kleine traurige Momente gab, so lachte sie doch meist mit Seth – insbesondere über die Geschichte von Anna, als sie drei war und splitterfasernackt einem Huhn hinterher jagte und ihre beschämte Mutter hinter ihr her. Sie erwähnte sogar ihre gute Freundin Evie, auch wenn sie ihm nicht sagte, woher sie sich kannten.

Seth stellte sich als guter Zuhörer heraus. Hin und wieder nickte er, um zu zeigen, dass er noch zuhörte oder er schaute kurz herüber.

Am Horizont erschienen Bäume, die in einer wellenförmigen, ausgefächerten Weise wuchsen. Als sie näher kamen, konnte sie erkennen, dass es hauptsächlich Pappeln waren, gemischt mit ein paar Nadel- und ein paar Ahornbäumen.

»Ist das Haus von Mr. McCurdy in der Nähe?«

Seth runzelte die Stirn. »Nein. Nicht mal in Sichtnähe.« Er deutete in die Ferne. »Da drüben, in die Richtung. Wir haben ein Waldstück zwischen uns.« Er wurde still.

Trudy blickte beunruhigt zu ihm hinüber. Sie hatte bemerkt, dass er sich zurückgezogen hatte und sie wusste nicht, ob es an ihr lag.

Seth nahm beide Zügel in eine Hand. Er zeigte nach vorne. »Mein Land … *unser* Land fängt da vorne beim Bach an.«

Es scheint doch alles in Ordnung zu sein mit ihm. Trudy widmete dem Land nun wieder ihre gesamte Aufmerksamkeit.

Vom Zug aus hatte Trudy gesehen, wie leer die Prärie aussehen konnte und so war sie nun froh, ein paar Bäume zu sehen. Einige der Häuser, die sie hatte vorbeiziehen sehen, hatten so erbärmlich ausgesehen – nicht die Gegend in der sie gerne leben wollte.

Trudy machte einen kleinen erfreuten Hüpfer. Sie konnte es kaum erwarten, ihr neues Zuhause zu sehen. »Ist gar nicht so weit weg von Sweetwater Springs wie ich dachte. Das ist gut. Aber …« Sie betrachtete das Gras, über das sie hinweg fuhren. »Gibt es denn keine Straße? Gehst du nicht so oft in die Stadt?« Sie kam nicht umhin, sich darüber zu sorgen, ob sie auf der Farm festsitzen würde.

»Ich habe gerade eine Brücke fertiggestellt, sodass wir nicht einen so großen Umweg fahren müssen, um zur Furt zu kommen. Sonst müssten wir einen Umweg von vier Meilen machen, um in die Stadt zu kommen.« Er warf einen Blick auf die Kolonne hinter ihnen. »Nach dem heutigen Verkehr, sollte sich der Weg schon etwas festgetreten haben.«

Ein warmes Gefühl stieg in Trudy auf. »Das hast du für mich gemacht?«

Er sah sie mit einem amüsierten Blick aus seinen grauen Augen an. »Das habe ich für dich gemacht, Mrs. Flanigan.«

»Oh Seth!« Trudy spürte, wie sie förmlich glühte im Angesicht dieses Geschenkes. Durch seine fürsorgliche Geste – eigentlich viel mehr als nur eine Geste, schließlich war es sicher mühsam gewesen, eine Brücke zu bauen – fühlte sie sich geschätzt … wie eine echte Ehefrau. »Vielen Dank.«

Seths Mundwinkel zuckten, es schien, als müsste er sein wonniges Gefühl verstecken, dass das Lob bei ihm hervorgerufen hatte.

Sie überquerten die Bretterbrücke und Trudy fand großen Gefallen am Geräusch des glasklaren Wassers, das durch das steinige Bachbett plätscherte. Sobald die Zeit es zuließ, würde sie einen schönen Spaziergang durch das Wäldchen am Bachlauf unternehmen, das versprach sie sich.

Sie kamen auf der anderen Seite des Wäldchens hervor und sie sah das weite Grasland, wie es sich bis hin zu den Bergen erstreckte. In der Ferne waren das Haus und die Scheune zu erkennen, braune, gepflügte Felder und eine Herde grasender Rinder – all das unter einem azurblauen Himmel. Ihr Herz flatterte, als wolle es davonfliegen.

Als sie näher kamen, bekam ihre Freude einen Dämpfer.

Sie konnte keinerlei Bäume oder Büsche um das quadratische Holzhaus und die heruntergekommene Scheune sehen. Ein schulterhoher Holzzaun stand schützend um den Garten hinter dem Haus. Die feste Erde zeigte keinen Anschein von Gras. An den Stufen zum Haus blühten keine Blumen. Das Haus und die Veranda sahen beinahe so heruntergekommen aus wie die Scheune, obwohl hier und da noch stellenweise weiße Tünche sichtbar war. Ein paar Schritte von den Stufen entfernt, stand ein langer Trog mit einer Pumpe.

Trudy biss sich auf die Lippe, um einen Seufzer zu unterdrücken. Sie wurde immer unruhiger und hatte ein flaues Gefühl im Bauch.

Seth sah sie an. »Das Haus braucht ein wenig Liebe, das weiß ich.«

Ein wenig! Sie setzte ein Lächeln auf, damit er ihr Unbehagen nicht sah.

Seth fuhr das Gespann vor das Haus und zog die Bremse an.

Ein Hund streckte sich in einem sonnigen Fleck auf der Veranda, er stand langsam auf und schüttelte sich, sodass seine Hängeohren flatterten. Er wedelte mit seinem überproportionierten Schwanz, trottete die Stufen hinab und hinüber zu ihnen.

»Das ist Henry. Er ist ein guter alter Junge. Hat mir lange Jahre Gesellschaft geleistet.« Seth kletterte vom Wagen und ging hinüber zu Trudys Seite, um ihr herunter zu helfen.

Seine Hände umfassten ihre Taille und wieder spürte sie ein Kitzeln in ihrem Körper. Trudy legte ihre Hände auf seine Schultern und sprang hinab. Er schaukelte sie ein wenig dabei und ihr Bauch kribbelte. Als sie festen Boden unter sich hatte, bückte sie sich und hielt Henry ihre Hand hin, damit er sie beschnuppern konnte, dann streichelte sie seinen Kopf.

»Henry, sitz!«, befahl Seth.

Trudy konnte beinahe sehen, wie die Gelenke des alten Hundes krachten, als er langsam sein Hinterteil Richtung Boden bewegte.

Seth streichelte seinen Kopf. »Das ist dein neues Frauchen.«

Der Hund wedelte mit dem Schwanz.

Sie hörten langsamer werdende Huftritte und sahen, dass die Carters angekommen waren.

Bald folgte der Rest der Gruppe. Alle stiegen von ihren Pferden oder Wagen und gingen hinüber zu Trudy und Seth.

»Bitte, kommen Sie alle hinein.« Trudy lud die Damen ein und hoffte dabei inständig, dass das Haus von innen besser aussah als von außen, auch wenn sie es bezweifelte. »Obwohl ich nicht sagen kann, was uns erwartet.«

»Ach komm«, protestierte Seth zwinkernd. »Ich habe heute aufgeräumt.«

Mary Norton schüttelte den Kopf. »Wenn Männer aufräumen, bekommt man ein ganz anderes Ergebnis, als wenn Frauen aufräumen«, rügte sie ihn.

Die Frauen lachten.

»Wohl wahr«, seufzte Mrs. Cameron. »Wenn ich es zuließe, sähe unser Haus bald so aus wie das Innere seiner Taschen.« Sie sagte dies in einem neckenden Ton und warf ihrem Mann einen liebevollen Blick zu. Dieser grinste, steckte die Hände in jene Taschen und wippte vor und zurück. »Ich habe hart daran gearbeitet, den Eindruck von Ordnung zu erwecken. Ich wäre Ihnen also dankbar, meine Damen, wenn Sie meiner Frau nicht gleich alle Illusionen rauben würden.« Er beendete seine Ansprache mit einer halben Verbeugung gegenüber Trudy. »Und nun ist es weise, sich als Mann zu verziehen«, scherzte er und ging zum Wagen.

»Das ist schon längst passiert«, rief Trudy ihm nach. »Ich

habe die letzten fünf Jahre den Haushalt meines Vaters geführt. Ich bin schon völlig desillusioniert.«

Seth drehte sich nicht mehr um, aber anhand seiner Schulterbewegung konnte sie sehen, dass sie ihn zum Lachen gebracht hatte.

Mrs. Norton tätschelte Trudys Arm. »Machen Sie sich keine Sorgen, meine liebe Mrs. Flanigan«, sagte sie in einem ernsten Ton. »Wir beurteilen Sie nicht anhand des Zustandes Ihres Hauses.«

Mrs. Carter wedelte eine Fliege aus ihrem Gesicht. »Das machen wir erst *nächstes* Mal.«

Trudy lachte und merkte dabei, dass sich der Knoten in ihrem Bauch gelöst hatte. Sie war zwar immer noch nicht über den Zustand des Hauses erfreut, aber sie mochte ihren neuen Ehemann und ihre neuen Freundschaften. *Und wenn man es mal näher betrachtet, kommt es doch nur darauf an.* Sie konnte die Umstände um ihren Haushalt herum ändern … das *würde* sie. *Das versichere ich.*

Sie stieg die Stufen hinauf, öffnete die Haustür und trat ein. Als sie sich umsah, wurde es ihr wieder ganz anders. Der Raum war offen und nur spärlich eingerichtet. Wohnzimmer, Küche und Esszimmer waren im gleichen Raum und dieser war kaum größer als der Salon in ihrem Elternhaus und hätte sicherlich in den Doppelsalon in Mrs. Seymours viktorianischem Haus hineingepasst.

Die Damen standen hinter ihr in einer Traube. »Oh, es ist schön«, rief Mary Norton aus. »Viel Platz.«

Trudy tauschte Blicke mit den anderen Frauen. Auch wenn sie nicht in deren Häusern gewesen war, konnte sie doch anhand der Qualität ihrer Kleider sehen, dass sie vermutlich deutlich wohlhabender waren als die Pfarrersgattin. Aber als sie den Raum durch Mrs. Nortons Augen sah, änderte sich Trudys Perspektive. Vermutlich würde das gesamte Haus der Nortons in dieses Zimmer passen. Das Paar musste sich wohl oft ein größeres Pfarrhaus wünschen.

Ein Tisch mit drei stabilen Stühlen nahm fast den gesamten Platz rechts ein. Die Küche hatte einen schwarzen Herd und eine Arbeitsplatte. Offene Regale boten Platz für Vorräte, ein paar Töpfe und Geschirr.

Vor dem Kamin auf der anderen Zimmerseite stand ein einzelner abgewetzter Lederstuhl. Ein alter Lumpenteppich aus blauem und grünem Stoff machte den Boden weicher. Auf der anderen Seite des Zimmers ging eine Leiter nach oben auf den offenen Dachboden, der die halbe Fläche des Raumes überspannte. Ein Hutständer aus einem Hirschgeweih stand neben der Tür mit einem schlaffen Strohhut auf einer Spitze und einem gestrickten braunen Schal auf einer anderen Spitze.

Zu ihrem Entsetzen wurde Trudy klar, dass es kein fließendes Wasser gab. Sie hatte sich zwar auf ein kleines, karges Haus eingestellt, aber dass es kein fließendes Wasser und Abwasser geben könne, war ihr nicht in den Sinn gekommen. Sie versuchte, nicht zu seufzen, als sie an die zusätzliche Arbeit dachte, die Wasserhineinschleppen mit sich brachte – geschweige denn der Umstand, draußen ein Plumpsklo benutzen zu müssen. In ihrer Kindheit hatten sie eine Pumpe und ein Klohäuschen draußen gehabt, aber schon sehr lange hatte ihre Familie den Luxus von fließendem Wasser und Sanitärinstallationen im Haus genossen.

Mrs. Carter schob sich einige Strähnen, die aus ihrem Dutt lose geworden waren, hinter die Ohren. »Wenigstens ist alles sauber. Mrs. Bauer, ich muss Ihnen mal die Geschichte erzählen, wie es war, als ich aus Boston ankam, frisch verheiratet und bereit, ein Leben auf einer Ranch zu beginnen. Ein Hof voller Cowboys zudem … und ich sage Ihnen, die hatten schon jahrelang keine Frau mehr zu

Gesicht bekommen.« Sie erschauerte dramatisch. »Ich musste das Haus *und* die Männer auf Vordermann bringen. *Was* für eine Aufgabe, sage ich Ihnen.«

Die Frauen lachten.

Henry zottelte hinüber zum Teppich und mit einem Schnaufen ließ er seine alten Knochen an seinem offensichtlichen Lieblingsplatz nieder.

Trudy bewegte sich durch das Zimmer, sah durch das Fenster auf der anderen Seite. Von dort aus konnte man die majestätischen Berge in der Ferne sehen. *Schade, dass die Veranda nicht in diese Richtung hinausgeht.*

Mrs. Carter zeigte nach rechts auf eine Öffnung. »Da muss das Schlafzimmer sein.«

Trudy ging hinüber und öffnete die Tür. Das Schlafzimmer sah aus wie das von Mrs. Norton, obgleich es Gott sei Dank größer war. Sie ging durch die Tür und bewegte sich auf die andere Seite, damit die Damen auch in das Zimmer passten.

Durch ein Fenster schien die Sonne auf das Bett, auf dem eine verblasste Patchwork-Decke lag. Ein Waschtisch und eine kleine Kommode waren die einzigen Möbel im Zimmer. Männerkleidung hing an Haken an der anderen Wand.

Ihr Kleiderschrank und Sekretär würden hineinpassen, auch wenn es eng werden würde. Sobald sie Seths Bett durch ihr Schöneres ersetzt hätte, ihre Möbel ergänzt hätte, die Wände gestrichen oder tapeziert hätte, ein paar Bilder …

Mrs. Cameron schürzte die Lippen. »Es hat Potential.«

Trudy nickte bestimmt. »Das sehe ich auch so.«

Mrs. Norton schlug die Hände zusammen. »Mrs. Flanigan, ich glaube, Sie werden in Ihrem neuen Heim sehr glücklich werden.«

Als sie den fröhlichen Gesichtsausdruck der Frau sah, konnte sie nicht umhin, sich optimistisch zu fühlen. »Ich hoffe, Sie haben recht, Mrs. Norton.« Sie deutete zur Tür. »So, meine Damen, vielleicht können Sie mir dabei helfen, die Küche zu erforschen und eine Mahlzeit für unsere hart arbeitenden Männer herzurichten!«

Kapitel Dreizehn

Seth hatte kaum Zeit mit seiner Braut allein. Er war damit beschäftigt, die Kisten bei der Entladung zu dirigieren. Dabei musste er entscheiden, ob die Kisten ins Haus oder in die Scheune kommen sollten – zum Glück hatte Trudy alles ordentlich mit schwarzen Buchstaben beschriftet. Er musste auch noch Platz in der Scheune schaffen. Dabei gelang es ihm kaum, einen Blick auf seine Braut zu werfen.

So hatte er sich das gar nicht vorgestellt. Er hatte sich überlegt, wie er Trudy an der Hand nehmen würde, ihr alles zeigen würde, ihr erklären würde, warum alles so aussah, wie es aussah und was er vorhatte zu reparieren und zu verändern. In Wirklichkeit hatte er es gerade einmal geschafft, seine Frau bis zur Haustür zu begleiten. Während er die Kisten hin und her verlud, machte er sich Sorgen, was sie wohl über sein Heim denken würde und wie es ihr wohl inmitten der Damen erging.

Eine Kiste mit der Aufschrift *Bettzeug* lieferte ihm eine gute Ausrede, um nach dem Rechten zu sehen. Er trug die Kiste ins Haus und sah sich nach seiner Frau um. Aber die Damen standen im Wohnzimmer um Trudy herum und so konnte er nicht erkennen, was los war.

Im Schlafzimmer stellte er die Kiste auf einer anderen mit

der Aufschrift *Schlafzimmer* ab, wobei er sich fragte, was sich wohl darin verbarg. Dann zog er los, um Mrs. Flanigan zu finden. Sie war in der Küche. Sie hatte eine Schürze umgebunden, um ihr Hochzeitskleid zu schützen und hatte ihre Ärmel hochgerollt, sodass die weiche, weiße Haut ihrer Unterarme sichtbar wurde.

Er sah seiner Braut dabei zu, wie sie Küchenartikel auspackte und bestimmte, aber freundliche Befehle an die anderen Frauen gab. Die Frauen lachten und scherzten miteinander und mit Trudy. Er war froh, dass Trudy sich mit den wichtigsten Frauen in Sweetwater Springs anfreundete.

Trudy sah hoch und bemerkte, dass er sie anstarrte. Ihre Blicke trafen sich und ihre Wangen bekamen Farbe. Ihre hübschen, rosa Lippen zogen sich zu einem Lächeln nach oben. Es war ein genauso süßes Lächeln, wie sie es zuvor den Frauen geschenkt hatte, aber mit einer Prise unschuldiger Sinnlichkeit. Er wünschte sich, er könne zu ihr hinüber gehen, sie in seine Arme schließen und erneut ihre süßen Lippen auf seinen spüren.

Mrs. Norton beendete den Moment abrupt, als sie die Kellertür entdeckte. Sie rief nach Trudy und alle Damen marschierten die Treppe hinunter, wobei sie sich benahmen, als hätten sie eine Schatzkammer voller Gold entdeckt.

Zum Glück hatte er alle Spinnweben im Keller entfernt und so konnte er sich reinen Gewissens wieder in das Entladegetümmel stürzen. Er fühlte sich immer besser, was diese ganze Versandbrautsache anging.

Als er im Garten ankam, stellte Nick ihm eine Frage zu einer Kiste. Er versuchte zu entscheiden, ob das Wohn- und Esszimmer noch einen weiteren Stuhl gebrauchen könnte oder ob die Kiste in die Scheune kommen sollte. Dabei schlichen sich erneut Gedanken über seine neue Ehefrau in seinen Kopf.

Ein wenig später entdeckte Slim eine lange Kiste mit der Aufschrift „*Bett*“. Er rief laut und alle Männer kamen hinüber zu ihm. Der Cowboy begann sofort mit den anderen zu witzeln, was wohl später am Abend in ebendiesem Bett geschehen würde.

Carter warf Slim einen scharfen *Halt-deinen-Mund*-Blick zu.

Mit heißen Ohren kläffte Seth Slim an, dass er die Kiste in die Scheune zu schaffen habe, immerhin habe er schon ein Bett − nicht, dass er bald wieder darin schlafen würde. Die Entscheidung über das neue Bett sollte später getroffen werden, wenn Trudy und er allein wären. Aber er kam nicht umhin, sich zu fragen, ob er Trudys Bett − ihr gemeinsames Ehebett − wohl in der nahen Zukunft aufbauen würde.

Trudy stand auf der Veranda neben Seth und winkte ihren neuen Freunden zum Abschied. Als der letzte Wagen über den Horizont hinaus war, überwältigte sie die Müdigkeit. Nicht einmal die Aufregung darüber, dass sie nun Zeit mit ihrem Mann alleine verbringen konnte, gab ihr mehr Energie.

Seth musste das bemerkt haben, denn er hatte sie am Ellenbogen gegriffen und zum nächstgelegenen Schaukelstuhl gelenkt. »Setz dich. Du musst ja ganz erschöpft sein, bei all dem, was du heute durchgemacht hast.«

Sie war dankbar für seine Bedächtigkeit und sank in den Schaukelstuhl. Ihr Korsett und die Tournüre machten das Unterfangen wenig bequem, also entschied sie, sich nicht mehr um Schicklichkeit zu scheren, rutschte nach vorne und lehnte sich so weit zurück, bis ihre Schultern die Lehne berührten.

Trudy lehnte ihren Kopf gegen das Holz und blickte in das weit offene Land, das sich vor ihr erstreckte. Sie könnte hier sitzen und den lieben langen Tag diese Landschaft und den schönen Himmel ansehen, obwohl sie sich wünschte, das Haus hätte einen Blick auf die Berge. Vielleicht könnten sie ja eine Veranda auf der Rückseite anbauen.

Seth ließ sich auf die Bank neben dem Schaukelstuhl sinken. »Ich kann nicht glauben, was wir alles geleistet haben. All deine Dinge sind entladen, die Möbel im Haus sind ausgepackt, die Deckel der Kisten mit allem anderen sind geöffnet …«

»Das sind wirklich gutherzige Menschen. Es gibt mir ein Gefühl …«, sie versuchte ein passendes Wort zu finden, »dass es *richtig* ist, hier in Sweetwater Springs zu leben.« Sie setzte einen spielerischen Ton auf und fuhr fort: »Obwohl ich glaube, sie haben uns ganz kahl gefuttert. Wir werden morgen in die Stadt fahren und unsere Vorräte auffüllen müssen.«

»Selbstverständlich. Nach dem Frühstück können wir fahren. Aber danach muss ich mich dringend an die Aussaat für den Frühling machen. Ich denke, ich kann es einrichten, dass wir am Sonntag in die Kirche gehen können, aber ich bin spät dran.« Er zwinkerte ihr zu. »Diese ganze Angelegenheit, mich auf meine Braut vorzubereiten, hat mich völlig aus dem Konzept gebracht.«

»Soll das eine Beschwerde sein?«, neckte sie ihn, obwohl sie die Antwort wusste.

»Ganz genau!«, sagte Seth in einem ernsten Ton, aber seine Augen funkelten. »Ich gehe mal davon aus, dass das sicher nicht das einzige Mal sein wird, dass meine Frau mich von etwas ablenkt.«

»Sicher nicht«, gab Trudy zurück.

Sie saßen einige Minuten lang gemütlich schweigend nebeneinander. Trudy hatte eigentlich so viel zu sagen … zu fragen, aber nur daran zu denken, was sie noch alles erledigen musste – das Haus aufräumen, den Garten bepflanzen –

machte sie müde. Sie wollte ein wenig ihre Ruhe haben und entspannt über alles nachdenken, was in den letzten paar Stunden passiert war.

Sie drückte sich mit den Zehen vom Boden ab und schaukelte sanft mit dem Stuhl. Sie hoffte, dass Seth ernst meinte, was er in seinem Brief über die ehelichen Pflichten geschrieben hatte, denn sie wollte gerade einfach nur ins Bett, allein. Obwohl – sie betrachtete das starke Profil ihres Ehemannes – sich das sicher bald ändern würde.

Seth räusperte sich. »Ich werde oben auf dem Dachboden schlafen bis ...«

Trudy seufzte lang und erleichtert. »Du hast meine Gedanken gelesen. Ich habe gerade darüber nachgedacht, wie komisch es wäre in einem Bett mit dir zu schlafen – wo doch alles noch so neu ist zwischen uns.«

Er lächelte sie an und reichte herüber, um sanft ein paar lose Strähnen hinter ihr Ohr zu streichen. »Ich verstehe.«

Aus irgendeinem Grund, stiegen ihr aufgrund der Geste Tränen in die Augen.

Er zog die Brauen zusammen. »Was ist los?«, fragte er sie leise mit besorgtem Blick.

Trudy schluckte. Wie könnte sie ihre verwirrten Gefühle wohl erklären? Sie hatte so viele Gefühle gleichzeitig – die Erleichterung darüber, dass sie ihren gut aussehenden Ehemann mochte, die Enttäuschung über das karge Haus, die Freude über die Schönheit der Berge, die Traurigkeit darüber, dass sie so weit von ihrer Familie entfernt war, ihre Betroffenheit darüber, dass Sweetwater Springs so klein war, die Erleichterung, dass sie schon neue Freunde gefunden hatte, ihre Aufregung, ein neues Leben zu beginnen, das Grauen davor, dass sie nun all ihre Dinge sortieren musste ...

Sie dachte an Evie und fragte sich, ob es ihr wohl ähnlich überwältigend ergangen war. *Ich werde ihr morgen schreiben.* Dieser Plan beruhigte sie und ließ die Tränen versiegen.

Seth tippte ihr auf die Nase. »Mrs. Flanigan, du bist ein bisschen zu leise für meinen Geschmack.«

Trudy griff seinen Finger und ließ ihn frech nicht mehr los. »Ich bin so erschöpft. Ich würde gerne baden. Aber gleichzeitig fühlt es sich so gut an, still mit dir hier zu sitzen, also will ich nicht aufstehen.«

Seths Blick wanderte auf sie zu und seine Augen flammten auf. »Ein Bad kann ich dir bieten.« Seine Stimme klang etwas heiser. »Im Sommer, wenn es heiß ist …« Er zeigte in die Ferne mit der freien Hand. »Da drüben macht der Bach einen Knick und da gibt es ein kleines Becken. Das ist ganz toll zum Baden. Sehr erfrischend an heißen Tagen. Aber zu kalt im Moment.«

Klingt nach einem Abenteuer. In ihrem Bauch wurde es wohlig warm bei dem Gedanken an ein Bad in dem Becken mit ihrem Seth.

»Wie wäre das, du sitzt hier und ruhst dich aus und ich bringe die Wanne in das Schlafzimmer und fülle sie mit Wasser. Dann heize ich Wasser im Kessel und einem großen Topf auf, damit du warmes Wasser hinzufügen kannst.«

»Ein Bad klingt herrlich.« Trudy schenkte ihm ein dankbares Lächeln. Als er hineinging dachte sie jedoch wehmütig an das Badezimmer in ihrem Elternhaus – sich in der großen Badewanne auszustrecken und sich im wohlig warmen Wasser zu entspannen, das heiß aus der Leitung kam.

Ich muss mich einfach daran gewöhnen. Trudy war sich sicher, dass sie sich genau das in der Zukunft noch öfter sagen würde. Sie lehnte sich mit dem Kopf an und nickte ein. Es schien ihr, als seien nur wenige Minuten vergangen, als Seth sie an der Schulter berührte, um sie zu wecken. Aber die Schatten im Garten waren schon länger geworden.

»Du kannst jetzt baden, Trudy.« Er streckte seine Hand aus, um ihr aufzuhelfen.

Sie wachte erfrischt auf und griff nach seiner Hand. Ohne ihre Handschuhe an den Händen, spürte sie, wie hart seine Handflächen waren, und bemerkte die Schwielen eines hart arbeitenden Mannes an seinen Händen. Sie ließ sich von ihm hochziehen. Sie standen eine Weile zusammen und spürten dabei die Spannung, die aus der Nähe zwischen ihnen entstand.

Seth gab ihr einen Kuss auf die Stirn. »Los, geh dich baden, meine Liebe, bevor das Wasser kalt wird. Ich habe noch warmes Wasser im Kessel und im Krug neben der Wanne, damit du dich damit abduschen kannst.«

Sie murmelte ihren Dank und ging ins Schlafzimmer. Zu ihrem Missfallen sah sie, wie klein die runde Zinnwanne war, und fragte sich, wie sie da nur hineinpassen sollte.

Sie öffnete die grüne Truhe am Fußende des Bettes und entnahm ein sauberes Hauskleid und Unterwäsche, wobei sie versuchte, die Falten auszustreichen. Sie legte ihren silbernen Kamm, ihre Bürste und ihren Handspiegel auf den Waschtisch. Aus der anderen Truhe, die am anderen Ende des Bettes stand, nahm sie ein Handtuch und einen Waschlappen. Sie hatte mehr in den anderen Kisten, hatte aber klugerweise vorhergesehen, dass sie bei der Ankunft bereits welche brauchen könnte.

Sie legte das Handtuch, den Waschlappen und ein Stück feine Lavendelseife auf den Boden neben die Wanne und beeilte sich, ihr Hochzeitskleid auszuziehen. Sie legte das Kleid auf das Bett und zog dann ihre Unterwäsche aus. Als sie ihr Korsett öffnete, seufzte sie erleichtert und warf es dann auf das Bett. Sie zog die Haarnadeln aus ihrer Frisur und machte sich daran, ihren schweren geflochtenen Zopf zu lösen.

Trudy stieg in die Wanne und kauerte sich hinein, damit sie sich hinsetzen konnte. Sogar mit ganz angezogenen Knien, passte sie kaum hinein. *Wie Seth das wohl macht? Seine*

Beine hängen ja sicher über. Sie musste bei dem Gedanken kichern.

Auch wenn ihre Position in der Wanne sehr beengt war, so genoss sie doch das warme Wasser. Trudy nahm sich die Schale, die neben der Wanne stand, lehnte sich an eine Seite und schöpfte einige Schalen voll Wasser über ihren Kopf. Sie seifte ihre Haare ein und massierte sich die Kopfhaut. Sie war froh, dass sie endlich den Rauch des Zuges auswaschen konnte. Sie spülte die Haare mit mehreren Schalen des Badewassers aus. Dann seifte sie den Waschlappen ein und schrubbte ihren Körper.

Anschließend lehnte sie sich ungelenk hinüber und griff nach dem Kessel mit sauberem Wasser. Sie fühlte die Temperatur: warm.

Sie schüttete sich das Wasser über den Kopf. Als nächstes nahm sie den Krug und schüttete sich das Wasser im Stehen über und ließ das klare Wasser an ihrem Körper hinablaufen. Dann wrang sie ihr Haar aus und griff ihr Handtuch, mit dem sie sich abtrocknete.

Trudy stieg aus der Wanne und wickelte ihre Haare in das Handtuch ein, wobei sie ihr Haar noch mehr auswrang, um es so trocken wie möglich zu bekommen. Sie behielt den Handtuchturban auf und zog sich wieder an. Danach kämmte sie sich die Haare.

Als sie fertig war, sah Trudy die Wanne voll Wasser an und seufzte. Sie konnte leider nicht einfach, den Stöpsel ziehen und das Wasser abfließen lassen. Die Wanne von Hand zu füllen und zu leeren würde Baden zu einem größeren Akt machen. Ein Bad würde nun zu einem seltenen Luxus werden. Wie in vielen anderen Familien, würde es am Samstagabend stattfinden.

Keine Sanitäreinrichtung, ein Klohäuschen im Freien und eine Zinnwanne – all das gehörte nun zu ihrem Leben. Ein Leben, dass sie sich ausgesucht hatte. Trudy war klar, dass sie ab sofort härter arbeiten würde, als je zuvor. Aber harte Arbeit schreckte sie nicht. Sie sah sich im Zimmer um und malte sich aus, wie sie es gestalten würde, und wusste, dass ihr sicherlich nicht langweilig werden würde. Hoffentlich konnten sie auch ein wenig Zeit darauf verwenden, gemeinsam die Gegend zu erkunden. Sie wollte die Berge aus der Nähe sehen.

Trudy schürzte die Lippen. Vielleicht würde Seth sie auf Erkundung mitnehmen, wenn das Haus fertig eingerichtet und der Garten angepflanzt war.

Kapitel Vierzehn

Seth saß draußen auf der Veranda und genoss einen seltenen Moment der Ruhe. Die Bank war nicht so bequem wie der Schaukelstuhl, daher beschloss er, dass er einen weiteren bauen musste. Er seufzte.

Bei alldem, was er zu tun hatte, schien der Bau eines neuen Schaukelstuhls einfach nicht wichtig genug. Er saß ja auch nicht allzu häufig auf der Veranda. Sobald der Frühling sich zeigte, würde er von morgens bis abends durcharbeiten müssen. Er hatte nie genug Zeit oder genug Hilfe, um all seine Aufgaben zu erledigen – zumindest nicht, wenn er sich vergrößern wollte, mehr Land bebauen und mehr Tiere für seine Herde kaufen wollte.

In den letzten Wochen war seine Aufgabenliste, ohne die Hilfe seines Hilfsarbeiters und mit all den Vorbereitungen für die Ankunft seiner Braut, deutlich angewachsen. Er dachte an all die Dinge von Trudy, die sich in der Scheune angesammelt hatten. *Ich wette, sie hat einen Schaukelstuhl in einer ihrer Kisten.* Er musste sie einfach fragen und bemerkte dabei, dass er *Bau eines neuen Schaukelstuhls* vielleicht sogar von seiner Liste streichen konnte.

Seth hatte seine Bedenken gehabt, was die Heirat mit einer Fremden anging – sich mit einer Frau niederzulassen, wo er doch eine andere liebte. Aber er hatte bis zu diesem Moment noch nicht bemerkt, wie sehr ihn diese Sorge angestrengt hatte. Jetzt, da diese Bürde von seinen Schultern genommen war, fühlte er sich allmählich besser. Der Knoten in seinem Bauch, dessen Existenz er gar nicht wirklich bemerkt hatte, löste sich heute Stück für Stück. Er mochte seine Frau und fand sie attraktiv und nett. Das machte für ihn einen großen Unterschied und würde sich auch positiv auf ihre gemeinsame Zukunft auswirken.

Eine Last war von seinen Schultern gefallen. Aber er vermutete, dass sich die Last bald wieder anhäufen könnte – sich um eine Ehefrau und irgendwann auch Kinder zu kümmern, war ganz anders als ein Junggesellenleben, bei dem er mit dem wenigen, das er hatte, auskommen konnte, wenn er musste. Aber er wusste auch, dass die Vorteile aus seiner Ehe die Opfer, die er bringen musste, übertrumpften.

Seth dachte an die Möbel in seiner Scheune. Eine Ehefrau … *seine* Ehefrau würde ihn teuer zu stehen kommen. Aber er würde auch Geld sparen, da sie sich um den Garten und das Haus kümmern könnte und er keine Backwaren oder Kleidungsstücke mehr kaufen müsste. Und natürlich würde Trudy ihm auch noch andere Freuden bereiten. Er stellte sie sich vor, wie sie gerade in seinem Schlafzimmer war, nackt und nass, wie sie sich einseifte. Er spürte seine Erregung und zwang sich, wieder an die Farm zu denken.

Er hatte mehr Glück als die meisten Farmer. Ihm gehörte sein Land. George, sein Stiefvater hatte das sichergestellt. Er hatte ein paar Ersparnisse, auch wenn es nach seinem Geschmack nicht genug war. Er steckte sein Kapital immer zurück in die Farm. Er hatte also nicht viel Bargeld zur Verfügung. Der Gedanke an George brachte die altbekannte Trauer zurück. Er wünschte sich, dass der alte Mann – und natürlich auch seine Mutter – seine Ehefrau hätten treffen können.

Er hörte leise Schritte und sah hinüber zur Tür, wo Trudy stand. Sie trug ein lockeres Hauskleid und ihr feuchtes Haar hing ihr über die Schultern. Allein sie anzusehen, vertrieb die dunklen Wolken. Er tätschelte die Armlehne des Schaukelstuhls. »Komm, setz dich und genieße den Abend solange du noch kannst. Die Dämmerung kommt und bald wird es zu kalt für dich sein, um hier mit nassen Haaren zu sitzen.«

Sie lächelte ihn zögerlich an und hielt ihm ein Päckchen entgegen, das in braunes Papier eingeschlagen war und eine blaue Schleife hatte. »Ein Hochzeitsgeschenk.«

Die Überraschung haute ihn um. Solange er sich erinnern konnte, hatte ihm noch niemals jemand etwas geschenkt. Dass seine Frau ihm etwas mitgebracht hatte, berührte ihn tief. »Aber das wäre doch nicht nötig gewesen, Trudy. Du hast dich selbst mitgebracht, das ist sowieso das beste Geschenk.«

Sie errötete und ihre blauen Augen leuchteten auf.

»Ganz zu schweigen von den Wagenladungen an Gütern, die nun meine Scheune bis zum Rand füllen.«

Sie presste die Lippen aufeinander, um offensichtlich ein Lachen zu unterdrücken, aber ein Kichern brach trotzdem aus ihr hervor. »Das hier ist für dich. Ich dachte, es gefällt dir vielleicht.« Sie biss sich auf die Lippe. »Aber vielleicht findest du es auch zu fantastisch.«

Er nahm ihr das Päckchen neugierig ab. Von der Größe und dem Gewicht her, vermutete er, dass sie ihm ein Buch mitgebracht hatte.

Trudy ließ sich im Schaukelstuhl nieder und lehnte sich in seine Richtung, um ihm dabei zuzusehen, wie er das Geschenk auspackte.

Er roch ihren Lavendelduft. Ihre feminine Präsenz hatte sein Heim von Grund auf verändert. »Du riechst gut«, murmelte er.

»Alles ist eine Verbesserung zu meinem Geruch vorher. Ich bin so froh, dass ich mir den Rauchgeruch aus den Haaren waschen konnte! Danke, dass du mein Bad eingelassen hast. Die Wanne … «

»Darum kümmern wir uns später«, sagte Seth, mehr an seinem Geschenk interessiert. Er öffnete die Schleife vorsichtig und reichte sie ihr. Dann machte er sich an das Papier und versuchte dabei, nicht die Ecken zu zerreißen, die sie so vorsichtig verklebt hatte. Er konnte den Mehlkleber riechen. Er hatte das Geschenk ausgepackt, ein Buch mit dem Titel: *Mystische Monster* von Charles Gould.

Er blickte sie erstaunt an.

»Du sagtest, du magst gerne Bücher über Tiere«, versuchte sie zu erklären. »Ich weiß ja, die sind nicht real, aber ich dachte, sie interessieren dich vielleicht trotzdem.«

Seth lehnte sich herüber und küsste sie auf den Mund. Diese Geste fühlte sich erstaunlich natürlich an. »Da hast du richtig gedacht. Vielen Dank!« Er öffnete das Buch und betrachtete die erste Seite, auf der eine farbenprächtige Abbildung eines *Fung Wang*, abgebildet war. Die Kreatur war eine Art orange-grüner Pfau. Er fuhr mit dem Finger den langen, gefederten Schwanz entlang. »Das ist ganz toll, Trudy. Ich hätte nie gedacht, dass es ein solches Buch gibt und noch viel weniger dachte ich, dass es mal mir gehören würde.«

»Freut mich, dass es dir gefällt.«

Seth nickte langsam und wünschte, er könne sich in dem Buch verlieren. Aber er sah den dunkler werdenden Himmel an – er musste seine Braut hineinbringen und sie vor den Kamin setzen, damit sie sich nicht verkühlte. Er klappte das Buch zu und berührte den Umschlag. »Ich lese im Sommer nicht viel. Ich habe immer zu viel zu tun. Aber im Winter werde ich einige Stunden mit diesem Buch verbringen, oder …« er blickte sie von der Seite an. »Wenn du möchtest, kann ich es auch vorlesen.«

Sie strahlte ihn an. »Das wäre wunderbar.«

Er streckte ihr die Hand entgegen und sagte: »Komm, Mrs. Flanigan. Ich mache uns ein Feuer im Kamin an. Dann kannst du deine Haare davor trocknen. Ich habe so das Gefühl, dass du früh ins Bett gehen willst.«

Allein diese Worte brachten sie zum Gähnen. Sie hielt sich die Hand vor den Mund. »Du hast recht.« Sie legte ihre Hand in seine und ließ sich von ihm aufhelfen. Sie sah ihn eine Sekunde lang an.

Er wollte sie noch einmal küssen, aber gleichzeitig wollte er sie nicht drängen, besonders weil sie so müde war. Also machte er einen Schritt von der Tür weg und ließ Trudy durchgehen ins Haus.

Es wird noch mehr Gelegenheiten geben für Küsse und die werde ich auch voll und ganz ausnutzen.

Am nächsten Morgen erwachte Trudy nur langsam. Doch die ungewohnte Umgebung verwirrte sie und so wurde sie plötzlich hellwach. Als sie wieder wusste, wo sie war, entspannte sie sich und streckte sich. Mit dem Zeh blieb sie im Leintuch hängen. Sie versuchte sich zu befreien. Sie zuckte kurz zusammen und wunderte sich, was Seth wohl dazu sagen würde, dass sie gleich am ersten Morgen sein Leintuch kaputt gemacht hatte. Obwohl der Stoff wohl schon durchgewetzt gewesen sein musste, wenn er so schnell riss.

Ich muss meine eigene Bettwäsche auspacken.

Ihre Gedanken flatterten wild: Seth, Auspacken, ihr Vater, die Einkaufsliste für ihre Fahrt in die Stadt. Ihr Magen knurrte und sie fragte sich, was sie zum Frühstück machen sollte. Sie hatten noch etwas Schinken. Den könnte sie braten. Allerdings hatten sie kein Brot. Eier … sie überlegte, ob sie gestern bereits alle aufgebraucht hatte, konnte sich aber nicht erinnern. Sie konnte sich auch nicht an einen Hühnerstall erinnern. *Wie kann er nur keine Hühner haben?*

Diese Frage ließ sie nicht mehr los und sie beschloss, aufzustehen. Sie zog ihre Unterwäsche an, schnürte ihr Korsett nur lose und zog dann ein einfaches Kleid über, das sie am Vorabend aufgehängt hatte in der Hoffnung, dass sich die schlimmsten Falten aushängen würden. Einige waren besser geworden, aber das Kleid war immer noch verknittert genug, sodass sie *Bügeln* zu ihrer Tagesordnung hinzufügte. Sie band sich eine Schürze um, die die meisten Falten verdeckte.

Trudy machte sich nicht die Mühe, ihr Bett zu machen, da sie es neu beziehen wollte mit ihrer eigenen Bettwäsche. Sie eilte ins Wohnzimmer. Henry, der auf dem Teppich vor dem Kamin lag, hob seinen Kopf, als er sie sah, und wedelte mit dem Schwanz. Er stand aber nicht auf.

»Hallo Henry«, sagte Trudy und bückte sich hinunter. Sie streichelte seine Ohren. »Weißt du, wo dein Herr ist?«

Der Hund sah sie aus seinen klaren braunen Augen an.

Ihre Frage wurde durch schwere Schritte auf der Veranda beantwortet. Seth stand in der Tür mit einem Eimer in der Hand. Er sah sie an, wie sie neben Henry hockte und grinste.

Trudy richtete sich auf.

»Na, ausgeschlafen, Mrs. Flanigan?«

Als sie ihn so in seiner Arbeitskleidung dastehen sah, schlug ihr Herz schneller. Trudy legte eine Hand auf ihren Hals. »Normalerweise bin ich Frühaufsteherin, aber ich war so müde.« Sie ging zu ihm hinüber. »Lass mich dir den abnehmen.«

Er reichte ihr den Eimer, der randvoll mit Milch war. Dann beugte er sich vor und zog seine schweren Arbeitsstiefel aus.

»Das ist rücksichtsvoll von dir, Seth.« Sie zeigte mit der freien Hand auf seine Füße. »Dass du keinen Dreck ins Haus bringst.« Sie stellte den Eimer auf den Tisch.

Er hob die Augenbrauen an. »Meine Mutter war da sehr strikt. Ich mache das aber im Winter nicht. Da stürme ich gleich rein und schleife Schnee und Matsch mit hinein.« Er schlenderte auf Strümpfen zu ihr hinüber, bis er nur wenige Zentimeter von ihr entfernt stand.

Sie unterdrückte das Bedürfnis, einen Schritt nach hinten zu machen, und wusste, dass er wohl sehen konnte, wie die Hitze von ihrer Brust zu ihrem Gesicht wanderte. »Natürlich, wenn es kalt ist, ist das was anderes«, sagte sie zaghaft. »Das erwarte ich dann nicht.«

Seine Augen betrachteten ihr Gesicht. »Du warst ganz schön ausgelaugt gestern.« Die Art und Weise, wie er den Satz sagte, ließ ihn wie eine Frage klingen.

Trudy spreizte die Finger. »Ich bin gut ausgeruht und kann sofort an die Arbeit.«

Er legte ihr die Hände auf die Schultern. »Aber zunächst einmal …« Er gab ihr einen Kuss auf den Mund. »Guten Morgen, Mrs. Flanigan«, sagte er mit heiserer Stimme.

Es war nur eine solch kleine Berührung und doch raubte sie ihr den Atem. »Guten Morgen, Mr. Flanigan«, flüsterte sie.

Er tat einen Schritt zurück und nahm die Hände von ihren Schultern.

Trudy wollte ihn an sich ziehen, um mehr Küsse zu bekommen, aber zwang sich stattdessen zu sprechen. »Ich würde dir gerne Frühstück machen«, sagte sie in nüchternem Ton. »Aber wir haben kein Brot mehr und ich kann keine Eier finden. Hast du Hühner?«

Seth spitzte die Lippen. »Nein, ich hatte mal ein paar. Aber der Fuchs hat sie gerissen. Der alte Hühnerstall war vermodert, daher hab ich ihn abgerissen. Ich wollte neue

Hühner kaufen und einen neuen Stall bauen ...« Er machte eine frustrierte Handbewegung. »Es gibt hier einfach so dermaßen viel zu tun, Trudy.«

Sie stemmte die Hände in die Hüften. »Wir brauchen Hühner, Seth. Ich brauche deine Hilfe beim Kauf von ein paar Junghühnern. Du musst den Hühnerstall bauen, aber danach kümmere ich mich um sie.«

Er schenkte ihr ein charmantes Lächeln. »Ich weiß. Wir setzen Hühner auf unsere Einkaufsliste. In der Zwischenzeit, mach doch einfach, was du findest zum Frühstück. Ich esse normalerweise Bohnen vom Vortag.«

»Du wirst sicherlich *keine* Bohnen vom Vortag essen!« Allein der Gedanke daran war eine Beleidigung.

»Ja, Ma'am«, sagte Seth in einem spielerischen Ton. »Ich bin sicher, du bekommst etwas Gutes hin.«

»Ich brate uns Schinken an.« Sie tippte sich ans Kinn und dachte nach. »Es gibt keinen Speck. Ich kann keine Pfannkuchen machen, weil wir keine Eier haben und ich habe auch kein Backpulver oder Soda gesehen. Hast du so etwas?«

Er unterdrückte ein Grinsen, aber seine Augenwinkel zeigten Fältchen. »Nein, Ma'am.«

Trudy stemmte eine Faust auf die Hüfte. »Seth Flanigan, das ist nicht lustig.« Sie versuchte ernst zu wirken, aber sie wusste, es war ihr nicht gelungen.

»Es gibt immer noch Bohnen, Trudy.« Er lachte laut heraus.

»Keine Bohnen zum Frühstück! Ich mache uns Haferschleim und gebratenen Schinken.«

»Das klingt gut. Ich habe einen Bärenhunger«, sagte er. »Diese ganze Heiraterei macht einen ganz schön hungrig.«

Jetzt war sie diejenige, die kicherte. »Na dann, Herr *Ehemann*, werde ich mich mit dem Frühstückmachen beeilen.«

Er tippte sich an die Stirn zum scherzhaften Gruß. »Mach das, Mrs. Flanigan, und ich gehe derweil zurück in die Scheune und miste weiter aus. Ich freue mich schon auf unser erstes gemeinsames Frühstück.«

Kapitel Fünfzehn

Nachdem sie das Geschirr gespült und abgetrocknet hatte, setzte sich Trudy an den Tisch, um Briefe zu schreiben. Dann zog sie ein schöneres Kleid an und setzte ihren Hut auf, den sie in die Stadt tragen wollte. Während sie darauf wartete, dass Seth den Wagen anspannte, ging Trudy im Garten herum, um ihn zu begutachten. Sie trug ihre große gehäkelte Handtasche mit ihrem Geldbeutel – abzüglich der fünfhundertfünfzig Dollar, die sie unter der Matratze gelassen hatte – der Einkaufsliste und zwei Briefen – einen an ihren Vater und einen an Evie.

Die Erde, die Seth vor kurzem umgegraben hatte, sah dunkel und reichhaltig aus. Trudy konnte es kaum abwarten, ihre Finger in die Erde zu graben.

Sie hatte zu ihrer Erleichterung gesehen, dass einige mehrjährige Pflanzen gesprossen waren. Sie betrachtete im Gehen, was ein Kräutergarten in einem Hochbeet zu sein schien. Sie bückte sich und zerdrückte ein Blatt Minze in der Hand und setzte den süßlich-scharfen Geruch frei. Dann riss sie ein wenig Salbei ab und schnupperte an dem Blatt. Das gleiche machte sie mit dem Thymian und schwenkte dann ihre Hand durch den Lavendel.

Sie richtete sich auf, betrachtete den Rest des Gartens

und überlegte sich, wie sie die verschiedenen Gemüsesorten pflanzen würde. Kartoffeln konnte sie gleich pflanzen. Bohnen und Erbsen könnten am Zaun am Ende des Gartens hochklettern. Sie würde Seth bitten, ein paar Drähte am Holz anzubringen. Morgen würde sie dann ihre Samen in Behältern im Haus aussäen, damit diese sprießen konnten, bevor sie draußen eingepflanzt wurden.

Trudy spitzte die Lippen und fragte sich, ob sie wohl Sonnenblumen auf der rechten Seite pflanzen sollte. Sie brauchte etwas Hohes, da keine Bäume um das Haus herum wuchsen.

Das Geräusch von Wagenrädern und Huftritten brachte sie wieder zurück in die Realität. Sie hob ihren Rock und eilte um das Haus herum zum Eingang. Sie nahm ihren mit Sägemehl gefüllten Eierkorb, den sie auf der Treppe hatte stehen lassen.

Seth hielt den Wagen an und setzte die Bremse.

Noch bevor Seth vom Wagen steigen konnte, hob Trudy ihre Hand, um ihn davon abzuhalten. Sie klemmte den Eierkorb in einer Ecke des Wagens ein. Dann nahm sie ihren Rock in eine Hand und zog sich mit der anderen in den Sitz des Wagens, wobei sie sich wie eine Bergziege vorkam. Sie ließ ihre Tasche in den Schoß fallen.

Seth lachte. »Du scheinst es ja wirklich eilig zu haben, in die Stadt zu kommen, Mrs. Flanigan.«

»Genau. Je schneller wir in die Stadt kommen und das einkaufen, was wir brauchen, desto schneller kann ich mich an meine Haushaltsaufgaben machen. Ich habe vor, dir ein feines Abendessen zu kochen, Mr. Flanigan, und dann will ich noch auspacken. Oder zumindest das auspacken, was ich auspacken *kann*.«

Er schnalzte mit den Zügeln und die Pferde setzten sich in Bewegung. »Na dann, auf geht's!«

Auf dem ersten Teil der Fahrt redeten sie nicht viel.

Trudy war allzu sehr damit beschäftigt, die Landschaft zu genießen, Vögel und Wolken zu beobachten. Aber als sie den Bach überquert hatten, bemerkte Trudy, dass es an der Zeit war, mit ihrem Ehemann über ihr Geld zu sprechen. »Seth«, begann sie. »Es gibt da etwas, was ich mit dir besprechen will.«

Sein schneller Blick zur Seite verriet Anspannung. »Geht es um etwas, das ich nicht hören möchte?«

»Oh, Nein.« Zumindest nicht, wenn Geld nicht seinen Stolz verletzte oder seine Fähigkeit, für sie zu sorgen in Frage stellte. »Ich glaube eher nicht.«

»Na dann, schieß los.«

»Bevor ich herkam, hat mein Vater mir eintausend Dollar als Mitgift gegeben.«

Seth ließ einen Pfiff los. »Das ist eine ganze Menge Geld. Ich schätze, ich hab hier ins Schwarze getroffen.« Sein Tonfall neckte sie. »Ich hab schließlich nur 50 Dollar für dich ausgegeben.«

Sie stieß ihn mit dem Ellenbogen an. »Wenn du das so sagst, klingt das als hättest du mich gekauft.«

»Japp«, fuhr er fort und war nicht von ihrer Antwort beeindruckt. »Hab für dich bezahlt in Bausch und Bogen. Oder sollte ich eher sagen in Bausch und Bogen und randvoll beladen mit Gütern. Und nicht zu vergessen das Klavier!«

Trudy kicherte.

Sein Grinsen hellte sein Gesicht auf.

Wärme durchflutete ihre Mitte. »Ich würde das Geld gerne dafür verwenden, anzubauen. Ein Wohnzimmer, … ein weiteres Schlafzimmer. Zwei sogar, eins für Gäste uns eins für zukünftige Kinder. Eine Veranda nach hinten hinaus, fließendes Wasser. Du kannst jemanden dafür anstellen …«

»Mein lieber Mann, meine Frau. Du hast ja mächtig was vor.« Seth runzelte die Stirn und wurde still.

Trudy wollte gerne noch nachhaken, aber sie wusste auch, wie es aussah, wenn ein Mann nachdachte. Wenn ihr Vater in diesem Zustand war, wusste Trudy, dass sie ihm besser keinen Druck machen sollte, denn das führte zu nichts. Sie dachte sich, dass es bei ihrem Ehemann nicht anders sein würde.

Nach etwa zwanzig Minuten nickte Seth langsam. »Wir können das Holz und die Fenster heute beim Laden bestellen. Wir werden einen Ofen für das Wohnzimmer brauchen, sonst ist der Raum die meiste Zeit des Jahres unbenutzbar.«

»Ob du es glaubst oder nicht, ich habe einen Ofen für das Wohnzimmer mitgebracht. Minerva hatte ein neueres Modell und so habe ich unseren Alten bekommen. Er funktioniert mit Kohle oder Holz.«

Er lächelte sie kurz an. »Es sieht so aus, als hättest du an alles gedacht. Es wird erstmal eine Weile dauern, bevor wir unsere Baumaterialien bekommen. In der Zwischenzeit werde ich die Alfalfa-Felder fertig bepflanzt haben und dann kann ich jemanden anstellen, der mir dabei helfen kann, das Haus zu bauen. Mit dem Betrag kann ich mir Phineas O'Reilly leisten. Er ist Schreiner und Tischler. Neu in der Stadt, hat mitten im Winter hier seinen Laden aufgemacht. Er wird sich um die Detailarbeit kümmern, Zierleisten und so weiter.«

»Oh Seth!« Trudy atmete spürbar erleichtert aus. »Ich kann es kaum erwarten.«

Den Rest des Weges über besprachen sie, was sie mit dem Haus machen wollten. In den meisten Dingen waren sie sich einig, auch wenn sie eine freundschaftliche Debatte darüber führten, ob sie fünf oder sechs Fenster bestellen sollten und ob sie ihr Schlafzimmer vergrößern sollten. Es dauerte nicht lange, bis Trudy ihren Ehemann überzeugt hatte, dass ihre Ansicht die bessere war. Seth deutete an, dass er nachgeben musste, da sie ja für alles bezahlte. Aber mit einem

Schmunzeln machte er ihr klar, dass sie sich besser nicht daran gewöhnen sollte, dass sie immer Recht bekommen würde.

Trudy war durchaus bewusst, dass ab dem Zeitpunkt ihrer Hochzeit, ihr Geld *sein* Geld war. Rechtlich gesehen hatte sie kein Mitspracherecht. Seth konnte ihr Geld so ausgeben, wie er das wollte. Er könnte das Geld anhäufen und ihr nicht gestatten, teure Veränderungen an ihrem Haus vorzunehmen. Sie schätzte seine Nachsicht und freute sich darüber, dass sie bereits am gleichen Strang zogen und das so stark wie das Gespann, das vor ihnen den Wagen zog.

In der Stadt parkten sie vor dem backsteinernen Laden. Trudy holte den Lederbeutel ihres Vaters aus ihrer Handtasche und reichte ihn Seth. »Hier ist meine Mitgift. Tatsächlich nur die Hälfte, der Rest ist daheim.«

Er drückte die Seiten des Beutels ein und hob ihn ein wenig an. »Ich weiß das zu schätzen und ich werde deinem Vater schreiben und mich bei ihm bedanken – ihm mitteilen, dass seine Tochter in guten Händen ist.«

»Ich habe ihm auch geschrieben.« Sie tätschelte ihre Tasche und die zwei Briefe raschelten darin. »Aber ich bin mir sicher, dass ihn ein Brief von dir noch mehr beruhigen würde.«

Seth deutete zu Tür. »Atme noch mal tief durch, bevor wir reingehen. Manchmal braucht man einen langen Atem, wenn man bei den Cobbs einkauft.«

Sie sah ihn verwirrt an.

Seth ging nicht ins Detail, sondern begleitete sie lediglich nach drinnen.

Im Inneren des Ladens war eine brünette Frau gerade dabei, Marmeladengläser auf dem Regal zurecht zu rücken während ein Mann zusammen gesunken hinter dem Tresen saß und etwas in ein Buch schrieb. Beide drehten sich zu ihnen und sahen sie an.

Trudy sah sich im Laden um und bewunderte die große Auswahl. Es sah doch tatsächlich so aus, als könne man hier alles kaufen – von sauren Gurken aus dem großen Behälter an der Tür, über reihenweise Lebensmittel in Dosen und Eingemachtes, Werkzeuge für die Farm und anderen Gerätschaften, bis hin zu Regalen voll Kleidung und Hüten. Ein gusseisernes Regal war gefüllt mit Brot, Kuchen und Keksen.

Sie nahm einen zarten Geruch nach Zimt und Ingwer wahr und beschloss sofort, dass sie bei der nächsten sich bietenden Gelegenheit Lebkuchenmänner backen würde. *Vielleicht morgen.* Heute wollte sie einen gedeckten Apfelkuchen machen.

Seth legte seine Hand auf ihren Rücken und schob sie in Richtung des Paares. Er machte eine vorstellende Geste. »Mr. und Mrs. Cobb sind die Ladeninhaber.« Er gab ihr einen kleinen Schubs nach vorne. »Das ist meine Frau, Mrs. Flanigan.«

Mrs. Cobb musterte Trudy. Sie hatte nah zusammenstehende braune Augen und ihr Gesicht sah aus, als trüge es stets einen missbilligenden Ausdruck.

Trudy hatte das Gefühl, dass dies vielleicht eine Angewohnheit war.

Der Blick der Frau blieb für einen Moment auf Trudys Granatring haften. »Sie haben also gestern geheiratet. Ich höre, Sie sind aus St. Louis.«

Trudy lächelte Mrs. Cobb an. »Da haben Sie richtig gehört.« Sie zog ein Papier aus ihrer Handtasche. »Ich habe hier eine ziemlich lange Liste, Mrs. Cobb. Könnten Sie mir vielleicht damit helfen? Sie haben eine so prächtige Auswahl hier, es würde sicher lange dauern, bis ich alles selbst gefunden habe.«

Mrs. Cobb sah Trudy eindringlich an, als versuchte sie, den Wahrheitsgehalt in Trudys Worten herauszufinden. »Ich

143

hätte nicht gedacht, dass jemand aus der Großstadt von einer *prächtigen Auswahl* in unserem Laden sprechen würde.«

»Für eine kleine Pionierstadt ist ihr Laden fabelhaft,« sagte Trudy in einem sanften Tonfall. »So aufgeräumt und gut sortiert. Aber das bekommen Sie sicher oft zu hören. Ich bin mir sicher, die Einwohner von Sweetwater Springs wissen das zu schätzen.«

Die strenge Miene der Frau wurde weicher. Sie nahm Trudys Liste und begann, die Waren zusammen zu suchen.

Seth klopfte Trudy sanft auf den Rücken und ließ sie dann zurück, während er zum Tresen ging. Er lehnte sich an die Kante und begann mit dem Ladenbesitzer die Bestellung von Holz, Nägeln und Fensterglas zu besprechen.

Die Frauen gingen im Laden auf und ab, nahmen alles, was Trudy auf ihrer Liste hatte, und legten es zusammen auf den Tresen. Als sie zu den Eiern kamen, runzelte Mrs. Cobb die Stirn und schüttelte den Kopf. »Ich habe tatsächlich gar keine Eier mehr. Ich hab das letzte Dutzend vor fünfzehn Minuten verkauft.«

»Oh je.« Trudy verzog das Gesicht. »Ich brauche wirklich dringend Eier. Auch Junghennen. Verkaufen Sie hier welche?«

Die Frau schürzte die Lippen. »Leider nein, Mrs. Flanigan. Allerdings hat Lavinia Murphy welche, sie wohnt hier in der Straße. Ich wollte gerade zu ihr gehen und meinen Eiervorrat aufstocken. Vielleicht können Sie sie überreden, ein paar Junghennen abzugeben – zum richtigen Preis versteht sich.«

Seth zählte Geld ab und reichte Mr. Cobb ein Bündel.

Trudy wählte eine Speckschwarte aus der Auslage aus.

Der Ladeninhaber verpackte es in Wachspapier. Er rümpfte seine große Nase. »Nur um Sie schon mal zu warnen … Mrs. Murphy ist ein harter Knochen beim Verhandeln, sogar härter als meine Frau.«

Mrs. Cobb sah ihren Mann genervt an. »Vielleicht können Sie sich an ihren Ehemann, Thomas Murphy, für Unterstützung wenden. Er ist ein netter Kerl und die einzige Seele auf der Welt, auf die sie hört.« Sie machte eine Pause. »Wobei, manchmal … hört sie auf Reverend Norton.«

»Danke für den Tipp.«

Mrs. Cobb nickte mit dem Kopf in Richtung Tür. »Gehen Sie zwei doch zu den Murphys. Wir werden all ihre Einkäufe für Sie fertig haben, wenn Sie zurückkommen. Lassen Sie den Wagen hier. Isaiah wird ihn für Sie beladen.«

Jetzt war es Mr. Cobb, der seiner Frau einen genervten Blick schenkte.

Trudy musste sich ein Kichern verkneifen. Das Paar passte sicherlich gut zusammen mit seinem seltsamen Humor.

Sie hakte sich bei Seth unter. Zusammen verließen sie den Laden und stießen draußen beinahe mit einem Mann zusammen, der ein Kleinkind auf dem Arm hatte.

Als er Trudy sah, machte er einen Schritt zurück und nahm den Jungen auf nur einen Arm, sodass er zum Gruße seinen Hut antippen konnte.

Der Mann hatte einen buschigen blonden Bart, der sein Gesicht zur Hälfte verdeckte, und dazu langes, lockiges Haar. Sein braunes Hemd hatte einen Riss im Ärmel. Er hatte einen gequälten Blick auf dem Gesicht und brachte damit Trudy dazu, inne zu halten, auch wenn sie sich gar nicht kannten und einander auch nicht vorgestellt worden waren.

»Was für ein hübsches Kind.« Trudy sah den Kleinen liebevoll an, er war beinahe zwei Jahre alt. Seine Mutter musste dunkelhäutig gewesen sein, im Vergleich zum hellen Typus des Vaters. Der Junge hatte zerzaustes braunes Haar und goldene Haut. Er starrte Trudy mit ernsten Augen an, die denen seines Vaters glichen.

»Jonah«, Seths Stimme klang gestelzt. »Ich habe von deinem Verlust gehört ... mein Beileid. Insbesondere für den Kleinen tut es mir leid.«

Der Mann sah Seth eindringlich an. »Vielen Dank für die gütigen Worte, Seth.«

Seth deutete auf Trudy. »Jonah, ich würde dir gerne meine Braut vorstellen.« Er schwenkte seinen Arm zwischen den beiden hin und her. »Trudy, das ist mein guter Freund Jonah Barrett und dieser kleine Racker ist ...« Er legte den Kopf schief. »Adam, wenn ich mich nicht irre.«

Jonah hob die Augenbrauen. »Du hast ein gutes Gedächtnis, schließlich hast du ihn nur einmal getroffen.« Er sah Trudy an. »Herzlichen Glückwunsch zur Hochzeit, Ma'am.« Mit einem verschmitztem Blick sagte er: »Wenn Sie jemals Geschichten über unseren Seth hören wollen ... ich habe ein paar auf Lager.«

Das Kind wand sich auf dem Arm.

Das Lächeln verschwand aus Jonahs Gesicht. »Ich geh' mal besser in den Laden. Ich hab eine ganze Liste. Muss jetzt viel hier im Laden kaufen.«

Seth schob Trudy sachte beiseite, damit die beiden vorbei konnten. »Schön dich zu sehen, Jonah. Passt gut auf euch auf.«

»Es war schön, Sie kennen zu lernen, Mr. Barrett«, fügte Trudy hinzu.

Der Mann richtete sich auf, als müsste er sich auf einen Kampf vorbereiten und betrat den Laden.

Trudy wartete, bis sich die Tür hinter ihm geschlossen hatte. »Was ist denn passiert?«

»Jonahs Squaw ist vor etwa einem Monat gestorben. Adam ist ein Mischlingskind.« Seth schüttelte reuevoll den Kopf. »Die Cobbs werden ihn nicht gerade herzlich aufnehmen, soviel steht fest.«

»Seth, wie kannst du nur so etwas sagen?«

Er hob die Arme. »Ich sag ja nicht, dass das richtig so ist, Trudy. Jonah ist ein guter Mann. Ich kenne ihn, seit wir klein waren. Sein Pa hat ihn immer mit in die Stadt gebracht, wenn er im Saloon einen trinken gehen wollte. Wir haben viel miteinander gespielt.«

»Warum hast du seine Frau Squaw genannt?«

»Sie war Indianerin. Das hat damals einigen Aufruhr verursacht. Aber er hat sich in einem entfernten Tal niedergelassen, nicht in meiner Nähe, also sehe ich ihn nur ein-, zweimal im Jahr, wenn überhaupt.«

Trudy sah nachdenklich zum Laden. »Es muss schwer sein für ihn, mit so einem kleinen Kind zurecht zu kommen.« Sie war tief in Gedanken, sodass sie erschrak, als Seth sie am Ellenbogen fasste. Sie sah überrascht auf. »Ja?«

Er grinste. »Wollen wir weiter?«

»Natürlich.«

Am Wagen hielt Trudy kurz an und holte den Eierkorb. Sie schob den Griff über ihren Arm bis in die Armbeuge. »Ich verstehe jetzt, was du gemeint hast mit dem langen Atem im Laden.« Sie hoffte, dass es Mr. Barrett gut erging. »Das muss ich mir für die Zukunft merken.«

Seths Lächeln verzauberte sie. Er streckte ihr den Arm entgegen und sie hakte sich unter.

Sie spazierten die Straße hinunter und hielten hin und wieder an, wenn Seth sie ein paar Städtern vorstellte. Sie bemerkte einige seltsame Blicke gegenüber Seth und fragte sich warum. Aber alle schienen freundlich und wohlwollend zu sein. Manche versuchten Trudy mit Fragen zu löchern und konnten ihre Neugier kaum verheimlichen. Es schien, als hätte sie die gleiche Antwort mindestens zehn Mal gegeben.

Beim zweistöckigen Schindeldachhaus der Murphys reagierte niemand auf ihr Klopfen, also führte Seth Trudy zur Seite des Hauses. Das Anklopfen an der Küchentür war auch nicht erfolgreich, also gingen die beiden weiter in den Garten hinter dem Haus. Dort fanden Sie das Ehepaar bei der Gartenarbeit.

Schwarze Hühner liefen durch den Garten und pickten am Boden. Ein großes Gartenhaus, das groß genug war, um als Stall zu fungieren, stand in der einen Ecke des Gartens. In der anderen Ecke stand ein Hühnerstall und in der Mitte stand das Örtchen.

Eine Frau in einem verblassten braunen Kleid mit einer beinahe gleichfarbigen Schürze darüber, stand über ein Kräuterhochbeet gebeugt. Sie richtete sich auf und starrte sie an ihrer schmalen Nase entlang finster an.

Der Mann jedoch trat Seth entgegen und streckte seine Hand aus. Seth stellte Trudy vor, nahm dann seinen Hut ab und nickte der Frau höflich zu.

Trudy schenkte ihm ein warmes Lächeln.

Mr. Murphy war dünn und gebückt. Er hatte ein einfaches Gesicht mit faltiger Haut, die aussah, als hätte er stark abgenommen. Er hatte strähniges, braunes Haar und gütige Augen. Um den Hals hatte er einen blauen gestrickten Schal gebunden. Mr. Murphy sah nicht so aus, als würde er gut zu seiner strengen Frau passen.

»Mrs. Cobb hat uns hierher geschickt, um ein paar Eier zu kaufen«, sagte Trudy. »Sie hatte leider keine mehr. Ich würde auch gerne ein paar Junghennen kaufen.«

Mr. Murphys müdes Lächeln beruhigte Trudy. »Da sind Sie hier richtig«, sagte er mit einem sanften Südstaatenakzent. »Meine Frau hat die besten Hühner der Stadt.« Er sah liebevoll zu ihr hinüber, während sie zu ihnen herüberkam.

Mrs. Murphy lächelte ihren Mann kurz dankbar an und blickte dann wieder finster auf Trudy.

Trudy sah die schwarzen Hennen mit den weißen Flecken an. Sie hatten einfache rote Kämme auf dem Kopf. Die

148

Hühner sahen wohlgenährt und gesund aus, mit wachen Augen. »Ich hatte genauso welche zuhause in St. Louis und fand sie besonders wegen ihres Fleisches gut«, sagte sie. »Noch dazu sind die Hühner intelligent, haben ein gutes Gemüt und legen gute mittelgroße Eier. Geben Sie mir da recht?«

»Ich kann Ihnen zwei Junghennen abgeben«, sagte die Frau mit einem grimmigen Ton. »Und ein halbes Dutzend Eier.« Sie nannte einen Preis, über den Trudy innerlich die Stirn runzelte.

»Das scheint mir etwas viel zu sein«, begann Trudy ihre Verhandlungen in einem sanften Ton.

Aber die Frau spürte scheinbar, wie verzweifelt Trudy war und ging nicht mit dem Preis herunter.

Trudy wusste, dass Seth sie beobachtete, und wollte ihren Ehemann mit ihren gerissenen Verhandlungstaktiken beeindrucken. Aber Mrs. Murphy behielt ihren säuerlichen Gesichtsausdruck und gab nicht nach. Trudy war es recht peinlich, dass sie nicht voran kam und musste ihre Wut gegenüber der Frau verbergen.

Mr. Murphy war sichtlich beklommen, schritt aber nicht ein. Es war offensichtlich, wer in der Ehe die Zügel in der Hand hatte. Er hustete stark.

Seine Frau warf ihrem Mann einen besorgten Blick zu, ging zu ihm hinüber, wickelte den Schal fester um seinen Hals und steckte die Schalenden in sein Flanellhemd. »Du solltest einen Mantel anziehen«, befahl sie. »Der Wind kommt von Westen.«

Er tätschelte ihre Schulter. »Nun meine Liebe, mach dir nicht so viele Sorgen um mich.« Er deutete auf die Hühner. »Zeig doch mal deine tollen Hühner. Ich will wissen, was Mr. Flanigan zu meinem neuen Maultier sagt.«

Die Frau presste ihre Lippen aufeinander, gehorchte dann aber und zeigte schweigend auf die Hühner, um Trudy in die richtige Richtung zu bewegen. Dann ging sie schnellen

Schrittes hinüber. Sie wollte gerade nach der ersten Junghenne greifen, hielt aber inne, sah über ihre Schulter zu ihrem Mann und wirkte sehr besorgt.

»Mr. Murphy scheint es nicht gut zu gehen«, sagte Trudy vorsichtig und vermutete, dass sie keine gute Reaktion bekommen würde.

»Er hat sich letzten Winter was eingefangen. Das hat sich in den Lungen festgesetzt. Es geht ihm schon besser, aber er ist noch nicht ganz genesen.« Sie presste ihre Lippen fester aufeinander als zuvor.

»Was sagt denn Dr. Cameron dazu?«

»Thomas weigert sich, zu ihm zu gehen. Er will dafür kein Geld ausgeben und ich stimme ihm da zu. Oft machen Ärzte es noch schlimmer. Das habe ich auch Dr. Cameron gesagt, als er versucht hat, sich da einzumischen. Aber ich sage Ihnen, Mrs. Flanigan, wenn die Gesundheit meines Mannes schlechter geworden wäre, hätte ich mich da durchgesetzt und nach dem Doktor geschickt – jawohl.«

»Haben Sie es schon mit Schafgarbe versucht?«

Die Frau zog die Augenbrauen zusammen. »Schafgarbe? Das Unkraut?«

»Aus Schafgarbe kann man einen Tee machen«, erklärte Trudy. »Es ist ein gutes Tonikum und hilft bei Husten. Der Tee sollte Mr. Murphy bei der Genesung helfen.«

Die Frau sah sich in ihrem unkrautfreien Garten um, als wäre das Kraut irgendwo auf magische Weise zwischen den ordentlichen Beeten gesprossen während sie darüber gesprochen hatten.

»Ich habe viel getrocknete Schafgarbe mitgebracht. Ich werde Ihnen morgen etwas davon bringen«, bot Trudy an. »Salbei könnte auch helfen. Ich bringe Ihnen auch davon einige Blätter.« Sie dachte kurz nach. »Natürlich nur, wenn Seth das Gespann nicht braucht.« Sie machte eine hilflose Geste mit den Armen. »Ich werde mich wohl an das

Landleben gewöhnen müssen. Hier kann ich nicht einfach laufen oder die Straßenbahn nehmen, wenn ich irgendwo hin möchte.«

Mrs. Murphy atmete wie erleichtert aus und ihre steifen Schultern entspannten sich. »Sie müssen sich gar nicht auf den Weg machen, Mrs. Flanigan. Ich werde zu Ihnen kommen und die Kräuter bei Ihnen abholen.«

»Ach, wie schön, Mrs. Murphy. Vielleicht können Sie ja zum Tee bleiben – chinesischer Tee. Dann können wir uns ein wenig besser kennen lernen. Nun zurück zu den zwei Hennen …«

»Ich glaube, ich kann Ihnen noch ein paar mehr abgeben, Mrs. Flanigan«, sagte die Frau in einem versöhnlichen Ton. Sie nickte und die lose Haut an ihrem Hals zitterte. »Vielleicht sogar sechs mehr. Und auch zwei Dutzend Eier.« Dieses Mal nannte sie einen Preis, der vernünftig klang.

Trudy schlug erfreut die Hände zusammen. »Wunderbar!«

»Ich sammle sie für Sie ein, und wenn es nicht genug sind, habe ich noch welche im Keller. Hortense Cobb kann dann den Rest für den Laden nehmen.« Sie streckte die Hand nach Trudys Eierkorb aus und ging in den Hühnerstall.

Es dauerte nicht lange und sie kam zurück mit einem deutlich schwereren Korb, den sie Trudy reichte.

Trudy warf einen Blick hinein.

Mrs. Murphy hatte ihn mit hellbraunen Eiern gefüllt und sie sorgfältig in Sägespäne eingepackt.

»Die sehen wunderbar aus, Mrs. Murphy. Ich habe schon große Pläne, was ich mit den Eiern anfangen will.«

Die Mundwinkel der Frau hoben sich an und bildeten das, was andere Leute womöglich als Grinsen betrachten würden. »So«, sagte Mrs. Murphy und gestikulierte in Richtung einer Gruppe Hennen. »Suchen Sie sich aus, welche Sie gerne möchten.«

Kapitel Sechzehn

Seth ließ Trudy bei Mrs. Murphy zurück. Die beiden Frauen unterhielten sich und jagten anschließend Junghennen hinterher, um jede einzelne zu begutachten. Die Vögel sahen für ihn alle gleich aus. Er überließ die Entscheidung seiner überaus fähigen Ehefrau und ging zurück zum Laden, um seinen Wagen zu holen. Mit einem Haufen junger Hühner auf dem Arm die Hauptstraße entlang zu gehen, kam für Seth überhaupt nicht in Frage.

Dass Trudy in der Lage gewesen war, die weitaus bekannte Unfreundlichkeit und Knausrigkeit von Mrs. Murphy aufzuweichen, hatte Seth schwer beeindruckt. Nur sehr wenige Leute konnten gut mit der Frau umgehen. Dennoch hatte Trudy es geschafft, Mrs. Murphy soweit zu erweichen, dass sie ihr einen anständigen Preis für die Hühner und Eier gegeben hatte – fast ein Wunder.

In Gedanken an seine Frau verloren, stieg er über eine Matschpfütze. Vorhin im Laden war er erstaunt darüber gewesen, wie Trudy Mrs. Cobb aufgelockert hatte. Mit ihrer liebenswürdigen Art hatte seine Braut es geschafft, die zwei schwierigsten Frauen in ganz Sweetwater Springs in den Griff zu bekommen. Was für eine klasse Frau seine Ehefrau doch war. *Ich bin ein Glückspilz.*

Er strauchelte ein wenig, als er an Hardy's vorbeiging. Die alte Sehnsucht packte ihn wieder. Und ohne darüber nachzudenken, hielt er an, um einen Blick durch das Fenster zu werfen, wie ein Junge, der in die Auslage des Süßwarenladens blickte.

Zu dieser Uhrzeit war der Saloon meist leer. Keiner stand am Tresen und ein einsamer Cowboy war an einem der Tische in seinen Whiskey versunken.

Erst als ihm auffiel, dass er sich Hoffnungen gemacht hatte, einen Blick auf Lucy Belle zu erhaschen, konnte er sich vom Fenster losreißen. Er eilte davon und sah sich dabei verstohlen um, um zu sehen, ob jemand ihn beobachtet hatte. Soweit er es beurteilen konnte, hatte ihn keiner gesehen. Aber man konnte nie sicher sein, wer am Fenster stand.

Hoffentlich würde sein seltsames Verhalten nicht Reverend Norton zu Ohren kommen. Hoffentlich würde sein seltsames Verhalten nicht seiner *Frau* zu Ohren kommen.

Ich hab das nur aus Gewohnheit gemacht, sagte er sich. *Ich hab nicht wirklich nach Lucy Belle Ausschau gehalten.* Aber seine Taten verursachten ihm ein schlechtes Gefühl, er schämte sich sogar. Nicht das, was er von sich selbst erwartete.

Er fühlte sich beinahe wie ein Trinker, der sich nach Schnaps sehnte, auch wenn er wusste, dass der Alkohol nicht gut für ihn war – der Sehnsucht nach einem Drink hatte, ganz egal wie lange er schon trocken war. *Werde ich mich immer nach Lucy Belle sehnen?*

Ernüchtert ging er langsam die Straße hinunter. Er musste sich zusammenreißen bevor er Trudy wiedersah. Es lief gut zwischen den beiden – nein, sogar besser als gut. Nach Trudys Triumph bei Mrs. Murphy wusste er, dass sie glücklich und stolz wäre, und das zurecht.

Wenn sie ihn mit dieser Laune erleben würde, würde es

ihrer Fröhlichkeit einen Dämpfer verpassen und sie würde vielleicht sogar Fragen stellen, die er nicht beantworten könnte und *würde*. Auch wenn er ihr etwas vorspielen musste, so wollte er alles tun, dass Trudy so glücklich wie nur möglich sein würde, ganz egal wie er sich eigentlich fühlte.

Trudy stand mit Mr. und Mrs. Murphy vor deren Haus mit einer Kiste voll Junghennen vor sich. Der gefüllte Eierkorb war vor Trudys Füßen abgestellt. Beim Warten besprachen die zwei Frauen die besten Futtermittel und Essensreste und tauschten Geschichten über Hühner, die der Habicht oder andere Tiere geholt hatten.

Eine kurze Zeit später sah sie Seth mit dem Wagen auf sie zukommen. Er parkte den Wagen neben ihr, sah ihr aber nicht in die Augen. Er stieg auch nicht ab. Er blieb auf dem Bock sitzen.

Das ist aber komisch. Vielleicht meidet er Mrs. Murphy.

Mr. Murphy wuchtete die Hennenkiste auf den Wagen.

Trudy nahm ihren Eierkorb und stellte ihn in die Ecke des Wagens. Sie bedankte sich bei dem Paar und Mr. Murphy half ihr auf den Wagen.

Seth ließ die Zügel schnalzen und sie fuhren davon.

Trudy drehte sich in ihrem Sitz um und winkte dem Ehepaar zum Abschied zu. Dann drehte sie sich zurück und blickte geradeaus.

Von Zeit zu Zeit blickte Seth sie an und lächelte. Aber das Lächeln schien aufgesetzt, die Fältchen um seine Augen sahen eher angestrengt aus als humorvoll.

»Stimmt etwas nicht, Seth?«

»Nein, gar nicht.«

»Du wirkst so …« Sie wusste nicht so recht, wie sie es ausdrücken sollte, also machte sie eine Geste. » … verhalten.«

»Nur ein bisschen müde.« Er zuckte mit den Schultern. »Hat Mrs. Murphy dir erzählt, wie ein Hund einmal einen Hahn die Straße auf und ab gejagt hat und er schlussendlich im Laden landete?«

»Nein, das hat sie nicht. Ich wette, Mrs. Cobb hat einen Anfall bekommen.«

Seth grinste. »Aber sicher doch.« Er fuhr mit der Geschichte fort.

Sie hörte zu und lachte und nach und nach wich ihre Besorgnis.

Kapitel Siebzehn

Am Abend machte sich Trudy daran, ihrem Mann ein gutes Abendessen zu kochen. Sie feuerte den Ofen an. Dann sah sie nach den Brötchen, die neben dem Apfelkuchen goldbraun hochgingen. Sie brauchten noch etwa zehn Minuten. Der Braten war fertig und die Kartoffeln fein gestampft. Ein heimeliger Duft lag in der Luft.

Trudy hatte noch ein paar Minuten Ruhe und konnte nun endlich den Brief von Evie lesen, den sie zuvor am Bahnhof abgeholt hatte. Sie fischte ihn aus ihrer Handtasche und ging auf die Veranda.

Sie bemühte sich, das Papier nicht zu zerreißen, öffnete den Umschlag und begann zu lesen.

Meine liebste Trudy,

verzeih, dass ich dir mit gebrochenem Herzen schreibe, aber ich weiß einfach nicht weiter. Es gibt zwar in der Stadt eine nette Dame, mit der ich mich angefreundet habe, aber ich möchte sie nicht mit meinen Problemen belasten, da sie auch mit meinem Ehemann eng befreundet ist. Ich würde nur ungern in jeglicher Weise seinen Namen oder seinen Ruf belasten. Ich wünschte so sehr, du wärest hier bei mir und wir könnten beieinander sitzen und das Problem besprechen. Aber da das nicht möglich ist, schreibe ich dir nun. Ich hoffe, du hast ein paar weise

Worte für mich, die mir am Anfang meiner Ehe helfen können.

Aus einem mir nicht bekannten Grund hat Chance sich vor meinen Augen verändert. Wo er zuvor noch lieb und fürsorglich war, ist er nun unterkühlt und herzlos. Ich weiß wirklich nicht, was vorgefallen sein könnte, außer, dass er sich nach einer Woche Ehe nun wünscht, dass er mich nicht geheiratet hätte, und möchte, dass ich ihn verlasse. Er hat nichts dergleichen gesagt, aber ich kann es spüren. Ich kann es an seinem Ausdruck sehen. Wenn ich ihn frage, sagt er, dass alles in Ordnung sei. Mein Herz bricht. Ich liebe ihn und fürchte, ich habe ihn bereits verloren.

Alles Liebe,

Evie

P.S. Bitte verzeih, dass ich nur von meinen Sorgen spreche. Ich möchte, dass du weißt, dass deine Post mir Freudentränen in die Augen trieb. Ich bin so froh, dass für dich alles so wunderbar verläuft. Jetzt bist du sicher bereits in Sweetwater Springs und bist mit Seth Flanigan verheiratet. Ich will so gerne alles über ihn erfahren und hoffe inständig, dass sich die Dinge für dich positiver entwickeln als bei mir. Vielleicht sollte ich dir raten, dich nicht in deinen Mann zu verlieben. Denn er könnte dir auch die kalte Schulter zeigen wie mein Chance und dann bräche dein Herz.

Mit einem schlechten Gefühl im Bauch, sprang Trudy auf und ging rasch ins Haus. Sie sah nach ihren Brötchen und dem Kuchen und rannte dann in ihr Schlafzimmer und suchte in ihren Kisten nach Tintenfass, Stift und Papier. Sie brachte alles an den Tisch und schrieb rasch ein paar Zeilen an ihre Freundin. Sie wollte Evie ihrer vollen Unterstützung versichern und ihr einige Ratschläge geben, wie sie sich verhalten könnte.

Als sie fertig war, blies sie die Tinte trocken und wedelte das Papier sanft hin und her. Sie faltete das Papier und ging in ihr Zimmer, um den Brief in das Buch zu schieben, das sie gerade las. Sie würde den Briefumschlag später adressieren.

Sie hoffte, Mrs. Murphy bei ihrem Besuch morgen darum bitten zu können, den Brief für sie am Depot abzugeben.

Sie war noch voller Sorge um Evie, als sie sich an die letzten Vorbereitungen für das Abendessen machte. Sie sah noch einmal nach den Brötchen und dem Kuchen. *Nur noch ein paar Minuten.*

Sie war dankbar dafür, dass sie das Eingemachte vom letzten Sommer mitgebracht hatte, und legte saure Gurken auf einen Teller. Dann füllte sie an Glasschälchen mit Erdbeermarmelade und stellte beides neben die Butter, die unter ihrer gläsernen Dose auf dem Tisch stand.

Trudy rümpfte die Nase über die gekaufte Butter. Sie konnte es kaum abwarten, ihre eigene Butter herzustellen. Sie hatte es von ihrer Großmutter gelernt, die stets sehr stolz auf ihre Butter gewesen war.

Sie hatte alle Kisten mit Küchenzubehör ausgepackt. Auch mit ihrem großen Geschirrschrank, der jetzt an der Wand neben dem Eisschrank auf einer und dem Buffetschrank auf der anderen Seite stand, hatte sie immer noch nicht genug Platz, um all ihre Töpfe und Pfannen aufzubewahren. Sie hatte also eine ihrer Kisten in die Ecke gestellt und alles, was sie nicht sofort benötigte, dort hinein gepackt. Vielleicht könnte ihr Mann ja später ein paar Nägel in die Wand schlagen, damit sie ihre Pfannen aufhängen konnte. Vielleicht könnte er auch einen weiteren Küchenschrank bauen. Oder sie könnten den Tischler damit beauftragen.

Henry, der auf dem Teppich döste, hob seinen Kopf an und schnüffelte Richtung Tür.

Trudy sah zum Fenster und sah, wie Seth sich am Wassertrog wusch. Sie beobachtete ihn für eine Weile und freute sich darüber, ihren Mann mustern zu können, ohne dass er es merkte.

Er hatte seine Ärmel hochgekrempelt, damit diese nicht nass wurden und zeigte dadurch seine starken Unterarme.

Ihr Mann hatte große Hände, von der Arbeit gezeichnet und fähig.

Sie zitterte, als sie sich vorstellte, wie er ihren Körper mit seinen Händen berührte.

Er schaufelte sich einige Hände voll Wasser ins Gesicht und trocknete sich mit einem Handtuch ab, das an der Seite des Trogs hing. Als er sich fertig abgetrocknet hatte, hielt Seth das Handtuch verwundert vor seine Augen und starrte auf den Stoff. Sein Gesichtsausdruck war so verwundert, dass es schien, als betrachte er ein exotisches Gewebe, das auf magische Weise in seiner Hand aufgetaucht war.

Trudy kicherte. Sie hatte den alten Lappen, den er dort aufbewahrt hatte, gegen eines ihrer Handtücher ausgetauscht. Es war natürlich kein feines Handtuch, aber ein dickes, sauberes ohne Löcher.

Ein Lächeln umspielte Seths Lippen und er sah zum Haus, als ahnte er, dass sie ihn beobachtete. Als er sie sah, hellte sich sein Gesicht auf. Ohne seine verlockenden Augen von ihr zu nehmen, faltete er das Handtuch und legte es über den Rand des Troges. Er nahm seinen Cowboyhut von der Pumpe, auf der er ihn abgelegt hatte, und klopfte den Staub ab. Mit dem Hut in der Hand, ging er in Richtung des Hauses.

Trudy konnte ihn nicht mehr sehen, als er auf der Veranda war, hörte aber seine schweren Stiefel auf dem Holz und ihr Herz schlug im gleichen Takt.

Plötzlich erinnerte sie sich an ihre Brötchen und den Kuchen, wirbelte herum, schnappte sich zwei Topflappen und holte das Essen aus dem Ofen. Zu ihrer Erleichterung sah alles perfekt aus und ein feiner Duft nach Backwaren schwebte durch den Raum. Sie legte den Kuchen auf ein Gitter, um ihn abkühlen zu lassen. Dann füllte sie den Brotkorb mit den frischen Brötchen und stellte ihn auf den Tisch.

»Hier riecht's aber gut.« Seth war auf Socken hinein gekommen, daher hatte Trudy ihn nicht gehört. Er hängte seinen Hut an die Geweih-Garderobe. »Da wird man von Kopf bis Fuß hungrig.« Er wackelte mit den Zehen, um seine Aussage zu betonen. Er sah zum Tisch und ein beeindruckter Ausdruck huschte über sein Gesicht. »Das sieht alles herrlich aus, Trudy.«

Eine schneeweiße Tischdecke bedeckte den alten Tisch. Trudy hatte eine Kristallvase mit ihrem Brautstrauß darin in die Mitte gestellt. Die Teller und das Silberbesteck, das sie mitgebracht hatte, glänzten in der Sonne, die durch die Fenster schien. Er berührte das Rosenmuster auf einem der Teller. »Das wird das feinste Mahl, das ich je gegessen habe.«

»Das wird das erste von vielen«, stimmte sie ein. »Würdest du nun bitte den Braten schneiden?« Sie nickte mit dem Kopf in Richtung des Schneidebretts mit dem Fleisch.

Er hob seine Augenbrauen spielerisch an, als er ihren Befehl hörte, nahm ihr jedoch das große Messer und die Serviergabel ab.

Während er den Braten schnitt, ließ Trudy ein großzügiges Stück Butter in das Kartoffelpüree fallen. Sie trug die Servierschale zum Tisch und holte danach die Sauciere mit der Bratensoße.

Seth hatte den Braten aufgeschnitten und die Scheiben auf eine Platte gelegt. Mit einer kleinen grazilen Geste präsentierte er ihr den Teller zur Begutachtung.

Mit gespielter Würde, nickte sie den Teller königlich ab.

Er grinste und stellte die Platte auf den Tisch. Dann zog er ihren Stuhl hervor und bedeutete ihr, sie möge sich setzen. Dann nahm er seinen Platz am Kopfende des Tisches ein. Er betrachtete das festliche Mahl vor sich. »Du hast dir wirklich viel Mühe gegeben, meine Liebe.« Er legte sich seine Serviette auf den Schoß, nahm sich zwei Scheiben Braten und reichte ihr dann die Platte. Danach bediente er sich aus den anderen Schüsseln.

Als beide geschöpft hatten, faltete Seth die Hände und senkte den Kopf.

Trudy machte es ihm nach.

»Herr, wir danken dir für deinen Segen ... dafür, dass du uns zusammen gebracht hast ... für die reichen Gaben auf unserem Tisch. Amen.«

Dieses einfache Gebet ging Trudy zu Herzen und im Geiste wiederholte sie seine Worte an den Herrn und dankte für seinen Segen. Sie hob ihren Kopf und hielt gespannt den Atem an, als ihr Mann den ersten Bissen nahm.

Seth kaute mehrere Male, pausierte, als ob er den Geschmack genau analysierte. Er nickte kurz unbewusst, bevor er den Bissen herunterschluckte. »Ausgezeichnet, Trudy. Einfach ausgezeichnet.« Er sagte nichts mehr, sondern arbeitete sich systematisch durch alle Gänge.

Dass er ihr Essen so genoss, bereitete Trudy ein gutes, befriedigendes Gefühl. Es war nicht so, als hätte ihr Vater ihre Kochkunst nicht geschätzt. Aber er hatte die Mahlzeiten als etwas Selbstverständliches angesehen – Mahlzeiten, die auch die Haushälterin hätte zubereitet haben könnte – was auch häufig der Fall war. Tatsächlich wusste ihr Vater meistens nicht, wer seine Mahlzeiten zubereitet hatte.

Seth hatte seinen Teller vollständig geleert, nahm sich eine zweite Portion und sagte: »Das ist das beste Abendessen, das ich je gegessen habe.«

Seine Worte ließen ihr Herz flattern. »Du meinst sicher«, korrigierte sie ihn vorsichtig. »Das beste Essen seit deine Mutter gestorben ist.«

Er schüttelte den Kopf. »Den Großteil ihrer jungen Jahre war meine Mutter ein Saloon-Mädchen. Sie hat nie viel gekocht. Ich bin im Raum über Hardy's aufgewachsen, bevor Hardy den Saloon übernommen hat.«

Trudy wusste nicht, was sie darüber denken sollte, dass ihr Ehemann in einem Saloon aufgewachsen war. Aber dann erinnerte sie sich daran, was sie Evie gesagt hatte. Seth hatte etwas aus sich gemacht und das erkannte sie ihm hoch an.

Seth gestikulierte mit seiner Gabel. »Für mich hat sich alles geändert, als meine Mutter George Grover geheiratet hat und wir hier auf die Farm gezogen sind. Dann hat sie regelmäßig gekocht.« Er nahm ein Brötchen in die Hand. »Ihr Essen hat mir gut geschmeckt, aber es war nicht zu vergleichen mit dem hier.« Er strich Butter und reichlich Marmelade auf das Brötchen und biss ab.

»Nun ja, mir hat es noch nie so viel Freude bereitet, für jemanden zu kochen wie für dich, Seth Flanigan. Ich habe noch einige gute Mahlzeiten für dich in petto.«

Er sah sie mit strahlenden Augen an. »Ich freue mich schon darauf, sie zu genießen, Mrs. Flanigan.«

Sie mochte es gern, wenn er sie *Mrs. Flanigan* nannte. Seine Betonung machte den Namen zu einem Kosenamen. »Was hast du denn so für dich selbst gekocht?«

»Bohnen.«

Sie schüttelte den Kopf und brach in schallendes Gelächter aus. »Seth Flanigan, du musst doch noch etwas anderes außer Bohnen gegessen haben!«

»Bohnen sind einfach zu machen.«

»Seth!«, rief sie mit einem gespielt mahnenden Ton.

Er zuckte mit den Schultern. »Eintopf ist auch einfach. Davon hab ich auch viel gegessen. Alles was man so in der Dose kaufen kann. Wenn ich mal zum Laden komme, dann gibt es auch Brot und Kuchen.« Er grinste sie an. »Ich bin mächtig froh, dass diese Tage vorbei sind und ich nun regelmäßig gute Mahlzeiten von dir bekomme.«

Sie beendeten ihr Essen mit seiner Erzählung von den Ziegeln, die er auf dem Scheunendach repariert hatte und sie berichtete von ihrem Fortschritt beim Auspacken.

Seth versprach ihr, einen Küchenschrank für sie zu zimmern, aber erst nach der Alfalfa-Aussaat.

Trudy fragte sich, ob sie noch mal ihr Geld erwähnen sollte ... ob sie vorschlagen sollte, jemanden zu beauftragen, um bei der Arbeit zu helfen. Aber sie kannte ihren Mann noch nicht gut genug, als dass sie wissen konnte, ob das seinen Stolz verletzen würde.

Als Seth mit seiner zweiten Portion und all den Brötchen fertig war, rieb er seinen Bauch und seufzte: »Ich glaube mit diesem feinen Essen in mir, werde ich noch viel mehr Arbeit erledigen können.«

Trudy strahlte.

Seth faltete seine Serviette und legte sie auf den Tisch. »Hätte ich gewusst, was mich erwartet, hätte ich schon viel früher nach einer Frau geschickt.«

Trudys gutes Gefühl verließ sie wieder. *Würde er jede Frau mögen, die gut kochen konnte? Hätte Bertha von der Agentur ihn vielleicht genauso glücklich gemacht?* »Dann hättest du aber nicht mich bekommen«, sagte sie in einem nüchternen Ton.

Er sah sie ernst an. »Ich hab doch nur Spaß gemacht, Trudy. Ich wollte damit nicht sagen, dass ich eine andere Braut hätte haben wollen.«

»Auch wenn du eine bekommen hättest, die besser kochen kann als ich? Da war noch eine andere Braut in der Agentur, deren Brot und Brötchen viel lockerer waren als meine.«

»Unmöglich!« Er stand auf, ging zu ihr hinüber und streckte seine Hand aus.

Sie legte ihre Hand in seine.

Er beugte sich vor und hauchte ihr einen Kuss auf den Handrücken.

In ihr kribbelte alles.

Er richtete sich wieder auf und sah ihr in die Augen. »Ich bin mächtig dankbar, dass ich so 'ne klasse Braut habe.« Seth ließ ihre Hand los. »Aber jetzt, meine Braut, muss ich mich wieder ans Werk machen und das Scheunendach reparieren. Ich danke dir für die gute Mahlzeit.« Er nahm seinen Hut von der Garderobe, setzte ihn auf und tippte an den Rand, um sie zu grüßen, und ging dann mit großen Schritten durch die Tür.

Trudy sah ihm nach und rieb sich die Hand an der Stelle, wo er sie geküsst hatte. Seine Worte und Gesten hatten sie ermutigt, aber der Zweifel hatte ihren Stolz über ihr erfolgreiches Essen etwas ramponiert.

Kapitel Achtzehn

Seth war vollgestopft bis zum Rand und körperlich sowie geistig hochzufrieden. Er spazierte hinüber zur Scheune, um das Dach zu Ende zu reparieren. Er konnte nicht anders, als weiterhin über die fabelhafte Mahlzeit nachzudenken, die er gerade gegessen ... nein, *erlebt* hatte. Seine Gedanken hingen dem ausgezeichneten Essen, dem voll beladenen Tisch, der so fein gedeckt war, wie es sonst nirgends der Fall war, nach. Er genoss den Geschmack jedes Gerichtes, an den er sich erinnerte, und dachte, er würde niemals den ersten Bissen von Trudys Apfelkuchen vergessen, süß-säuerlich und himmlisch.

Aber das allerbeste in diesem Zusammenhang war seine hübsche Frau, die ihm gegenüber saß und ihn voller Stolz anstrahlte. Er hatte schon Glück gehabt. Hatte in der Bräutelotterie den Hauptgewinn gezogen. Seth war sich sicher, dass Trudy bald nicht nur vom Namen her seine Braut sein würde.

Er ließ einen tiefen, befriedigten Seufzer los. *Schade, dass ich nicht zu Hardy's rüber kann, um bei einem Drink ein paar Andeutungen zu machen, wie gut Trudy mich umsorgt.*

Als er an Hardy's dachte, schweiften seine Gedanken ab zu Lucy Belle. Er bekam Schuldgefühle. *Wie konnte ich nur meine Liebe vergessen?* War er denn so flatterhaft, dass ein hübsches Gesicht und ein voller Bauch seine Gefühle umstimmen konnten?

Vor seinem geistigen Auge sah er Lucy Belles verführerische dunkle Augen, ihre drallen Brüste und ihren aufreizenden Hüftschwung. Aber heute hatten diese Erinnerungen nicht mehr die Kraft, ihn so zu berühren, wie sie es zuvor noch vermocht hatten. Nach der Hilfe, die sie gestern erhalten hatten, wurde Seth klar, dass die guten Leute von Sweetwater Springs Lucy Belle trotz ihrer Freundlichkeit und ihres Charmes kritisch beäugt hätten und auf Distanz geblieben wären. Außerdem hatte er den Verdacht, dass ein Saloon-Mädchen ihm wohl nicht annähernd ein so feines Mahl hätte auftischen können, wie Trudy es gerade getan hatte.

Anscheinend geht die Liebe eines Mannes tatsächlich durch den Magen. Seth versuchte, seine Situation positiv zu betrachten, aber die Gedanken an Lucy Belle hatten seine Zufriedenheit etwas gedämpft und ihn traurig gemacht. Ja, es war gut, dass er eine so tolle Frau gefunden hatte, aber er vermisste doch den Funken, den Lucy Belle in ihm hervorgerufen hatte.

Ich bin jetzt ein verheirateter Mann. Ich muss Lucy Belle vergessen.

Am gleichen Abend nach dem Abendessen, nachdem das Geschirr gespült, getrocknet und weggeräumt war, setzten sich Seth und Trudy warm eingepackt gegen die abendliche Kälte auf die Veranda, um den Sonnenuntergang zu beobachten. Seth hatte ihr bedeutet, sich auf den Schaukelstuhl zu setzen und er nahm auf der Bank Platz.

Die lila Schatten wurden dunkler und der verblassende blaue Himmel war mit Gold und Orange durchzogen. Trudy begann, einen grauen Schal für Seth zu stricken. Die Farbe hatte sie wegen seiner Augen ausgesucht. Der Schal, der an der Geweih-Garderobe hing, war so löchrig, dass er seinen Zweck praktisch nicht mehr erfüllen konnte. Fürs Stricken brauchte Trudy kein helles Licht, ihre Finger kannten die Bewegungen, sodass sie nicht so genau hinsehen musste, wie bei anderen Handarbeiten.

Seth lehnte sich zurück, stütze den Kopf an der Hauswand ab und schloss seine Augen.

Trudy spürte erneut die Stimmung, die sie an jenem Nachmittag in der Stadt wahrnommen hatte. *Vielleicht ist er einfach nur müde und ich interpretiere zu viel hinein*, schimpfte sie mit sich. *Ich kenne ihn schließlich gar nicht.* »Du bist so still«, sagte sie. »Müde?«

Er öffnete die Augen und lächelte sie träge an. »Erzähl mir mehr von deiner Freundin, die, von der du mir auf dem Weg zum Haus erzählt hast.«

Trudy lehnte sich wieder zurück und strickte weiter. »Evie Holcomb. Ich habe sie in der Agentur kennen gelernt und dort sind wir schnell Freundinnen geworden. Sie hat St. Louis vor mir verlassen. Sie hat einen Mann in Montana geheiratet, er stammt aus Y Knot. Kennst du den Ort?«

Seth schüttelte den Kopf.

»Ich wünschte, ich wüsste, wie sie und Mr. Holcomb miteinander auskommen.« Sie strickte eine weitere Reihe. »Ich weiß, dass alles gut für sie angefangen hat.« Sie beschloss, ihm nicht mehr zu erzählen. Sie wollte Seth keinen Grund geben, ihre Beziehung in Frage zu stellen. Wenn er wüsste, dass die Holcombs Probleme hätten, würde er sich vielleicht fragen, was wohl in ihrer Zukunft noch alles vor ihnen läge. Sie dachte an seine seltsame Stimmung zuvor. *Vielleicht hat er schon Sorgen.*

Ihr Ehemann blickte sie ernst an, betrachtete ihr Gesicht, als ob er versuchte, die Wahrheit aus ihren Worten zu entziffern, aber dann entspannte er sich. Er lehnte sich wieder gegen die Wand.

Was das wohl bedeutete? Trudy zuckte innerlich mit den Schultern und erzählte weiter. »In ihrem ersten Brief schien Evie glücklich zu sein – beinahe ekstatisch.«

Er schloss die Augen. »Dann wird Holcomb heute Nacht sicher glücklich.«

Trudy wurde überall heiß. Sie wusste nicht, was sie sagen sollte. Ob Seth ihr damit sagen wollte, dass er mehr körperliche Nähe wollte? Machte es ihm wohl etwas aus, dass sie sich zurückhielten?

Aber er war derjenige gewesen, der gesagt hatte, er würde warten bis ich bereit bin.

Sie saßen eine Weile schweigend beieinander, die Stille nur durch die kleinen klickenden Geräusche von Trudys Stricknadeln unterbrochen.

Seth öffnete die Augen und setzte sich mit einer steifen Bewegung gerade hin. »Hat Holcomb viel Land?«

»Das weiß ich nicht, Evie hat nichts darüber gesagt.«

Er stellte ihr noch ein paar weitere Fragen.

Schon bald hatte Trudy die ganze Geschichte von ihr und Evie erzählt. Als sie ihm von der Spinne im Badezimmer erzählte, lachte er schallend. Das machte Trudy bis in jede Faser ihres Körpers glücklich. Sie mochte es, ihn zum Lachen zu bringen. *Vielleicht ist doch alles in Ordnung.*

Seine Hand wanderte hinüber zu ihrem Oberschenkel, ganz knapp oberhalb des Knies. Mit seinen Fingerspitzen fuhr er das Muster auf ihrem Kleid nach und sie konnte die Berührung durch all ihre Lagen, ihren Rock, Unterrock und Unterhosen spüren. Ein Kribbeln wanderte durch ihren Körper und sie verlor eine Masche. Sie konnte nicht mehr weitersprechen.

In der zunehmenden Dunkelheit konnte sie nicht genug sehen, um die Masche wieder aufzuheben. Um das Missgeschick nicht schlimmer zu machen, legte sie ihr Strickwerk in den Schoß.

Seths Finger fuhren an ihrem Bein entlang unter ihre Handfläche. Er nahm ihre Hand in seine. Still saßen sie beisammen, hielten sich an der Hand und sahen den Sternen dabei zu, wie sie nach und nach am Firmament auftauchten.

Kapitel Neunzehn

Zwei Tage später hielt Seth, kurz bevor er sich in die Stadt aufmachte, mit dem Gespann vor dem Haus an. Trudy kam mit einer Rührschüssel und einem Holzlöffel in der Hand auf die Veranda. Sie wusste, dass er nicht vorgehabt hatte, in die Stadt zu fahren, also sah sie ihn verwirrt an.

Allein die Tatsache, dass er die Arbeit unterbrechen und in die Stadt fahren musste, ärgerte ihn zutiefst. »Der Pflug ist gebrochen und ich muss damit zum Schmied«, rief er ihr zu und deutete mit dem Daumen auf den Wagen. »Das kann ich nicht selber reparieren.«

Sie kam ihm auf der Veranda ein Stück entgegen und fragte: »Was ist denn passiert?«

Er verzog das Gesicht. »Es ist meine eigene vermaledeite Schuld. Der Pflug ist schon ziemlich schwach gewesen und ich habe mir einfach nicht die Zeit genommen und Reinhart gebeten, ihn zu verstärken. Mit all dem Hin und Her mit der Aussaat und dem Kalben …« Erschöpft nahm Seth seinen Hut ab und wischte sich mit seinem Ärmel den Schweiß von der Stirn.

Trudy stellte die Schüssel auf der Bank ab. Sie ging hinüber zum Wagen und streckte sich, um Seths Knie zu berühren.

Er fühlte, wie die Berührung Hitze in ihm aufstiegen ließ und seinen Ärger dämpfte.

»Möchtest du erst etwas essen?«

»Nein, soviel Zeit habe ich leider nicht. Ich will das Feld heute fertig bekommen. Dem Kalender nach soll ein Sturm aufziehen.«

Trudy presste ihre Lippen aufeinander. »Ich mache mir Sorgen, dass du zu hart arbeitest.«

Er sah in ihren Augen, dass sie es damit Ernst meinte, und das ließ seinen Ärger noch geringer werden. »Als wärst du nicht auch ein fleißiges Bienchen, Mrs. Flanigan.«

»Warte kurz.« Sie wirbelte herum und verschwand im Haus.

Ungeduldig wartete Seth darauf, dass sie zurück kam und trat unruhig von einem Fuß auf den anderen.

Trudy kam zurück mit einem Stoffbündel und ein paar Briefen in der Hand. Sie drückte ihm das Bündel in die Hand.

Er spürte, dass es etwas Warmes enthielt.

»Damit du nicht vom Fleisch fällst.«

»Danke«, sagte er und war von ihrer fürsorglichen Geste berührt.

»Wenn du zurück kommst, steht dann ein richtiges Essen auf dem Tisch«, sagte Trudy mit einem ernsten Gesichtsausdruck.

Er legte seine Hand auf ihre und drückte sie. »Du weißt gar nicht, wie viel mir das bedeutet.«

Trudy wurde rot, wie immer, wenn er ihr ein Kompliment machte. Dann reichte sie ihm die Briefe. »Ich brauche nichts vom Laden, aber könntest du bitte nachsehen, ob Post gekommen ist?« Sie trat zurück.

Seth tippte sich zum Gruß an den Hut. »Ja, Ma'm«, sagte er und ließ die Zügel schnalzen, um das Gespann in Bewegung zu setzen.

Sie winkte und rief ihm nach: »Bis bald!«

Auch wenn er sehr wütend darüber war, dass er sich die Zeit nehmen musste, in die Stadt zu fahren, so war es doch ein gutes Gefühl zu wissen, dass er heute Abend zu seiner Frau nach Hause kommen würde. Es war seine erste Fahrt in die Stadt ohne Trudy und der Gedanke an eine heiße Mahlzeit, die anstelle von kalten Bohnen, die er nicht aufwärmte, weil er zu hungrig war, auf ihn wartete, wenn er nach Hause kam, bereitete ihm große Vorfreude. Und nicht nur irgendeine Mahlzeit, *Trudys* Essen. Er hätte sich beinahe den Bauch gerieben bei dem Gedanken. Zum Glück arbeitete er so hart, sonst würde er schnell so fett wie ein Banker werden.

Es ging ihm aber nicht nur um ihr hervorragendes Essen. Er genoss ihre Gesellschaft und mochte, dass sie ihn so umsorgte. Er mochte es auch, sich um Andere zu kümmern. Es war nicht eine Nacht vergangen, in der er nicht auf seinem Lager auf dem offenen Dachboden gelegen hatte und sich wünschte, in seinem eigenen Bett zu liegen mit seiner Ehefrau neben sich.

Gleichzeitig hatte er aber wegen all dieser Gedanken über Trudy ein schlechtes Gewissen. Es war als würde er Lucy Belle betrügen und das lag ihm im Magen, auch wenn es lächerlich war. Seth wusste, dass er wegen des schlechten Gewissens seiner Frau nicht seine volle Liebe schenkte.

Alles wird sich klären, sagte er sich. *Kein Grund zur Eile.*

Er nahm die Zügel in eine Hand und packte das Bündel aus. Darin fand er ein Randstück eines frisch gebackenen Laib Brotes. Er biss hinein, es war außen knusprig und innen weich. Die geschmolzene Honigbutter, die Trudy gestern gezaubert hatte, tropfte ihm vom Kinn. Er schluckte den süßen Happen herunter und wischte sich das Gesicht mit der Hand ab. Danach leckte er seinen Handrücken ab. Noch nie hatte er etwas so Wunderbares gegessen und die Wärme des

Brotes schien die Wut über den gebrochenen Pflug zu lindern.

Er ließ seine Gedanken zwischen Trudy, seinen Rindern und seinem unfertigen Feld hin und her schweifen und so verging die Fahrt wie im Fluge. Seth kam in der Stadt an und fuhr direkt zu Reinharts Schmiedewerkstatt. Er hielt den Wagen an, hob den Pflug an und trug ihn hinüber zur Schmiede. In der Esse loderte ein Feuer, das den beißenden Geruch von brennender Kohle verbreitete.

Reinhart stand über den Amboss gebeugt da und hämmerte auf ein rotglühendes Hufeisen ein. Er blickte kurz zu Seth hinüber, hörte aber nicht mit der Arbeit auf. Dann hob er das Hufeisen mit einer langen Zange auf und schob es in die Glut. Er bediente den großen Blasebalg, um mit der Luft die Glut anzufachen. Das Hufeisen glühte orange und Reinhart legte das Metall wieder auf den Amboss und schlug noch einige Male mit dem Hammer darauf, bis das Metall abgekühlt und grau war. Der Mann schien zufrieden zu sein und ließ das Hufeisen in einen Wassereimer fallen. Das Wasser zischte und dampfte. Rauch und der Geruch nach Metall lagen in der Luft.

Reinhart war ein deutscher Riese mit Armen wie Baumstämme, voller Narben von alten Verbrennungen. Er war glatt rasiert und sein Kopf war so rund und so glatt wie eine Billardkugel. Der Mann war kein großer Redner. Ein kurzer Blick auf den Pflug und er wusste schon, was los war, ohne eine zusätzliche Erklärung. Er ging mit zwei schweren Schritten auf den Pflug zu, beugte sich hinab und untersuchte ihn. Er begutachtete die Stärke des Metalls und befühlte eine alte Delle, die Seth versucht hatte, auszuklopfen.

Der Mann stand da und fuhr sich mit der Hand über den kahlen Kopf. »Komm in einer Stunde zurück.«

Reinhart mochte es nicht, wenn man ihm beim Arbeiten zusah, also ging Seth davon und fragte sich, was er mit seiner Zeit anfangen sollte. Normalerweise würde er jetzt zu Hardy's gehen. Er sah hinüber auf die andere Straßenseite zum Saloon und sah nach, wessen Pferde angebunden waren. Er erkannte das von Slim und bedauerte seine Entscheidung. Er blickte eisern in die andere Richtung und erinnerte sich dann an die Briefe, die Trudy ihm gegeben hatte. Er beschloss, zum Depot zu laufen und sie abzusenden.

Der Zug war kurz da gewesen. Seth hatte die Pfeife der Dampflock gehört, als er auf die Stadt zukam. Beim Laufen sah er sich die Briefe kurz an und sah, dass Trudy einen an ihren Vater, jeweils einen an ihre Schwestern und einen an ihre Freundin Evie geschrieben hatte.

In der Poststation des braun-gelb gestrichenen Depots fand Seth Jack Waite vor, den Bahnhofswärter. Er ging gerade die Post durch und sortierte sie in Kisten auf Regalen, die die ganze Wand entlang liefen. Der Raum roch nach Ruß und Papier. Er ließ Trudys Briefe in die flache Kiste auf dem Tresen fallen.

Der Bahnhofswärter, ein untersetzter Mann mit buschigem Haar, das wild von seinem Kopf abstand, grinste Seth an. »Ich hab 'ne Überraschung für dich.«

»Für mich?«

Der Mann tippte mit dem Zeigefinger auf eine der Kisten, die auf dem mittleren Regal stand.

Seth folgte dem knorrigen Finger des Mannes und bemerkte, dass auf einer der Kisten in ordentlicher Schrift „Flanigan" stand.

»Deine Frau bekommt so viel Post, dass ich dachte, ihr zwei braucht eure eigene Kiste.«

»Aha, sieht so aus, als hätte ich einen Schritt nach oben gemacht in der Gesellschaft«, witzelte Seth. »Ein Briefkasten.

Man könnte fast annehmen ich sei hier ein hohes Tier.«

Jack blickte ihn finster an, man konnte sehen, dass er beleidigt war. »Menge«, knurrte er. »Nicht dein Ansehen. Danach gehe ich.«

Seth hob entschuldigend die Hand. »Tut mir leid, Jack. Ich will nicht undankbar erscheinen. Es hat sich viel getan bei mir in letzter Zeit. Da muss ich mich erst dran gewöhnen.«

Jack war offensichtlich besänftigt und nahm zwei Briefe aus der *Flanigan*-Kiste. »Einer von deinem Schwiegervater und einer von ihrer Freundin in Y Knot.«

Seth schüttelte darüber den Kopf, dass der Mann wusste mit wem sich Trudy Briefe schrieb, sagte aber nichts. Man hatte wirklich keine Privatsphäre in dieser Stadt. Es war ein Wunder, dass es ihm gelungen war, es geheim zu halten, dass Trudy eine Versandbraut war. Er bedankte sich beim Bahnhofswärter, verabschiedete sich und ging.

Als er wieder auf der Straße stand, fragte er sich, ob er zum Laden gehen sollte. Aber er besann sich anders, da er sonst nur irgendetwas kaufen würde, das er gar nicht brauchte. Er beschloss, Reinharts Zorn auf sich zu nehmen und ging zurück zur Schmiede, um auf seinen Pflug zu warten.

Seth kam an der Schmiede an, ging aber nicht hinein, sondern lehnte sich an seinen Wagen und lauschte den rhythmischen Hammerschlägen aus Reinharts Schmiede. Er sah sich um und entdeckte einen Sattel mit einer bunten Indianerdecke darunter, der auf einem Geländer ruhte. Auf dem Sattel war eine Notiz festgemacht. Er ging hinüber, um zu erfahren, was auf dem Zettel zu lesen war, und sah, dass der Sattel zum Verkauf stand.

Es war eine kleinere, leichtere Variante seines Sattels – perfekt geeignet für eine Frau. Er fragte sich, ob Trudy reiten konnte; sicher war sie auf einem der feinen Damensättel geritten. Jedenfalls musste sie hier zu Pferde unterwegs sein und notfalls würde er ihr Reiten beibringen. Er versuchte sich zu erinnern, ob unter all den Dingen, die Trudy mitgebracht hatte, ein Sattel gewesen war. Wenn sie einen mitgebracht hatte, dann war er sicher bei all den Dingen im Stall, wo er ihm aufgefallen wäre.

Seth nahm das Papier ab und begutachtete den Sattel. Das Leder war gut gepflegt und hatte kaum Gebrauchsspuren. Er fragte sich, ob er überhaupt oft benutzt worden war. Er hob den Sattel hoch und betrachtete die Unterseite, den Gurt und die Steigbügel. Er war so mit dem Sattel beschäftigt gewesen, dass er nicht bemerkt hatte, dass es in der Schmiede ruhig geworden war.

»Ja, Campbell verkauft den. Es ist der Sattel seiner Tochter«, hörte er Reinhart von seinem Amboss aus sagen.

Seth musste einen Moment nachdenken, um sich zu erinnern, wer Campbell war. Er hatte ihn nur ein oder zwei Mal getroffen. Aber er hatte gehört, dass seine Tochter krank geworden war.

Reinhart zeigte auf den Sattel mit seiner rußgeschwärzten Hand. »Sie benutzt ihn nicht mehr und er braucht Geld, um für ihre Behandlung aufzukommen.« Der Schmied nannte ihm einen Preis.

Normalerweise hätte Seth gefeilscht und den Preis etwas gedrückt. Aber der Preis war sehr vernünftig und bei Campbells Umständen … hatte er einfach nicht das Herz, einen Mann mit solchen Problemen herunterzuhandeln. Noch dazu waren seine Taschen, dank Trudy, auch trotz ihrer großen Bauvorhaben mehr als gut gefüllt. Er war recht dankbar dafür, wie er so darüber nachdachte. »Ich werde ihn nehmen.«

Seth bezahlte Reinhart für die Reparatur des Pfluges und den Sattel und lud beides auf den Wagen. Er bedankte sich beim Schmied und stieg auf den Bock seines Wagens. Dann machte er sich mit seinem Gespann auf den Weg und als er sich zurücklehnte, fragte er sich, was Trudy wohl von seinem Geschenk halten würde.

Trudy saß auf der Veranda und stopfte Seths Socken während sie auf seine Rückkehr wartete. Es schien als hätte der Mann kein einziges Paar ohne Löcher. Das Abendessen, ein herzhafter Eintopf, köchelte auf dem Herd und konnte serviert werden, sobald Seth zurückkam.

Die gesprenkelten Junghennen im Garten beim Picken zu beobachten, machte Trudy glücklich. Zwei Hennen saßen frech auf dem Verandageländer. Sie hatte ihre Hinterlassenschaften bereits einmal wegschrubben müssen und dachte sich bereits, dass das noch öfter passieren würde.

Sie sah eine Bewegung in der Ferne. Der Wagen. Mit zusammengekniffenen Augen konnte sie ihren Mann ausmachen. Sie steckte die Nadel in die Socke, rollte sie mit dem Stopfei zusammen auf und verstaute das Bündel in ihrem Nähkorb.

Sie sah auf die Uhr, die an ihrem Korsett befestigt war, und bemerkte, dass drei Stunden vergangen waren. *Seth wird sicher mieslaunig sein, darüber dass er heute so viel Zeit verloren hat.*

Es dauerte nicht lang, bis der Wagen vor dem Garten auftauchte

Trudy stand auf, als sie merkte, dass Seth den Wagen vor dem Haus parkte, anstatt in die Scheune zu fahren, wie sie eigentlich gedacht hatte.

Er grinste sie an und setzte die Bremse.

Sie war von seiner guten Stimmung überrascht und lächelte zurück. Sie ging die Stufen hinunter und hinüber zum Wagen.

»Trudy, meine Liebe. Ich habe dich nie gefragt, ob du reiten kannst.«

Sie sah das Gespann an. »Pferde?«

»Na, was denn sonst.« Seine Lachfältchen am Auge traten hervor. »Schweine oder Rinder sind mir da eher unwichtig«, neckte er sie.

Trudy rümpfte die Nase. »Was weiß ich, einen Drahtesel vielleicht.«

Er lachte. »Ja, das wäre 'ne Möglichkeit gewesen, Mrs. Flanigan, da hast du mich erwischt.« Seth stieg mit einer starken und agilen Bewegung vom Wagen ab. »Hab dir ein Geschenk mitgebracht.« Er griff nach dem Sattel auf dem Wagen, zog ihn mit beiden Händen hervor und hielt ihn ihr hin. »Was sagst du?«

»Ich sage, das ist ein Herrensattel.«

»Das ist er wohl, Mrs. Flanigan. Aber er ist kleiner, für eine Frau gemacht.«

»Aber Seth«, protestierte sie. Sie fühlte sich geschmeichelt, aber gleichzeitig auch verwirrt. »Ich bin immer nur im Damensattel geritten.«

»In Montana gibt es keine Damensättel«, verkündete er mit schelmischem Blick. »Es ist viel einfacher und sicherer im Herrensitz zu reiten.«

Trudy blickte an ihrem Kleid hinab und zog den Stoff mit beiden Händen nach vorne. Sie hob eine Augenbraue und sah ihn skeptisch an. Sie wollte ihm klarmachen, dass sie wohl kaum ihre Röcke beim Reiten bis zum Knie hochziehen konnte.

»Naja, vielleicht könntest du …« Seth genoss es offensichtlich, sie zu necken. »Einen Reitrock nähen. Wenn du ein wenig kreativ bist, hast du sicher bis morgen Abend einen entworfen und dann kannst du den Sattel ausprobieren. Was sagste, Mrs. Flanigan?«, sagte er langgezogen und mit funkelndem Blick.

»Ich weiß ja nicht, Seth.«

»Wenn du reiten kannst, kannst du hier viel mehr entdecken, das wolltest du doch«, schmeichelte er ihr.

Trudy lachte und tätschelte seine Schulter. »Jetzt hast du mich erwischt, Mr. Flanigan. Obwohl ich bezweifle, dass ich bis morgen ein Reitkleid oder einen Rock fertig bekomme. Ich habe noch so viel zu tun.« Sie streichelte dem Wallach die Nase.

»Gute Wahl. Saint ist leichter zu reiten als Copper.« Er streichelte die Flanke des Fuchses. »Bei Saint musst du dir keine Sorgen machen. Copper ist nicht so sanftmütig.«

Trudy nickte in Richtung Scheune. »Nun kümmere dich um die Pferde, Seth Flanigan. Wenn du dich gewaschen hast, steht das Abendessen auf dem Tisch.«

»Jawohl, Ma'am.« Er stieg wieder auf den Wagen.

Sie drehte sich um und ging zum Haus. Sobald sie sich sicher war, dass ihr Mann sie nicht mehr sehen konnte, trat ein sorgenvoller Blick auf ihr Gesicht. *Im Herrensitz reiten!* Allein beim Gedanken daran, verkrampfte sich ihr Magen. *Aber ich wollte Abenteuer!* Sie dachte darüber nach, welche Freiheiten sie durch das Reiten bekommen würde – wie sie alles erkunden konnte … sie lächelte. *Wenn die Frauen im Westen im Herrensitz reiten, dann werde ich das auch tun!*

Kapitel Zwanzig

Eine Woche später war Trudy gerade dabei das Geschirr abzutrocknen, als sie das Geräusch von Hufen hörte. Mit einem Teller und dem Handtuch in der Hand ging sie hinüber zum Fenster und sah wie Mrs. Murphy mit ihrem Mauleselkarren zum Haus kam. Sie hatte die Frau nicht mehr gesehen, seit dem Tag als sie vorbei gekommen war, um die Schafgarbe und den Salbei für ihren Mann abzuholen und kurz für eine Tasse Tee geblieben war.

Sie stellte den Teller ab und hängte Handtuch sowie ihre Schürze an einen Haken am Waschbecken. Dann ging sie vor die Tür und blieb auf der Veranda stehen, wo sie die Wärme der Sonne spürte. »Mrs. Murphy, wie schön Sie wiederzusehen. Kommen Sie doch rein.«

»Nein«, antwortete die Frau. Sie trug ein verblasstes, graues Sonnenhäubchen, das zu ihrem Kleid passte. »Ihre Kräuter haben Thomas in der Tat gut getan.«

»Das ist schön zu hören.«

Mrs. Murphy presste ihre Lippen aufeinander und rutschte mit steifen Schultern auf dem Sitz hin und her. »Ich bin hergekommen, um zu fragen, ob sie vielleicht noch etwas entbehren können.«

Trudy lächelte sie beruhigend an. »Selbstverständlich.«

»Ich will Ihnen nichts schuldig sein.« Sie zeigte mit dem Daumen nach hinten auf den Wagen. »Ich habe ihnen zwei Dutzend Eier mitgebracht.«

»Oh, das wäre doch nicht nötig gewesen. Ich freue mich, wenn ich helfen kann.«

Mrs. Murphy entspannte sich merklich. »Das ist sehr nett von Ihnen. Aber Thomas und ich begleichen stets unsere Schulden.«

»Natürlich. Die Eier kommen mir auch Recht. Ich habe schon fast keine mehr. Ich freue mich schon darauf, wenn die Hennen anfangen zu legen«, sagte Trudy während sie die Stufen der Veranda hinab ging.

Mrs. Murphy hob einen Korb an, der neben ihr auf dem Sitz stand, und reichte ihn Trudy.

Trudy nahm den Korb entgegen und sah die mit Sägemehl bedeckten Eier. »Lassen Sie mich diese kurz ins Haus bringen. Ich leere den Korb. Dann fülle ich den Korb mit Schafgarbe und Salbei.«

»Ich warte hier. Ich will Sie keinesfalls zur Eile drängen, aber ich lasse Thomas ungern allein. Auch wenn die Kräuter ihm gut getan haben, bin ich immer noch sehr besorgt um seine Gesundheit.«

»Das verstehe ich.« Trudy stieg die Stufen hinauf und ging ins Haus. Sie nahm sich nicht die Zeit, in den Keller zu gehen, um die fast leere Eierkiste zu holen. Also legte sie die Eier vorsichtig auf eine Platte und schüttete das Sägemehl in den Herd auf den Kohlenhaufen. Sie schaute in ihrer Kräuterkiste nach den Paketen mit Schafgarbe und Salbei. Es war nicht mehr viel übrig. In der Hoffnung, dass sie bald nicht selbst etwas von diesen Kräutern brauchen würde, bis sie die nächsten ernten könnte, legte sie die zwei Päckchen in den Korb.

Draußen übergab sie Mrs. Murphy den Korb. »Das ist leider alles was ich noch habe.«

Mrs. Murphy starrte sie eine Weile mit tränenerfüllten Augen an. »Ich werde Ihre Güte nie vergessen, Mrs. Flanigan. Sicher nicht.«

Trudy legte ihre Hand auf die der Frau. »Ich werde für Mr. Murphy beten.« Sie trat einen Schritt zurück.

Mrs. Murphy hob ihr Kinn. »Ihr Mann ist mit Chappie Henderson befreundet. Ich habe von Jack Waite von der Poststelle gehört, dass er schon seit zwei Wochen ein Buch für Chappie auf Lager hat. Wir sehen diesen Mann nur selten, aber wenn er ein Buch bestellt hat, kommt er immer aus seinem Schlupfloch. Es ist untypisch für ihn, dass er so lange wartet.«

»Werden Sie nach ihm sehen?«

Mrs. Murphy schüttelte den Kopf. »Ich kann Thomas nicht so lange allein lassen, es wäre ein zu großer Umweg. Vielleicht können Sie Mr. Flanigan schicken, dass er nach ihm schaut.«

»Das mache ich.«

Die Frau verabschiedete sich von Trudy und wendete den Wagen.

Trudy hielt sich die Hand an die Stirn und blickte in die Ferne zu den Feldern. Sie konnte Seth als kleinen Fleck sehen, wie er das Feld pflügte. Sie ging zurück ins Haus. Als sie die Eier in den Keller brachte, dachte sie über den Besuch bei Chappie Henderson nach. Würde Seth nach getaner Arbeit genug Zeit haben? *Was, wenn der Mann krank ist und jetzt Hilfe braucht?*

Trudy war in der letzten Woche ein paar Mal auf Saint geritten und war dabei dankbar für die Reitstunden, die sie als Kind erhalten hatte. Sie hatte sich schnell an alles erinnert. Natürlich würde sie es vor Seth nicht zugeben, aber sie fand den Sattel bequemer, als sie es erwartet hatte. Nach dem Ritt hatte sie zwar immer Muskelkater in den Beinen, aber sie war sich sicher, dass ein längerer Ritt für sie durchaus infrage kam.

Sie stieg die Treppe vom Keller hinauf und schloss die Tür, dann sah sie in die Küche. Mit dem Geschirr war sie noch nicht fertig. Aber sie könnte das später erledigen. Gestern hatte sie Eintopf gekocht und Brötchen gebacken. Es war noch genug übrig, sodass sie heute nichts Neues kochen musste. In der Keksdose waren noch zwei Dutzend Haferkekse mit Rosinen vom Vortag. Sie könnte davon ein paar mitnehmen und sie könnten dann sofort losreiten, wenn Seth zum Essen heimkam. Vielleicht würde er hungrig sein. Vielleicht sollten sie doch früher los …

Seth war jedoch so besessen von seiner Arbeit. Sie wollte ihn nicht davon abhalten, wenn sie es doch selbst erledigen konnte.

Sie hatte ihren Entschluss gefasst und ging ins Schlafzimmer, um sich umzuziehen. Sie würde alleine ausreiten.

Seth ging direkt ins Haus als er vom Feld kam und hielt nur kurz am Trog an, um sich zu waschen. Er bemerkte, dass es ihn in letzter Zeit fast magisch nach Hause zog. Er freute sich darauf, seine hübsche Frau zu küssen, sich zum Abendessen hinzusetzen und eine gute Mahlzeit zu genießen. Das brachte ihn dazu, rechtzeitig mit der Arbeit fertig zu werden. Er hatte sich noch nie zuvor so gefühlt. Manchmal versuchte er sich allerdings einzureden, dass er sich nur auf das Essen freute, aber er wusste auch, dass Trudys Gesellschaft – die geteilte Wärme und die Gespräche – ihm genau so viel bedeutete.

Als Seth durch die Tür trat, wusste er instinktiv, dass Trudy nicht da war. »Mrs. Flanigan«, rief er dennoch. Er bekam nur Leere als Antwort, auch wenn der Raum mit all den neuen Möbeln nicht mehr leer war. Er ging hinüber zum Schlafzimmer, öffnete die Tür und warf einen Blick hinein, um sicherzustellen, dass seine Frau sich nicht hingelegt hatte.

Er war seit Trudys Einzug nicht mehr in seinem Schlafzimmer gewesen. Er sah neue Möbel, seine Matratze mit eleganter Spitzen-Bettwäsche, Kleider, die an Haken an der Wand hingen, die Truhe am Fußende des Bettes, die silberne Haarbürste, Kamm und Spiegel neben einem Krug und einer Schale mit Rosenmuster auf der Kommode. All diese Gegenstände gaben dem Raum eine weibliche Note – er fühlte sich etwas unwohl. Mit Lavendelduft in der Nase verließ er das Zimmer rückwärts.

Wo steckt sie denn nur? Er schaute sich im Zimmer um, auf der Suche nach einem Hinweis. Auf dem Tisch lag ein Brief. Er hob das Briefpapier an, das er so gut von ihrer ersten Korrespondenz kannte. Trudy hatte ihm eine Nachricht hinterlassen.

Ich bin zu Chappie Henderson geritten.

Mrs. Murphy hat sich Sorgen um ihn gemacht.

Warum hat sie denn nicht auf mich gewartet? Seth las ihre Worte erneut. Er schaute aus dem Fenster. Eigentlich sollte es für Trudy kein Problem sein, zu Chappie hin und zurück zu reiten. Er hatte ihr den Weg schon einmal gezeigt und der Pfad war deutlich markiert, sodass sie sich nicht verlaufen würde. Zum Glück lag Chappies Haus in entgegengesetzter Richtung zu McCurdy. Aber er war unruhig und er schnallte sich seinen Revolvergürtel um. Das Gefühl des schweren Colts an seiner Seite beruhigte ihn.

Als Seth auf die Veranda trat, sah er eine Wolkendecke in der Ferne, die er vorab nicht gesehen hatte. Wahrscheinlich war es nur ein Regenschauer – solche gab es oft am Nachmittag. Trudy würde es sicher nicht gefallen, in den Regen zu kommen. Er ging zurück ins Haus und holte seine dicke Jacke, Trudys Mantel und einige Wolldecken. Falls es regnen sollte, würde die Wolle das Wasser aufsaugen. Das wäre zwar immer noch nass, aber zumindest wärmer als eine Steppdecke. *Es geht ihr sicher gut,* versuchte er sich zu versichern. *Solange es nicht kälter wird.*

Trudy hielt Saint im Wald an, dort wo der Pfad Richtung Stadt abzweigte. Die Bäume ließen kaum Tageslicht durch und der Wind trug seltsame Vogelgesänge und allerlei andere Geräusche zu ihr herüber. Ihr Mut verließ sie ein wenig. Sie wünschte, sie hätte auf Seth gewartet, anstatt sich alleine auf den Weg zu machen. Zu Mr. Henderson zu reiten war kurz zuvor noch eine solch unkomplizierte Idee gewesen und jetzt kam es ihr ein wenig tollkühn vor.

Sie nahm all ihren Mut zusammen und lenkte Saint den Pfad entlang. Der Pfad war ein breiter Streifen, der sich durch die engstehenden Bäume wand. Hin und wieder gingen kleine Wildwechsel ab.

Der Himmel wurde immer dunkler und die Luft kälter. *Ob wohl ein Sturm aufzieht? Wäre es sicherer weiter zu reiten oder soll ich umkehren?* Trudy griff nach ihrem roten, gestrickten Umschlagtuch, das sie an den Sattel geknotet hatte, und legte es sich um die Schultern.

Sie hörte Vogelgezwitscher, ein unbekanntes Piep-Piep-Tschirp tönte aus den Bäumen zu ihrer Linken. Der Ruf wurde beantwortet mit einem Piep-Piep-Tschirp ein paar Meter rechts von ihr. Die Vögel riefen hin und her und es schien, als redeten sie miteinander, wie zwei Nachbarn, die über ihre Kinder, Lebensmittelpreise und ihre Ehemänner tratschten. Ein dritter Vogel stimmte von hinter ihr mit ein und gab seine Meinung preis.

Auf einmal verstummte der Gesang. Trudy wurde unruhig und versuchte, auf andere Geräusche zu lauschen, hörte aber nur das dumpfe Geräusch der Hufe. Das Pferd scheute, es war nervös.

Schneeflocken umschwirrten sie auf einmal. *Schnee im Mai?* Sie streckte die Hand aus und sammelte einige Flocken ein. Damit war ihre Entscheidung gefallen. Sie wusste nicht, wie lange sie noch bis zu Mr. Henderson brauchen würde, aber sie wusste, wie lange es dauern würde nach Hause zu kommen, besonders, wenn sie sich beeilte.

Sie zog leicht am Zügel und lenkte Saint in die Richtung, aus der sie gekommen war.

Das Pferd zitterte, wich zur Seite und warf seinen Kopf in den Nacken.

»Ruhig, Brauner, ruhig«, sagte sie und legte dem Pferd eine Hand auf den Hals.

Er wieherte leise und ging voran. Aber man konnte merken, dass er auf der Hut war.

Ein Schneegestöber ließ Trudy aufblicken. Etwas stimmte nicht mit diesem dicken Baumstamm, der sich über den Weg erstreckte. Nervös kniff sie die Augen zusammen.

Sie entdeckte eine Großkatze, die sie aus hungrigen, gelben Augen ansah. Als ihre Blicke sich trafen, fauchte sie und zeigte ihre glänzenden Reißzähne.

Trudy erschrak und zog an den Zügeln, um Saint umzukehren. Aber bevor sie sich vollständig umgedreht hatten sah sie, wie Katze einen Satz machte. Sie hielt sich am Sattelknauf fest und gab dem Pferd die Sporen.

Saint stürzte los und galoppierte den kleinen Wildpfad zu ihrer Rechten entlang.

Ein Ast peitschte Trudy ins Gesicht. Ihr Tuch verfing sich in einem Ast und wurde ihr von den Schultern gerissen. Sie war so auf die Flucht konzentriert, dass sie es gar nicht bemerkte.

Der Pfad gabelte sich und sie wählte blindlings den linken. Ein Ast riss ihr den Strohhut vom Kopf und zog dabei heftig an ihren Haaren.

Das Pferd galoppierte weiter. Der schmale Pfad wand sich und machte eine Biegung.

Sie kamen auf einer kleinen Lichtung an. Vor ihnen befand sich ein Hügel aus bemoosten Felsbrocken, der ihnen den Weg versperrte. Saint verlangsamte sein Tempo und kam zum Stehen, seine Flanken hoben und senkten sich schnell.

Trudy drehte sich um und starrte in die Dunkelheit im Unterholz. Sie suchte nach Anzeichen, dass die Katze ihnen gefolgt war. Sie sah nur, wie der Schnee begann, die Zweige zu bedecken.

Stille umgab sie. Trudy blickte wieder nach vorne und betrachtete den Hügel vor sich, der höher war als die Baumspitzen. Ein schmaler Pfad wand sich um die Felsbrocken.

Ihr Herz raste. Furchterfüllt stellte Trudy fest, dass sie sich verirrt hatte.

Kapitel Einundzwanzig

Als Seth gerade die Abbiegung zu Chappies Haus erreichte, rieselten die ersten Schneeflocken hinab und schmolzen, als sie den Boden berührten. Er fluchte und dachte an seine Frau, die ohne Mantel in diesen Sturm geraten war. *Ich muss versuchen, sie einzuholen, bevor sie durchnässt und unterkühlt ist.*

Der Weg war übersät mit Piniennadeln und trockenen Blättern. Hin und wieder verengte sich der Weg und er musste sich unter einem Ast ducken. Vom Weg gingen Wildpfade ab und er konnte nur hoffen, dass seine Frau vernünftigerweise auf dem breiten Weg geblieben war.

Warum nur habe ich sie nicht vor dem wechselhaften Wetter in Montana gewarnt? Und ihr verboten, zu weit alleine zu reiten?

Er beantwortete sich seine eigene Frage. *Weil es mir gar nicht in den Sinn gekommen ist.* Seine Mutter hatte sich nie weit vom Haus entfernt. Aber seine abenteuerlustige Frau war nicht wie seine Mutter, zufrieden damit, ihr eigenes Heim zu haben. Sie hatte das Haus nie verlassen, außer mit ihrem Mann, wenn sie in die Stadt fuhren. *Die zwei Frauen hatten unterschiedliche Träume,* stellte er fest und es versetzte ihm einen kleinen Stich ins Herz. Er fragte sich, ob für Trudy das Leben auf der Farm genug sein würde.

Im Schlamm vor sich entdeckte Seth einen frischen

Hufabdruck. Er war froh, dass er auf dem richtigen Pfad war und dass er seine Frau bald finden würde. Hoffentlich war sie warm eingekuschelt in Chappies Hütte und sie könnten dort beide abwarten, bis der Sturm vorüber war. In dieser Jahreszeit würde der Schneesturm eher kurz sein und wahrscheinlich rechtzeitig vor dem abendlichen Melken vorbei sein.

Aber er musste immer noch aufpassen, falls sie doch vom Hauptweg abgekommen war. Er sah sich nach Hufabdrücken um, die sich hin und wieder unter den Blättern zeigten.

Dann sah er im Matsch einige Tatzenabdrücke, die den Hufabdrücken folgten. Ein Schauer der Angst lief ihm den Rücken hinab. *Puma.* Er zog seinen Colt und unterdrückte den Wunsch, Copper in Galopp zu versetzen. Stattdessen beobachtete er die Bäume, die vor ihm lagen. Er hielt Ausschau nach einem großen Ast, der von einem Baumstamm ausging – einer der groß genug war, dass eine Großkatze darauf liegen und auf seine Beute lauern konnte.

Sein Herz schlug so laut, dass er es in seinen Ohren hören konnte. Er musste den dringenden Wunsch, Trudy zu retten, im Zaum halten.

Weiter vorne sah er einen Bereich mit aufgewühltem Laub, unter dem tiefe Tatzenabdrücke zu sehen waren. Von da war der Puma aus seinem Versteck gesprungen. Zu seiner Beruhigung stellte Seth fest, dass der Puma sein Ziel verfehlt hatte, aber das bedeutete nicht, dass er nicht die Verfolgung aufgenommen hatte. Ein Muttertier, das ihre Jungen zu füttern hatte, wäre vielleicht verzweifelt genug, um eine Frau auf einem Pferd zu verfolgen.

Er wollte gerade Copper auf den Weg zu Chappie bringen, als er einen roten Punkt auf dem Wildpfad, der nach links führte, sah. Er warf einen Blick in Richtung Chappies Hütte, um sicherzustellen, dass er seine Frau nicht doch sehen konnte. Dann führte er sein Pferd auf den kleinen Pfad.

Er erkannte Trudys Tuch, das an einem Zweig hing, und bekam schlagartig Angst. »Trudy!«, rief er lautstark. »Trudy!« Seth versuchte durch den Schneefall etwas zu erkennen. Er hielt nach ihr Ausschau und horchte auf eine Antwort. Aber nur das Schweigen des Waldes war zu hören. Die Stille setzte ihm zu. Er befreite das Tuch von dem Ast und untersuchte es nach Blutspuren. Er fand keine. Er war erleichtert, dass die Katze sie nicht verletzt hatte. Er wickelte das Tuch um seine Schultern und folgte dem Weg seiner Frau.

Seine Erleichterung war allerdings nur von kurzer Dauer, denn er sah, wie sich eine leichte Schneedecke gebildet hatte. Dadurch, dass Trudy den Wildpfad genommen hatte, konnte sie sich schnell verirren. Der Schnee würde bald alle Spuren verdeckt haben. Sein Magen verkrampfte sich.

Herr, hilf mir, sie zu finden!

Ein kalter Wind blies durch die Bäume, der die Zweige hin und her wehte und Trudy Schnee ins Gesicht peitschte. Ihre Nase und Wangen brannten. Sie zitterte, krümmte ihren Rücken und bemerkte, dass sie ihren Hut und ihr Tuch verloren hatte.

Aber sie konnte nichts machen. Sie wusste, dass sie ihren Weg zurückverfolgen musste. Doch der Gedanke, dass sie wieder auf die Katze treffen könnte, machte sie zögerlich.

Vor Sorgen läuft man nicht davon, Täubchen. Wie oft hatte ihr Vater diesen Spruch verwendet? Sie wünschte sich so sehr, dass er hier wäre. Eigentlich wünschte sie sich sogar zurück nach St. Louis, sicher und warm vor dem Kamin. Sich nach Abenteuern sehnen war nicht das Gleiche, wie sie zu leben.

Aber dann hätte ich Seth nicht. Ihr Herz schmerzte sie bei diesem Gedanken.

Sie sah einen großen Ast auf den Steinen vor sich liegen. Er war so lang und dick wie ihr Arm. Sie lenkte Saint dorthin, lehnte sich hinab und packte ihn. Sie schlug den Ast gegen einen Felsbrocken, um sich zu versichern, dass er nicht verrottet war.

Mit dem Knüppel als Waffe, fühlte sie sich sicherer. Sie beugte sich hinab und streichelte Saints Hals. Das Pferd hatte sich beruhigt. »Bist du bereit, zurück zu gehen? Dich der Katze gegenüber zu stellen?«

Weder Pferd noch Reiterin waren dafür bereit, aber Trudy lenkte den Fuchs in Richtung der Bäume. Sie hielt die Zügel in einer Hand und den Knüppel erhoben in der anderen. Ein Schauer lief ihr über den Rücken und ihre Schultern verspannten sich. Sie sah sich genau um, suchte nach der Katze.

Ihr Arm begann schwächer zu werden und schmerzte, also ließ sie den Knüppel in ihren Schoß sinken. Sie sah ihren durchnässten Hut auf dem Boden liegen, traute sich aber nicht, abzusteigen und ihn aufzuheben.

Saint zitterte und warf den Kopf in den Nacken. Er machte einige Schritte zurück.

»Was ist denn los, Brauner?« Doch ihr Herzrasen verriet ihr bereits die Antwort. Sie hob den Ast noch an, bevor sie das Tier vor sich sah, sprungbereit. »Hey!«, schrie sie und schwang ihre Waffe.

Die Katze bewegte sich nicht, nur ihr Schwanz zuckte kurz, ihre gelben Augen waren auf Trudy gerichtet.

Saint spannte sich an.

Noch bevor das Pferd durchging, schaffte Trudy es, den Ast mit aller Kraft zu werfen.

Das Tier sprang aus dem Weg. Der Ast traf auf dem Boden auf und federte ab. Das Ende des Stockes traf die Katze an der Seite.

Mit einem Fauchen verschwand sie zwischen den

Bäumen. Trudy hörte, wie das Tier fliehend durchs Unterholz brach.

Saint wartete nicht auf Trudys Befehl sondern machte einen Satz nach vorne und raste über den Weg so schnell er nur konnte. Sie näherten sich einer Gabelung im Weg und das Pferd wurde langsamer. *Rechts oder links?* Das Schneegestöber wurde dichter und blieb auf dem Boden liegen. Die Hitze der Angst verließ allmählich ihren Körper und Trudy begann zu zittern. Sie versuchte, sich zu erinnern, woher sie gekommen war. Waren es zwei oder drei Gabelungen gewesen, die sie genommen hatte? *Wenn ich die falsche Entscheidung treffe, könnte das schlimme Auswirkungen haben.*

Saint wieherte und ein anderes Pferd antwortete aus einiger Entfernung von rechts.

»Trudy!«

Seth! Seine Stimme zu hören, war eine enorme Erleichterung. »Seth, ich bin hier!« Sie lenkte Saint in die Richtung, aus der Seths Stimme kam.

Als sie um eine Kurve geritten waren, standen sie sich endlich gegenüber. Seth kam an ihre Seite, lehnte sich hinüber zu ihr und umarmte sie fest. »Gott sei Dank, dass ich dich gefunden habe.« Er küsste sie, nahm das Tuch von seinen Schultern und legte es ihr über Schultern und Kopf. Er griff nach dem Bündel hinter seinem Sattel und reichte ihr ihren Mantel und zwei Decken. »Hier, leg dir das um«, befahl er ihr. »Und dann wickel dich in die Decken ein. Beeil dich, Trudy. Hier schleicht ein Puma umher.«

»Ich hab ihn gesehen. Ich hab mit einem Ast nach ihm geworfen und ihn vertrieben. Er ist in die Richtung abgehauen.« Sie zeigte hinter sich.

Seine Miene entspannte sich. »Gut gemacht, Mrs. Flanigan«, sagte er mit einem schelmischen Blick. »Klingt als hätte der Puma bemerkt, dass du keine leichte Mahlzeit bist. Aber lass uns trotzdem schnell weiter.«

Trudy zog ihren Mantel an und erfreute sich an der Wärme. Dann legte sie eine Decke vorne über ihre Hände. Sie würde zwar die Zügel nicht mehr so gut halten können, aber dank Coppers beruhigender Anwesenheit war Saint wieder so ruhig wie immer.

Seth legte ihr eine Decke über Schultern und Kopf. »Ich werde mit Copper kurz umdrehen. Hinter mir ist eine etwas breitere Stelle, wo ich wenden kann. Bleib einfach kurz hier«, gebot er ihr. »Sobald ich ihn gewendet habe, überhol mich und reite vor mir.«

Trudy folgte seinem Befehl. Ihren Mann hinter sich zu haben, nahm ihr die Angst. Sie entspannte sich und merkte, wie ihre Schultern von der Anspannung zuvor schmerzten.

Innerhalb weniger Minuten erreichten sie den breiten Pfad.

Saint ging am rechten Rand.

Sie hörte, wie Coppers Huftritte näher kamen bis Seth an ihrer Seite ritt.

Mit angespanntem Blick beobachtete Seth den Himmel. »Der Schneefall wird leichter. Es scheint, als hätten wir es bald hinter uns. Jetzt sind wir genauso weit von daheim wie von Chappies Haus entfernt. Am besten reiten wir weiter.«

Sie nickte zustimmend.

»Was ist denn nur passiert, Trudy? Warum hast du dich allein auf den Weg gemacht?« Sein Tonfall war so ernst, wie sie es noch nie gehört hatte.

Ist er wütend auf mich? Dieser Gedanke gab ihr ein beklemmendes Gefühl. »Vorhin schien es eine gute Idee zu sein. Mrs. Murphy kam vorbei und bat mich um mehr Schafgarbe und Salbei für ihren Mann.« Trudy erzählte Seth die Geschichte rasch. Die Worte purzelten nur so aus ihr heraus. Sie konnte nicht erkennen, was Seth dachte, da sein Hut seinen Ausdruck verdeckte.

Der Schneefall wurde immer leichter und hörte

schließlich ganz auf. In der Ferne konnte man sehen, wie die Wolken aufrissen und kleine Flecken Blau sichtbar wurden. Trudy beobachtete, wie sich der blaue Streifen ausbreitete. »Ich hätte nicht gedacht, dass es schneien würde.«

»Man sollte sich hier immer auf Schnee gefasst machen.«

»Aber es ist Mai.«

»Ja, aber wir sind in *Montana Territorium*«, gab er zurück. »Es kann hier das ganze Jahr über schneien. Außer vielleicht im Juli.«

»Das wusste ich nicht.« Sie sah ihn an. »Bist du wütend auf mich?«, fragte sie in einem zögerlichen Tonfall.

Er schüttelte den Kopf und seufzte. »Nein, aber ich hatte noch nie so viel Angst in meinem Leben, wie als ich diese Pumaspuren gesehen habe.« Er hob seinen Hut an. »Sind meine Haare weiß geworden?«

Trudy lachte erleichtert. »Nein.« In einem ernsteren Ton fügte sie hinzu: »Es tut mir leid, Seth. Wirklich.«

Er setzte seinen Hut wieder auf. »Ich dachte schon, ich müsste Mrs. Seymour schreiben und sie bitten, mir einen neue Braut zu schicken.«

Trudy gab seinem Bein einen Klaps. »Wenn du das machst, verlange unbedingt nach Prudence Crawford.«, erwiderte sie grinsend und war froh, dass ihre Beziehung wieder so war wie zuvor. »Naja, ich hab ja gesagt, ich will Abenteuer erleben. Jetzt hatte ich eins.«

Seth hielt Copper an, beugte sich hinüber und zog an Saints Zügeln. Der Fuchs hielt an. Er lehnte sich herüber und küsste sie auf den Mund. »Vielleicht sagst du einfach beim nächsten Mal Bescheid, wenn dir nach einem Abenteuer ist, dann gehen wir *zusammen*.«

Kapitel Zweiundzwanzig

Eine Woche später trat Trudy mit einem vollen Arm von Seths Kleidung und ihrem Nähkorb auf die Veranda und setzte sich in den Schaukelstuhl ihrer Großmutter, den ihr Ehemann einige Tage nach ihrer Ankunft aus einer Kiste ausgepackt hatte.

Henry lag auf einer alten Decke in ihrer Nähe, hob seinen Kopf und schenkte ihr ein Hundelächeln. Sein Schwanz wedelte als Willkommen, aber er rührte sich nicht von der Stelle.

Trudy legte die Kleidungsstücke und den Nähkorb neben sich auf die Bank, stand auf und ging hinüber zu Henry. Sie kraulte ihn hinter den Ohren. Trudy hatte den Hund sehr lieb gewonnen und empfand seine Gesellschaft als angenehm. Sie ließ ihren Blick von der Scheune zur Weide und hinüber zu den Feldern in der Ferne schweifen. Zurückhaltung war nie eine ihrer Stärken gewesen und sie hatte sich bereits vollständig eingebracht in das Haus, die Tiere und alles andere.

Trudy konnte ihren Ehemann nicht entdecken, also setzte sie sich und klappte den Deckel ihres Nähkorbs auf. Sie nahm ihren Fingerhut heraus und setzte ihn auf den Finger, zog eine Nadel aus dem Nadelkissen und machte sich auf die

Suche nach einer Rolle blauen Garns. Dann wickelte sie ein Stück Faden ab und schnitt ihn ab.

Heute war der erste Tag seit ihrer Hochzeit mit Seth, an dem sie das Gefühl hatte, aufgeholt zu haben – nicht dass man als Frau jemals wirklich alles erledigt hatte in der täglichen Routine aus Kochen, Putzen, Nähen, Gartenarbeit und all den anderen Dingen, die erledigt werden mussten, um die Familie und das Haus in Ordnung zu halten. Aber alle Kisten, mit Ausnahme der in der Scheune eingelagerten, waren ausgepackt und ordentlich verstaut. Sie hatte den Garten bepflanzt und die Setzlinge, die sie im Haus herangezogen hatte, konnten bald im Freien eingepflanzt werden.

Sie hatten mehrere Besucher gehabt – diese hatten Saatgut und Setzlinge, Marmeladen, Kuchen und Pasteten vorbei gebracht. Aus dieser Großzügigkeit waren die Blumenbeete vor dem Haus entstanden und Trudy hatte tagelang nichts mehr backen müssen, abgesehen von ihrem gedeckten Apfelkuchen und den Lebkuchenmännern, die sie am Anfang gebacken hatte. Jetzt war nur noch der Melasse-Kuchen übrig und dann würde sie wieder ihren eigenen Nachtisch machen. Es machte ihr auch gar nichts aus. Sie schöpfte große Freude daraus, ihren eigenen Haushalt zu führen. Seth freute sich auch merklich über ihre Anstrengungen.

Wenn wir jetzt noch Zeit finden würden, um die Gegend zu erkunden. Trudy sah sehnsüchtig die Berge an. *Sei geduldig*, sagte sie sich – und das nicht zum ersten Mal. Seth hatte ihr versprochen, sie auf Erkundungstour mitzunehmen, sobald die Frühlingsaussat beendet war und weniger Kälber zur Welt kamen. Sie wusste, dass der Zeitpunkt schon nah war. Seth hatte Jethro wieder als Helfer eingestellt und konnte daher größere Fortschritte machen.

Trudy hielt Seths Flanellhemd gegen das Licht, um zu

überprüfen, ob sie das Loch zusammennähen konnte, oder ob sie einen Flicken aufnähen musste. Sie fädelte das Garn ein, machte einen Knoten am Fadenende, legte den Stoff glatt vor sich und begann, die beiden Stoffseiten zu vernähen. Während sie sich um den Riss kümmerte, dachte sie über etwas nach, was ihr schon die ganze Woche über im Kopf umherging. Es war nichts Dringliches, sodass sie sich ernsthaft damit hätte befassen müssen, aber es ging ihr nicht aus dem Kopf. Sie war tagsüber immer zu beschäftigt und abends zu müde, um darüber nachzudenken.

Seth.

Sie hatte in ihrer Ehe wesentlich mehr Glück und Zufriedenheit gefunden, als sie es für möglich gehalten hätte. Zwischen ihnen wuchs wahre Zuneigung. Trudy sah ihren Mann nicht so oft, da er stets in der Scheune oder auf dem Feld war. Aber sie genoss seine Gesellschaft, wenn sie gemeinsam aßen oder abends auf der Veranda saßen und redeten und den Sonnenuntergang beobachteten.

Sie machte noch einige Stiche mit der Nadel und versuchte darauf zu kommen, was ihr an ihm nicht passte. Er war lieb und aufmerksam. Wie jeder Mann, hatte er stille Phasen, wenn er nachdenken musste. Aber es gab doch auch Zeiten, in denen sie spürte, dass etwas mit ihm nicht stimmte.

Oberflächlich ging es ihm gut – vielleicht sogar zu gut – er sprach und scherzte mit ihr, aber … Trudy ging im Kopf einige Situationen seit Beginn ihrer Ehe durch. Im Nachhinein erinnerte sie sich daran, dass seine erste düstere Stimmung aufgetreten war, als sie in der Stadt gewesen waren, um Hühner zu kaufen. Dann an ihrem zweiten gemeinsamen Abend … Während sie gegessen hatten, war er charmant gewesen. Dann ging er zurück an die Arbeit am Zaun und kehrte verändert zurück – er schien innerlich ruhiger zu sein, auch wenn er nach außen weiterhin fürsorglich war.

Stück für Stück ging sie die Ereignisse seit Beginn ihrer Ehe durch und ihr fielen immer mehr Momente ein, in denen sie gespürt hatte, dass etwas nicht stimmte. Aber da er nach außen hin normal gewirkt hatte, hatte sie sich stets gesagt, dass sie es sich einbildete. Männer hatten ein Recht auf Stimmungsschwankungen, ebenso wie Frauen.

Und tatsächlich hatte sie keinen Grund zur Beschwerde. Sie war auf dem Weg zu einer intimeren Ehebeziehung mit ihm. Seths Küsse gefielen ihr sehr und ein oder zweimal hätte sie ihm beinahe angeboten, das Bett mit ihr zu teilen. Aber ein jedes Mal, wenn sie ihn fragen wollte, kam eine dieser seltsamen Stimmungen auf und sie änderte ihre Meinung wieder. Es war auch nicht so, als sei sie sich felsenfest sicher in ihrem Entschluss. Sie hatte lediglich auf ihre Gefühle gehört und nicht viel darüber nachgedacht.

Warum bin ich nur so wählerisch? Kein Mann ist perfekt. Es ist schließlich eine Katalogehe ... da kann ich froh sein, einen so guten Mann gefunden zu haben.

Evies Warnung, sich nicht in ihren Mann zu verlieben, kam ihr wieder in den Kopf. Trudy wusste, dass es ihr, sobald sie und Seth den nächsten Schritt wagten, schwerer fallen würde, ihre Gefühle im Zaum zu halten. Sie war fertig mit dem Loch im Hemd und verknotete den Faden. Sie schnitt den Faden mit ihrer Nähschere ab.

Ich muss es einfach akzeptieren, dass Seth diese komischen Momente hat, und es nicht an mich heranlassen. Es ist ja nicht so, dass er wütend, überkritisch oder zurückgezogen ist.

Trudy faltete das Hemd zusammen und fuhr mit der Hand über den Stoff, der den Körper ihres Mannes bedecken würde, und legte es auf die Bank. Sie ging ins Haus. In der Küche schob sie zwei Holzscheite in den Herd. Das Hähnchen, das sie zum Abendessen zubereitete, sah golden und knusprig aus.

Sie hörte Seths schwere Fußtritte auf der Veranda. *Das ist komisch. Um diese Uhrzeit sollte er eigentlich noch auf dem Feld sein.* Es klang, als sei er in Eile und plötzlich wurde ihr bang. Sie schloss die Ofentür und drehte sich um, um ihn anzusehen.

Seth platzte herein, ohne seine Stiefel auszuziehen. Seine grauen Augen funkelten aufgeregt.

Sie konnte kein Anzeichen für eine Verletzung oder Blut sehen, also entspannte sie sich und wollte gerade ansetzen und ihn dafür rügen, dass er sie erschreckt hatte. Aber bevor sie etwas sagen konnte, hatte er schon seine Arme um sie geschlungen und wirbelte sie herum.

Erschrocken hauchte sie: »Seth Flanigan, was ist denn in dich gefahren?«

Mit einem Schmunzeln setzte er sie wieder auf dem Boden ab. »Die Saat sprießt, die Kälber sind geboren, die Zäune repariert«, zählte Seth auf. »Der Hühnerstall ist gebaut, der Garten bepflanzt, der Küchenschrank ist aufgehängt und wir haben jetzt zwei Schaukelstühle auf der Veranda. Es ist an der Zeit, Mrs. Flanigan.« Seine grauen Augen flackerten.

»An der Zeit für was?«, fragte Trudy sichtlich verwirrt von seinem Verhalten.

»Zeit, dass wir den restlichen Tag freinehmen. Jethro bleibt länger und kümmert sich ums Melken. Ich habe vor, dir heute etwas von der Landschaft zu zeigen. Ich weiß ja, wie gerne du etwas erkunden willst, also ist heute deine Chance.« Er tätschelte sie am Rücken. »Komm, zieh deine Reitsachen an und pack uns ein Picknick ein, ich sattle derweil die Pferde.«

Trudy schlug die Hände zusammen. »Oh, Seth! Wirklich?«

»Wirklich«, erwiderte er. »Also, beeil dich, Mrs. Flanigan. Die Zeit vergeht.«

Trudy beeilte sich, ging in ihr Schlafzimmer und zog ihre Reitkleidung an.

Als sie fertig war mit Umziehen, war das Hähnchen

soweit und sie holte es zum Abkühlen aus dem Ofen. Während es dies tat, bestrich sie die Brötchen mit Butter und Marmelade. Sie packte das Hähnchen in Papier und Wachspapier ein und umschnürte es. Die Brötchen packte sie genauso ein und legte beide Bündel auf den Tisch. Sie tippte sich ans Kinn und überlegte, ob sie wohl Wasser mitnehmen müssten. Sollte sie einen Krug einpacken?

Durch die geöffnete Tür hörte sie die Pferde und nahm rasch ihren Strohhut von der Garderobe. Sie verschnürte die Bänder unter dem Kinn und schwor sich dabei, dass sie sich einen Cowboyhut kaufen würde, wie Seth einen hatte, der zu ihrer Western-Reitkleidung passen würde. Sie schnappte das Essen vom Tisch, eilte rasch aus dem Haus und zog die Tür hinter sich zu.

Seth hatte bereits die Pferde am Verandageländer angebunden und hockte neben Henry, der auf seiner Decke eingerollt lag. »Tut mir leid, mein Alter, du kannst nicht mitkommen. Deine Streunertage sind vorbei. Bleib hier und pass auf das Haus auf.«

Als hätte er ihn verstanden, legte der Hund seine Schnauze auf seine Pfote und atmete gleichgültig aus.

Seth streichelte Henrys Kopf. Er stand auf und hatte eine sorgenvolle Miene. »Henry ist immer mit mir unterwegs gewesen, wenn ich die Gegend erkundet habe. Es ist so seltsam ...« Er presste seine Lippen aufeinander.

»Ich verstehe das.« Sie berührte mitfühlend seinen Arm. »Ich bin mir sicher, dass der liebe Gott einen Grund hatte, warum er Tieren eine kürzere Lebenszeit gegeben hat als uns. Aber wenn man ein Tier liebt, ist das trotzdem schwer zu ertragen.«

»Das ist es.«

»Soll ich Wasser mitnehmen?«, fragte Trudy in der Hoffnung, dass ihn das von seinem alternden Hund ablenken würde.

»Nein. Da wo wir hingehen, gibt es jede Menge.« Er streckte beide Hände aus. »Lass mich das Essen nehmen.«

Trudy reichte ihm die Pakete und er verstaute sie in Coppers Satteltaschen.

Jetzt bemerkte Trudy, dass beide Pferde Jutesäcke trugen, die hinten am Sattel festgemacht waren. Copper hatte eine aufgerollte Decke mit einem Klappspaten darin auf dem Rücken. Sie deutete darauf. »Wofür brauchen wir den denn?«

Seths Augen leuchteten. »Das ist eine Überraschung.«

Sie war froh, dass er seine Melancholie abgeschüttelt hatte und überlegte, für welche Überraschung man wohl eine Schaufel brauchte, gab aber auf, als Seth ihre Hand nahm und sie in Richtung Saint leitete.

Seth band Saints Zügel los und reichte sie ihr. Dann formte er einen Tritt mit seinen Händen. »Rauf mit dir, Mrs. Flanigan.«

Wie sehr sie es doch mochte, wenn er sie so nannte. Trudy trat in seine Räuberleiter, schwang ihr Bein über den Pferderücken und setzte sich in den Sattel.

»Warte kurz hier.« Er ging die Stufen hinauf zum Haus, verschwand darin und kam kurze Zeit später mit dem Gewehr, das sonst über der Tür hing, zurück.

Trudy sah die Waffe und erzitterte. Nach ihrer Begegnung mit dem Puma, hatte die Tatsache, dass ihre Abenteuer auch gefährlich sein konnten, ihre Abenteuerfreude ein wenig gedämpft.

Seth sah, wie sie das Gewehr ansah als er es in die Gewehrtasche an Coppers Sattel schob. »Ich glaube nicht, dass wir es benutzen müssen, Trudy. Aber für alle Fälle … ich bin lieber gut vorbereitet.«

»Natürlich.«

Er band Coppers Zügel los und schwang sich in den Sattel. »Bist du bereit, Mrs. Flanigan?«

»Definitiv.«

Er trieb Copper an und sagte: »Dann folgen wir dem Flusslauf.«

Es dauerte nicht lange und sie verließen die Gegend, die Trudy bekannt war. Die Landschaft veränderte sich zunächst nicht viel. Aber dann wurde das Land hügeliger, als es in Richtung Berge ging. Mehr und mehr Bäume säumten den Bach und formten einen Wald. Die Nadelbäume boten einen satten, dunkelgrünen Kontrast zu den sprießenden Ästen der Laubbäume.

Trudy erfreute sich an den Bäumen, deren Schatten, dem Geräusch der raschelnden Blätter, die Fülle der vielen Bäume nebeneinander. Sie wollte überall gleichzeitig hinschauen, vom schönen, blauen Himmel hin zu den zarten Wildblumen. Sie versprach sich, die Flora und Fauna genauer zu begutachten, wenn sie angekommen waren.

In den Parks von St. Louis war die Natur immer gestutzt und hergerichtet und war mehr ein zahmer Schatten der Wildnis. Eben diese Wildnis und Freiheit der großen, weiten Flächen hatte dort gefehlt. Etwas in ihrer Seele breitete sich weit aus im Angesicht der Schönheit Montanas.

Seth führte sie entlang eines schmalen Pfades, der immer steiler wurde, je näher sie dem Fuß der Berge kamen. Sie ritten noch für eine weitere Stunde. Trudys Oberschenkel begannen gegen den langen Ritt zu protestieren. Sie bewegte sich hin und her, versuchte eine bequeme Position zu finden und hoffte, dass sie bald ankommen würden.

Seth sah nach hinten und hatte einen schelmischen Blick auf dem Gesicht.

Was hat er wohl vor?

»Mach deine Augen zu, Trudy. Du darfst nicht schauen, bis ich es dir sage. Vertraue Saint, er wird Copper folgen.«

Sie schloss die Augen fest und wollte sie sofort wieder öffnen, weil es ihr unheimlich war, dass sie nichts sehen konnte. *Vertrau Seth.* Trudy versuchte sich abzulenken, indem sie dem Klackern der Pferdehufe und dem Quietschen des Sattelleders lauschte, den wiegenden Schritt des Pferdes und den Schmerz in ihren Beinen fühlte.

Das Geräusch von rauschendem Wasser brachte sie beinahe dazu, einen Blick zu wagen, aber sie beherrschte sich und schloss die Augen fest. Das Geräusch des Wassers wurde tosend und sie spürte Sprühnebel auf ihrer Haut. Sie konnte es kaum noch aushalten.

»Du kannst die Augen jetzt aufmachen«, rief Seth.

Endlich. Sie öffnete ihre Augen und sah einen Wasserfall, der mehrere Meter breit war und über eine Klippe etwa 4 Meter in die Tiefe stürzte. Am Fuße des Wasserfalls befand sich ein großes, grünes Becken, das von einer Lichtung mit frischem Gras umgeben war, das im Sonnenschein leuchtete. Auf beiden Seiten der Klippe führte ein steiler Hügel voller Pinien hinauf. Ihr Herz schmerzte als sie die Schönheit dieses Naturschauspiels sah und sie ließ einen tiefen, freudigen Seufzer los. »Oh!«, war das Einzige was sie hervorbringen konnte.

»Das ist immer noch auf unserem Land, Trudy. Flanigan Land.«

Sie drehte sich zu ihm um und sah, dass er ihre Reaktion genau beobachtete. »Wir haben unseren eigenen Wasserfall?« Sie konnte ihr Glück nicht fassen.

Er nickte und der Stolz stand ihm ins Gesicht geschrieben.

»Wie wunderbar! Ich hätte mir so etwas Herrliches nie vorstellen können.«

Er stieg ab, nahm einige Hobbel aus der Satteltasche und band sie um Coppers Beine, damit sie nicht weglaufen konnte. Er nahm ihr das Zaumzeug ab und hängte es an einen Ast. Das Pferd begann zu grasen und rupfte einen Grasballen nach dem anderen aus.

Seth ging zu Trudy hinüber und fasste sie an der Hüfte. Seine Finger umfassten sie und hoben Sie von Saints Rücken.

Als Seth sie losgelassen hatte, machte Trudy einige unstete Schritte. Ihren Beinen gefiel diese Bewegung gar nicht.

Er nahm ihr Saints Zügel ab, legte dem Fuchs Hobbel an und hängte das Zaumzeug zu dem anderen.

Trudy ging hinunter zum Wasser. Dort gab es einen sandigen Fleck zwischen mehreren kleinen Felsbrocken. Sie bemühte sich, den Saum ihres Reitrockes trocken zu halten, bückte sich und berührte das Wasser. Es war eiskalt.

»Schneeschmelze«, bemerkte Seth, der hinter ihr stand.

Sie richtete sich auf und machte eine ausladende Geste mit dem Arm. »Das ist alles so wunderschön, Seth.«

Er grinste und neckte sie. »Im Sommer komme ich hier zum Schwimmen hin. Nackt versteht sich.« Er deutete auf den Wasserfall und tat als habe er nichts Provokatives gesagt. »Hinter dem Wasserfall gibt es eine versteckte Höhle. Naja, mehr eine Grotte. Ich zeige sie dir dann, wenn es warm genug ist.« Seine Augen forderten sie heraus, zu antworten.

Bei dem Gedanken, nackt mit ihrem Ehemann in diesem Becken unter dem Wasserfall zu schwimmen, wurde ihr ganz heiß. *Das klingt nach dem perfekten Abenteuer. Und nach der perfekten Gelegenheit, um meinem Mann zu zeigen, dass ich mir mehr Intimität wünsche.* Sie sah nach unten und gab Seth dann einen flirtenden Augenaufschlag. »Ich freue mich schon auf die heißen Sommertage.«

Er lachte laut, zog sie an sich und wirbelte sie herum..

Als er sie absetzte, sagte er: »Du hellst mein Leben auf, Trudy.«

»Ich versuche mein Bestes, dir eine gute Ehefrau zu sein«, erwiderte Trudy in demselben aufgesetzt sittsamen Ton.

»Na dann, gute Frau. Der Ritt hat mich ganz schön

hungrig gemacht.« Er zwinkerte ihr zu, damit sie die Doppeldeutigkeit verstand.

»Dann muss ich dich wohl versorgen.« Trudy sah ihn mit einem verführerischen Blick an. »Das Essen ist in der Satteltasche, holst du es bitte?« Sie deutete auf Copper und wedelte befehlerisch mit der Hand. Sie konnte ihr Lächeln aber nicht unterdrücken, was ihr den dramatischen Effekt vermieste.

Sie lachten beide und bereiteten ihr Picknick vor.

Trudy und Seth machten es sich auf der Decke auf der Lichtung gemütlich. Sie waren weit genug vom Wasserfall entfernt, um nicht vom Sprühnebel nass zu werden und sich in Ruhe ohne das Getose des Wassers unterhalten zu können. Sie hatten ihr gesamtes leckeres Essen aufgegessen und dazu kaltes, klares Wasser vom Becken getrunken.

Nach wochenlangem Geschufte auf der Farm, fühlte Seth sich faul und erfreute sich am Anblick seiner Frau, wie sie sichtlich die Schönheit der Landschaft genoss. Durch sie sah er die Dinge mit neuen Augen. Meistens war er zu beschäftigt mit seiner Arbeit, um inne zu halten und die Umgebung zu betrachten, die er für allzu selbstverständlich gehalten hatte. Tatsächlich war er seit Jahren nicht mehr zum Wasserfall geritten – nicht seit sein Stiefvater gestorben war und die Farm ihm gehörte.

Aber als er Trudys neugierigen Blick wahrnahm und ihren anmutigen Hals ansah, wenn sie nach oben blickte und einen Falken beobachtete, konnte auch er sich wieder für die großartige Natur begeistern. Er war dankbar dafür, dass diese Schönheit auf seinem Land lag.

Es war nicht so, als könne er dieses Land für sich beanspruchen. Der Wasserfall, das Becken, die Berge und der Wald gehörten Gott, ganz gleich wessen Name auf einem Stück Papier stand.

Seth blickte zur Sonne, die sich langsam senkte. Widerwillig setzte er sich auf, er wollte nicht gehen. Er schwor sich, sich öfter die Zeit zu nehmen, hierher zu kommen. »Komm, Mrs. Flanigan. Es wird langsam spät.« *Und ich muss noch ein paar Bäume ausgraben.* Er streckte seine Hand aus und half Trudy auf. Wie sie ihn ansah – unschuldig und zugleich verführerisch, mit ihrem rotblonden Haar, das die Sonne golden färbte, ihre Augen so blau wie der Himmel, ihre rosa Lippen, leicht geöffnet – warf ihn um.

Sie legte ihre Hand in seine in einer Berührung, die eigentlich so bekannt war. Ihre Finger umgriffen seine. Die Berührung fuhr wie ein Blitz in ihn und ließ seine Leistengegend kribbeln.

Seth zog sie hoch, ließ ihre Hand los und umarmte sie fest. Er war berauscht von ihr und küsste sie. Ihre Lippen öffneten sich leicht und ihr Kuss wurde inniger. Sie standen so eine Weile, küssend, und er konnte spüren, wie ihr Körper gegen seinen schmolz. Er fuhr mit den Lippen über ihre Wange und küsste ihren Hals, dabei sog er ihren Duft ein.

Eine Brise trug feinen Nebel zu ihnen und erinnerte ihn, seiner Leidenschaft nicht nachzugeben. Widerstrebend zog er sich zurück.

Trudy sah ihn mit einem betörten Blick an.

Er musste sich zusammenreißen, dass er seine Frau nicht sofort an dieser Stelle im Gras neben dem Wasserfall lieben würde. Aber er wollte, dass sie sich sicher war ... *Er* wollte sich sicher sein. *Später,* versprach er sich. *Wenn sie mir gesagt hat, dass sie so weit ist.*

Als Seth sich zurückzog, blieb Trudy der Atem weg. Ihr schwindelte, als hätte sie sich im Kreis gedreht. Sie sah tief in die lebhaften Augen ihres Mannes. Sein Blick war voller Leidenschaft und ließ ihre Knie weich werden. Zum Glück hielt er sie umschlungen. Sie versuchte zu atmen und das Gleichgewicht wieder zu finden.

»Geht es dir gut?«, fragte Seth mit rauer Stimme.

Vielleicht ist er von unseren Küssen so berührt wie ich.

»Ja, natürlich.« Trudy versuchte mit fester Stimme zu sprechen, um zu verstecken, wie sehr er ihre Sinne betört hatte. Obwohl sie nicht genau wusste, warum sie sich vor ihrem Ehemann verstellen sollte …

»Es wird Zeit für deine Überraschung.« Seth deutete auf die Klippe und richtete sich auf.

»Los, Mrs. Flanigan. Such dir ein paar Setzlinge aus solange wir noch Zeit haben, damit ich sie gleich zuhause einpflanzen kann, bevor es dunkel wird.«

Trudy schlug die Hände zusammen. »Bäume!«

Er lachte und hielt einen Finger hoch. »Nur vier *Setzlinge*. Es werden einige Jahre vergehen, bis diese zu den Bäumen werden, die du dir wünscht.«

»Aber es ist ein Anfang. *Danke dir*, Seth.« Trudy warf sich in seine Arme und gab ihm einen dicken Schmatzer auf den Mund. Dann ließ sie ihn los und stürmte davon. Sie hielt ihren geteilten Rock hoch, damit sie den Hügel hinauf zu den Bäumen klettern konnte. Sie grub ihre Zehen tief in die Erde, fühlte ihre Muskeln arbeiten und schnappte nach Luft. Sie hielt aber nicht an, sie wollte aus Seths Nähe entrinnen, damit sie sich wieder einigermaßen beruhigen konnte.

»Such dir vier aus, die ungefähr hüfthoch sind«, rief Seth ihr nach.

Trudy kam bei den Bäumchen an und musste eine Verschnaufpause machen. Sie war froh, dass sie ihr Korsett nicht allzu fest geschnürt hatte. Während sie stand und sich ausruhte, entdeckte sie einen Setzling, der ungefähr die richtige Größe hatte. Er sah gesund aus. »Dieser hier.« Sie strich über die Äste und sah dann über ihre Schulter nach ihrem Ehemann.

Seth hatte seinen Klappspaten aufgeklappt und marschierte den Berg hinauf, die Schaufel geschultert, und pfiff eine Melodie. Er ließ den Aufstieg mühelos erscheinen.

Ihr Herz machte einen Satz und pochte schnell. Dieses Gefühl war ihr unangenehm, also drehte sie sich schnell um und wählte blindlings das nächste Bäumchen aus. Sie hörte die knirschenden Piniennadeln unter Seths Schritten. »Hier ist noch einer.« Sie duckte sich unter den Ästen der größeren Bäume hindurch und ging tiefer in das Wäldchen hinein. Die Luft war erfüllt von Harzgeruch.

Ihr Haar verfing sich in einem Ast. Sie gab einen genervten Seufzer von sich und zog an der Strähne, die sich prompt aus dem Dutt löste. Sie nahm ihre Haarklammern aus der Frisur und steckte sie zwischen die Lippen während sie die Strähne glatt strich. Dann nahm sie all ihre Haare und rollte sie wieder zu einem Dutt auf.

Seths Hand auf ihrer ließ sie innehalten. Er hielt sie sanft fest, bis sie den Arm senkte. Er strich ihr eine Strähne aus dem Gesicht und umwickelte sie sanft mit seinem Finger. »Deine Haare glänzen wie Gold im Sonnenschein. Es gefällt mir, wenn du sie offen trägst.« Er ließ seine Hand über ihren Kopf bis hinunter zum Rücken gleiten.

Trudy blieb der Atem weg. Sie nahm die Haarnadeln aus dem Mund und hielt sie in der Hand.

»Ich habe noch nie eine Frau mit offenen Haaren gesehen. Abgesehen von meiner Ma natürlich.«

Seth sprach nicht oft über seine Mutter. Trudy fragte ihn neugierig: »Was für eine Haarfarbe hatte sie? Braun wie du?«

»Dunkler. Wenn sie abends ihr Haar bürstete, dachte ich immer, dass es aussieht, wie schwarze Seide.« Er lächelte sie an, aber seine Augen blickten traurig. »Einer ihrer Verehrer hatte ihr einen schwarzen Seidenschal geschenkt, daher wusste ich wie Seide aussieht.«

»Sie klingt, als sei sie eine schöne Frau gewesen.«

»Wir hatten die gleichen Augen. *Flanigan Augen*, so nannte sie sie. Die Augen ihres Vaters und ihrer Brüder.«

»Du sprichst immer nur von deinem Stiefvater, erwähnst aber nie deinen Vater.«

Er senkte den Kopf. »Ich habe keinen Vater. Deswegen trage ich den Namen meiner Mutter. Dann kam George in unser Leben und machte mich zu seinem Sohn.« Seth wartete auf ihre Reaktion.

Seth ist ein uneheliches Kind! Diese Erkenntnis traf Trudy schwer. Aber dann sah sie in seine schönen Flanigan-Augen, die ihr so bekannt und lieb waren, und merkte, dass ihr die Umstände seiner Geburt egal waren. »Ich wünschte, ich hätte deine Mutter kennenlernen können.«

»Ich vermisse sie immer noch.« Sein Blick wurde undurchdringlich. Er drückte Trudy einen Kuss auf die Wange, machte einen Schritt zurück und grub weiter.

Mit zitternden Händen schob Trudy die Haarklammern wieder in den Mund und drehte ihr Haar in einen Knoten. Sie schob die Klammern nacheinander in ihr Haar. Als sie fertig war, hatte Seth die Erde um die Pinie herum gelockert. Er legte den Spaten beiseite, hockte sich hin und grub das Bäumchen mit den Händen aus.

Trudy hielt ihm den Jutesack offen hin.

Seth steckte das Bäumchen in den Sack. Dann nahm er ihr das Bündel ab, legt es beiseite und machte sich an den nächsten Setzling.

Während sie arbeiteten, dachte Trudy darüber nach, was gerade passiert war. Sie hatte bemerkt, wie Seth sich zurückgezogen hatte, aber jetzt wusste sie auch warum. Er trauert um seine Mutter. Trauer konnte Trudy gut nachempfinden. Sogar nach fünf Jahren schmerzte sie der Verlust ihrer Mutter hin und wieder. Der Schmerz kam immer genau dann, wenn sie es am wenigsten erwartete. Jede Situation konnte eine Erinnerung hervorrufen und Trauer in einen normalen Tag bringen.

Sie spürte, wie sie die Liebe für ihren Mann überkam und beobachtete ihn, wie er die Erde herausschaufelte. Sie sah die Rücken- und Armmuskeln, die sich durch sein Hemd abzeichneten und erinnerte sich, wie hart sie sich unter ihren Händen angefühlt hatten.

Ich muss ihn dazu bringen, über seine Mutter zu sprechen. Wir haben diese Trauer gemein. Können unsere Mütter gemeinsam vermissen. Und wenn wir das zusammen tun, werden wir unsere Herzen für den anderen öffnen können. Aufregung durchzuckte ihren ganzen Körper bei diesem Gedanken. *Und dann können wir unsere Ehe wirklich beginnen.*

Ich muss ihn nur dazu bringen, zu reden.

Kapitel Dreiundzwanzig

Seth verfluchte sich dafür, dass er so ein Idiot war. Jeder andere Mann hätte seine Gefühle für ein Saloon-Mädchen über Bord geworfen und sich auf seine hübsche Frau konzentriert, mit der Gott ihn gesegnet hatte.

Warum muss ich denn ausgerechnet heute an Lucy Belle denken?

Der Tag mit Trudy hätte schöner nicht sein können. Er hatte sich so über ihre Begeisterung gefreut. Es hatte sich so angefühlt, als kämen sie sich körperlich immer näher. Und doch hatte ihn die Anziehung zu seiner Frau berührt und verwirrt. Er hätte nie erwartet, dass er sich so zu einer Frau hingezogen fühlen würde. Insbesondere weil er doch Gefühle für Lucy Belle hatte.

Mit Trudy am Wasserfall zu sein, ihr seinen geheimen Ort zu zeigen, den er nicht mal mit seinen Eltern geteilt hatte, hatte sich richtig angefühlt. Er hatte seine Entscheidung, sie dorthin mitzunehmen, nicht einmal hinterfragt. Der Ort war irgendwie magisch geworden und seine Frau war diejenige gewesen, die diese Magie durch ihre Liebe zur Natur heraufbeschworen hatte. Er hatte versucht, sich vorzustellen, wie es gewesen wäre, wenn er mit Lucy

Belle zum Wasserfall gekommen wäre. Er konnte es sich nicht einmal mehr vorstellen.

Wenn ich Lucy Belle noch einmal sehen könnte, würde ich vielleicht merken, dass sie mich nicht mehr interessiert. Er hatte sich schon mehrmals gefragt, wo sich das Saloon-Mädchen wohl befand und ob sie mit ihrem neuen Mann das Glück gefunden hatte – so wie seine Mutter mit George Grover. War das Paar wieder zurückgekehrt nach Sweetwater Springs? Vielleicht würden er und Trudy dem jungen Paar sonntags in der Kirche begegnen. Weder er noch das Saloon-Mädchen waren brave Kirchgänger gewesen, aber jetzt, da sie sich niedergelassen hatten … Der Gedanke an eine solche Begegnung war ihm unangenehm.

Vielleicht würde auch alles nur schlimmer werden, wenn er Lucy Belle sah. Vielleicht würde er bemerken, dass er sie noch genauso liebte wie zuvor und das würde ihn in seiner Ehe unglücklich machen. Er sah hinüber zu Trudy, die nur wenige Schritte hinter ihm ritt.

Sie blickte gen Himmel.

Seth folgte ihrem Blick. Oben sah er eine bauschige, weiße Wolke. Sie sah aus wie ein Bett mit Kissen – der perfekte Schlafplatz für einen Himmelsbewohner.

Er lächelte und schüttelte den Kopf über seine verrückte Fantasie, die seinen üblichen, eher praktischen Gedanken so fremd war. Normalerweise blickte er nur zum Himmel, um zu sehen, wie das Wetter war.

Ohne Trudy hätte ich wohl nie kurios geformte Wolken gesehen und mein Leben wäre um einiges ärmer.

Zwei Tage später saß Trudy in ihrem Schaukelstuhl auf der Veranda, balancierte eine Schreibunterlage auf ihren Beinen und blickte auf die Berge. Sie hatte noch ein wenig Zeit, bevor sie das Abendessen vorbereiten musste. Sie wollte einen Brief an Evie schreiben, dessen Inhalt sie seit ihrem Ausflug schon im Kopf hatte. Sie wollte ihrer Freundin so viel berichten. Nach dem Essen wollte Seth sie in die Stadt fahren, damit sie im Laden einkaufen konnte. Dann konnte sie auch den Brief abschicken.

Zurzeit musste auf dem Feld nicht viel getan werden und da er eine Aushilfe hatte, hatte Seth Zeit, um Trudy im Garten zu helfen. Er hatte einen Graben vom Bach hinüber zum Garten ausgehoben, um damit die Pflanzen zu bewässern. Einige Stellen mussten noch von Hand gegossen werden, aber Trudy machte es nichts aus, morgens mit einem Eimer durch die Beete zu gehen. Diese Aufgabe ermöglichte es ihr, alle Pflanzen genau zu begutachten, das neue Wachstum zu bewundern und trockene Blätter und Blüten abzuzupfen.

Sie hatten noch nicht über ihre Mütter geredet, aber sie hatte ein besonderes Essen geplant und wollte danach das sensible Thema ansprechen.

Vor ihr war ein kleiner Weg mit Pflastersteinen, der durch die Grassoden führte, die Seth für sie von der Weide gestochen und herübergebracht hatte. Sie hatte in den Beeten rund um die Veranda und am Wegesrand Blumen gepflanzt, die jetzt im späten Frühling blühten. In einem durchgesägten Fass hatte sie Veilchen gepflanzt.

Die Großzügigkeit der Leute in Sweetwater Springs, die ihre Pflanzen und Setzlinge aus ihren Gärten mit ihr geteilt hatten, beeindruckte sie immer noch. Sie erfreute sich daran, dass sie eine jede Pflanze ansehen und sich dann daran erinnern konnte, wer sie ihr geschenkt hatte. *Ich habe einen Erinnerungsgarten gepflanzt – und mein Herzblut hineingesteckt. Seth und ich können uns noch jahrelang an ihm erfreuen.*

Trudy dachte an die Unterhaltung mit Mrs. Seymour über eheliche Pflichten, die am Tag vor ihrer Abreise stattgefunden hatte. Die Witwe hatte in einem sehr sachlichen Ton darüber berichtet, was Trudy erwarten würde, und dabei betont, dass das erste Mal zwischen ihr und Seth ungewohnt und unangenehm sein würde. Aber dass die folgenden Male mit guter Vorbereitung und Aufmerksamkeit ihres Mannes tatsächlich angenehm sein könnten.

Die Ansprache der Hausmutter war deutlich positiver gewesen als die Fakten, die ihr die Haushälterin ihres Vaters gegeben hatte und somit graute ihr nicht mehr allzu sehr davor. Ihre Wangen wurden ganz heiß und ihr Körper kribbelte bei dem Gedanken an ihre Verbindung mit Seth, so wie Mrs. Seymour es beschrieben hatte. Wenn man von Seths Küssen etwas ableiten konnte, würden ihr die ehelichen Beziehungen sicherlich Freude bereiten. *Heute, nachdem wir miteinander geredet haben, werde ich ihm sagen, dass er nicht mehr auf dem Dachboden schlafen muss. Ich werde auch sicherstellen, dass er mich richtig versteht.*

Sie schob ihre Träume, was den Abend anging, hinweg und setzte den Stift an. *Ich kann es kaum erwarten!*

Meine liebe Evie,

liebste Freundin, ich habe mich in meinen Ehemann verliebt! Als ich beschloss, eine Versandbraut zu werden, hätte ich nie damit gerechnet, dass mir so viel Gutes widerfahren würde. Seth war sehr geduldig mit mir, während ich mich an mein neues Umfeld gewöhnt habe. Wir haben einen ähnlichen Humor. Tagsüber sind wir beide stets sehr beschäftigt, jeder mit seinen Aufgaben. Ich befasse mich mit dem Gemüse- und Blumengarten. Beide bestanden nur aus grober Erde, als ich ankam. Jetzt wachsen dort Rosen, ich habe Rasen und auch ein paar ein- und mehrjährige Blumen ausgesät. Zusätzlich zu den mir bekannten Blumen, habe ich einige der Wildblumen Montanas kultiviert, die mir so gut gefallen.

Ich werde den Blick auf die Berge niemals satthaben. Die Aussicht erfüllt mein Herz mit großer Freude. Seth hat mir versprochen, dass er mit mir die Gegend erkunden wird, wenn er Zeit hat. Wir wollen Orte sehen, die mehrere Stunden von daheim entfernt sind. Allerdings hat er sich auch schon ein wenig Zeit genommen, um mir einige Orte zu zeigen, von denen er weiß, dass sie mich verzaubern würden. Ich werde den Tag, an dem er mich zu einem versteckten Wasserfall mit einer geheimen Höhle mitgenommen hat, nie vergessen. Es ist eine meiner schönsten Erinnerungen.

Es fällt mir immer noch schwer, all meine Möbel und Dinge unterzubringen. Das Haus ist einfach nicht groß genug. Mein lieber Seth hat mir aber versprochen, einen richtigen Salon anzubauen, wo ich die Möbel, die ich aus meinem Elternhaus mitgebracht habe, unterbringen kann – insbesondere mein Klavier. Er hat bereits Holz und Fenster bestellt. Ich bin schon dabei, die Vorhänge, die ich aus St. Louis mitgebracht habe, zu kürzen, damit sie auf die Fenster hier passen. Aber keine Sorge, die Fenster im Haus meines Vaters sind jetzt nicht unbedeckt. Seine Ehefrau bevorzugt ihren eigenen Geschmack was Vorhänge angeht.

Wenn der Salon fertiggestellt ist, will Seth ein weiteres Schlafzimmer anbauen. Wir brauchen ein Gästezimmer. Mein Vater und Minerva, seine Frau, haben versprochen, mich im Herbst zu besuchen und ich hoffe so sehr, dass du und Chance uns eines Tages besuchen könnt.

Ich bin schon sehr gespannt auf deine Neuigkeiten. Ich habe für dich gebetet und hoffe, dass du und Chance eure Probleme lösen konntet. Ist euer Haus denn endlich fertig?

In ewiger Freundschaft, deine Freundin
Trudy Flanigan

Kapitel Vierundzwanzig

Am gleichen Tag etwas später spazierte Seth mit seiner Frau Arm in Arm die Hauptstraße in Sweetwater Springs entlang in Richtung der Camerons, wobei er sich wie der Hahn auf dem Hühnerhof vorkam. Er nahm die unterschwelligen Blicke der Männer wahr, die vorbeigingen. Henry Arden hatte Trudy regelrecht angestarrt. Stolz und Besitzergreifen brachten ihn dazu, Trudy näher an sich zu ziehen.

Trudy sah ihn an und schenkte ihm ihr besonderes Lächeln, das sie nur ihm gab. Es schien ihr nicht aufzufallen, dass sie so viel Aufmerksamkeit auf sich zog. Von Henry Arden angestarrt zu werden, ließ sie jedoch erröten, doch dadurch sah sie nur noch attraktiver aus. Die blauen Bänder ihrer Haube, die sie unter dem Kinn zusammengebunden hatte, ließen ihre Augen blauer denn je aussehen und der fröhliche Ausdruck auf ihrem Gesicht ließ ihn hoffen.

Heute ... er wusste es, heute war es soweit. Er warf einen Blick auf die Sonne. Es war erst Nachmittag, vielleicht könnten sie ja früher anfangen.

Wer hätte gedacht, dass mich eine Versandbraut so glücklich machen würde?

Sie hatten das Haus der Camerons erreicht und hielten vor dem Lattenzaun an.

Seth öffnete das Tor für Trudy, nahm ihre Hand von seinem Arm und küsste sie auf den Handrücken. Sie errötete zu seiner Freude. Er tippte zum Abschied seinen Hut an. »Wir treffen uns dann am Laden.« Seine Frau wollte Mrs. Cameron für wenige Minuten besuchen. Seth erinnerte sich daran, was Reverend Norton gesagt hatte, darüber dass Frauen die Gesellschaft anderer Frauen brauchten. Daher hoffte er, dass ihr dieser Besuch gefallen würde. *Eine zufriedene Frau macht mich sicher zu einem glücklichen Mann.*

Seth ging wieder zurück zur Straße zu seinem Wagen, den er vor dem Laden geparkt hatte. Trudy hatte einen langen Einkaufszettel und daher ergab es wenig Sinn, alles die ganze Straße entlang zu tragen. Er stiegt auf den Wagenbock, beobachtete das Treiben der Stadt und freute sich über die Beschaulichkeit. Solch ruhige Momente waren im Frühling eher selten und er genoss den Sonnenschein und seine Vorfreude auf den Abend. Lediglich das Hämmern, das von einer Seitenstraße her erklang, störte seinen Frieden.

Nach einer Weile beschloss Seth, sich ein wenig zu bewegen. Er dachte sich, er könne sich die Baustelle ansehen, von der der Lärm her tönte, und sehen, was für ein Gebäude da errichtet wurde.

Er war gerade auf Höhe von Hardy's, als er jemanden weinen hörte. Besorgt sah er sich um, hinter dem Zeitungsstand zwischen den Häusern konnte er jemanden stehen sehen. Eine Frau stand mit dem Rücken an die Seitenwand des Saloons angelehnt. Ihr Gesicht war verdeckt durch ihre Hände, aber er erkannte sein rotes Lieblingskleid und die glänzenden schwarzen Locken sofort.

»Lucy Belle«, rief Seth leise. Er war beunruhigt, sie weinen zu sehen. Ganz gleich, was im Saloon passiert war, er hatte sie nie weinen gesehen. Er eilte zu ihr.

Sie senkte ihre Hände und sah misstrauisch in seine Richtung. Aus großen Augen sah sie ihn an. »Seth!« Sie warf sich in seine Arme und vergrub ihr Gesicht in seiner Schulter. Sie weinte bitterlich.

Seth fühlte sich hilflos und ließ sie an seiner Schulter weinen. Er war hin und her gerissen zwischen seinem Bedürfnis, sie zu trösten, und dem schlechten Gewissen, eine Frau zu umarmen, die nicht seine Ehefrau war. Ihr Rosenparfum, ein Duft, den er zuvor unwiderstehlich gefunden hatte, roch für ihn nun zu süß im Vergleich zu Trudys sauberem Lavendelduft. Ihr Körper war so weich, wie Seth es sich immer vorgestellt hatte. Aber ihre Körperform passte ihm nicht so gut wie Trudys.

Schließlich beruhigte Lucy sich und hob ihren Kopf. Sie löste sich aus der Umarmung.

Er ließ sie los, zog sein Taschentuch hervor und reichte es ihr.

Sie trocknete ihre Wangen, wischte sich die Nase und hielt ihm das Taschentuch wieder hin.

Er schüttelte den Kopf. »Behalt es.«

»Danke«, sagte Lucy Belle mit vom Weinen heiserer Stimme. Sie stellte sich auf die Zehenspitzen und küsste ihn auf die Wange.

»Was ist denn los, Lucy Belle?«

Sie schüttelte den Kopf.

Einen Moment lang wünschte Seth sich aus unerklärlichen Gründen, dass Trudy bei ihm wäre. Er wusste, dass seine liebe Frau wusste, wie sie Lucy Belle überzeugen konnte, ihr zu sagen, was los war, und ihr dann helfen konnte. »Kann ich dir helfen?«

»Du kannst nichts machen«, schniefte sie. »Du bist ein guter Mann, Seth Flanigan. Ich hoffe, deine Frau weiß das.«

Bevor er etwas sagen konnte, wirbelte Lucy Belle herum

und ging schnurstracks davon. Er versuchte sie festzuhalten, aber verfehlte ihren Arm.

Sie eilte davon und verschwand um die Ecke.

Trudy eilte die Straße hinunter. Sie trug einige Rosen mit entfernten Dornen in ein nasses Tuch eingeschlagen. Sie wollte schnellstmöglich ihren Ehemann finden. Sie hatte sich gut mit Mrs. Cameron unterhalten und der Arztgattin von ihren Fortschritten auf der Farm berichtet. Sie hatte auch von ihrem Abenteuer mit dem Puma erzählt. Tee hatte sie nicht mit ihr getrunken, sie wollte schnell ihren Einkauf hinter sich bringen und nach Hause, um ihre abendlichen Pläne umzusetzen.

Trudy lächelte und nickte den Leuten zu, denen sie auf der Straße begegnete. Sie versuchte, den Schwung in ihrem Gang im Zaum zu halten, um sich damenhaft zu bewegen. Aber es fiel ihr sehr schwer.

Sie bewunderte ihre Blumen und sog ihren süßen Duft ein. Sie überquerte die Straße. Wie hatte sie doch Rosen vermisst!

Das Geräusch eines verstimmten Klaviers ließ sie aufblicken. Sie bemerkte, dass sie in Richtung des Saloons gesteuert war, statt in Richtung des Zeitungsstandes. Sie hielt kurz inne und hoffte, dass niemand dachte, sie hätte bewusst den Saloon angesteuert. Schnell eilte sie vorbei.

Aus dem Augenwinkel sah sie eine Bewegung zwischen den Häusern. Als sie näher hinsah, konnte sie ein Paar sehen, das sich umarmte. Das Verhalten berührte sie peinlich, daher sah sie weg. Doch in letzter Sekunde erkannte sie die Form seiner Schultern, das graue gestreifte Hemd, das er angehabt hatte – sie erkannte ihren Ehemann. *Nein, nicht doch. Seth!* Ihr stockte der Atem. Sie hielt an und starrte hinüber. Sie konnte nicht fassen, was sie da sah.

Die Frau küsste Seth auf die Wange und sagte etwas.

Trudy erschrak und versteckte sich schnell hinter dem nächsten Gebäude. Sie bemerkte erleichtert, dass sie sie nicht entdeckt hatten.

Ihr Magen schmerzte. Ihr Herz raste und sie konnte nicht atmen. Ihr wurde schwindelig. Aber sie zwang sich, weiterzugehen und nickte einem Mann zu, der ihr entgegen kam und sie grüßte, indem er sich an den Hut tippte. Ihr Blick war verschwommenen, ihre Gedanken rasten, nichts ergab Sinn.

Eine dunkelhaarige Frau stürmte an ihr vorbei, sie war zu schnell, als dass Trudy ihr Gesicht hätte sehen können. Sie trug ein rotes Kleid mit einem kurzen, geschwungenen Saum, der ihre schwarzen Knopfstiefel entblößte. Ihr Kleid hatte hinten Rüschen statt einer Tournüre und einige Locken hatten sich aus ihrem Haarknoten gelöst, in dem eine rote Seidenrose steckte. *Ein Saloon-Mädchen? Seth war mit einem Saloon-Mädchen zusammen?*

Der Gedanke machte sie ganz krank. Sie hielt sich die Hand auf die Brust, um den Schmerz zu lindern. *Es muss doch eine Erklärung dafür geben. Habe ich ihn zu lange warten lassen, um intim mit ihm zu werden? Er hatte versprochen zu warten, bis sie bereit war, aber vielleicht …*

»Trudy.«

Sie hörte ihren Ehemann nach ihr rufen, aber sie tat, als hätte sie es nicht gehört. Hoch erhobenen Hauptes ging sie weiter.

»Trudy!« Er beschleunigte seinen Schritt und holte sie ein. »Was für schöne Blumen.« Er nahm ihre Hand und hakte sie in seinem Arm unter, als sei nichts geschehen.

Sie wollte ihn anschreien, aber die Worte kamen nicht heraus. Sie fühlte sich beinahe ohnmächtig und musste sich auf ihn stützen.

»War es schön bei Mrs. Cameron?«

Es schien als sei der Besuch bei der Arztgattin schon jahrelang her. Sie nickte abwesend. Sie hasste es, dass sie sich auf ihn stützen musste, wo sie doch am liebsten weggelaufen wäre.

Er war noch sehr aufgewühlt von alldem, was gerade mit Lucy Belle geschehen war. Er musste sich zusammen reißen, um sich normal mit Trudy zu unterhalten, und hoffte, seine Frau würde nicht bemerken, dass er nicht er selbst war. *Reiß dich zusammen, Mann. Du kannst nichts tun, um Lucy Belle zu helfen, sie will deine Hilfe nicht. Deine Frau ist wichtiger!* Er versuchte, seine Vergangenheit zu verdrängen und sich auf Trudy zu konzentrieren.

Als sie am Laden ankamen, schwang die Tür auf und Frank McCurdy und Lucy Belle traten hervor. Der Mann streckte seinen Arm aus, damit sich das Saloon-Mädchen unterhaken konnte.

Seth war geschockt und hielt vor dem Paar an, seine Stiefel streiften durch den Schlamm.

Lucy Belle hakte sich mit gesenktem Blick bei McCurdy unter.

Die beiden zusammen zu sehen, versetzte Seth einen Schlag in die Magengrube. Er hatte nie damit gerechnet, einmal Lucy Belle an McCurdys Arm zu sehen. Er blickte sie an.

Die Frau hatte abgenommen und sah blass aus. Als sie hochblickte und Seth ansah, konnte er die Trauer in ihren braunen Augen sehen. Ihre Nase war gerötet vom Weinen. Es schien als habe sie ihre Lebensfreude verloren.

Er wusste nicht, wie er sich verhalten sollte oder wie er ihr helfen konnte.

Trudy gab ein unwohles Geräusch von sich. Sie sah ihn fragend an

Seth wusste auch nicht, wie er sich ihr gegenüber verhalten sollte.

McCurdy durchbrach die Situation mit einem charmanten Grinsen, das er an Trudy richtete. »Meine liebe Mrs. Flanigan, ich glaube, Sie haben Lucy Belle Constantino noch nicht kennen gelernt. Sie war eine Weile *nicht* in der Stadt, seit Sie hier ankamen.«

Was ist aus ihrer Ehe geworden? Ist sie jetzt mit McCurdy zusammen?

Er wusste, dass seine Frau gute Instinkte hatte und dass sie wohl die Spannung zwischen den Dreien bemerkt haben musste.

Trudy schenkte dem Saloon-Mädchen jedoch ein Lächeln, das ihre übliche Güte widerspiegelte. »Miss Constantino, was für eine Freude, Sie kennen zu lernen.«

Das Saloon-Mädchen lächelte gequält, ihr Lächeln war nicht so kess wie üblich.

Diese Leblosigkeit und der hohle Blick in Lucy Belles Augen setzten Seth zu. Wären sie alleine, hätte er mit ihr sprechen und sie seiner Unterstützung versichern können. Besser er als McCurdy. Dieser Schurke würde sie nur ausnutzen.

Aber er musste auch seine Frau schnellstens von McCurdy fortbringen, bevor der Halunke noch etwas über Seths vorherige Schwärmerei für das Saloon-Mädchen oder die Wette mit Slim verlor.

Aber er war wie eingefroren, hin und her gerissen zwischen dem Wunsch, Lucy Belle zu helfen und Trudys Gefühle nicht zu verletzen.

Als Seth seine Frau ansah, bemerkte er, wie Trudys Augenbrauen zusammengezogen waren und ihre Mundwinkel traurig nach unten zeigten. Er fühlte sich zunehmend unwohl.

Trudy streckte vorsichtig ihre Hand in Richtung Lucy Belle aus. »Vergeben Sie mir, Miss Constantino, wenn ich anmaßend erscheine. Ich werde das Gefühl nicht los, dass es Ihnen nicht gut geht. Kann ich Ihnen irgendwie helfen?«

Seth musste ein Stöhnen unterdrücken.

Lucy Belle sah fort und nestelte mit einem schmerzerfüllten Blick auf dem Gesicht an einer Falte ihres Kleides.

»Mrs. Flanigan«, sagte McCurdy in neckendem Tonfall. »Immer so hilfsbereit.«

Seth ballte in Angesicht seiner Zwickmühle die Fäuste.

Lucy Belle stand da und bewegte sich nicht. Ohne ihre übliche Lebensfreude, erschien sie so leblos wie eine Flickenpuppe.

Seth fühlte ihren Schmerz. Dann kam ihm eine Erinnerung in den Kopf. *Er war ein kleiner Junge, der in einem kleinen Zimmer hinter Hardy's Saloon lebte, bevor der Saloon Hardy gehört hatte. Er hatte den gleichen hoffnungslosen Blick auf dem Gesicht seiner Mutter gesehen … wie hilflos er sich gefühlt hatte …*

Ach, zum Teufel mit der Wette! »Lucy Belle, komm doch mit uns«, sagte Seth einladend. Seine Faust entspannte sich und er hielt der Frau die Hand entgegen.

McCurdy zog sie ein paar Zentimeter zurück und lächelte Trudy verschmitzt an. Er tätschelte Lucy Belles Hand, als zeige er wahres Mitgefühl. »Wissen Sie, Mrs. Flanigan, es ist so … unserer Lucy Belle wurde das Herz gebrochen und zwar von keinem geringerem als ihrem Ehemann. Sie arbeitet in Hardy's Saloon – da sind Ihr Mann und ich auch oft zu Gast. Ich konnte also mit eigenen Augen sehen, wie er ihr Hoffnungen machte. Und dann hörte sie, dass er Sie geheiratet hat. Mit ihrem gebrochenen Herzen nahm sie dann den nächstbesten Tunichtgut zum Manne. Der Halunke hat sie aber nur benutzt.«

Als er hörte, wie McCurdy diese Lügengeschichte als Wahrheit verkaufte, stieg Panik in Seth empor.

Lucy Belle schüttelte den Kopf. Die Rose fiel ihr aus den Haaren. »Nein«, flüsterte sie.

Aber Trudy sah die Reaktion des Saloon-Mädchens nicht, da sie Seth fragend ansah.

»Es ist gar nicht so wie er sagt«, stotterte Seth und schüttelte den Kopf. »Trudy, du weißt doch …«

»Du gehst in den Saloon?«

»Nein, nicht mehr«, stieß er hervor. »Du weißt doch …«

»Hast du Gefühle für Miss Constantino?«, unterbrach Trudy ihn.

Seth zögerte. Es war ihm nicht Recht, diese Unterhaltung vor McCurdy zu führen. Sein Blick sprang hin und her zwischen Lucy Belle und Trudy und in seinem Bauch fühlte er einen großen Stein.

Trudy musste die Antwort in seinem Blick gesehen haben. »Sag schon.« Ihre Augen waren vor Schmerz weit aufgerissen und ihr ganzer Körper war angespannt. »Und du hast mit ihrer Zuneigung nur gespielt? Hast ihr Hoffnungen gemacht, dass du es ernst meinst mir ihr.«

Diese Anschuldigung traf Seth in die Magengrube. »Nein!«, protestierte er. »Ich habe nie mit ihr gespielt. Ich dachte, dass ich sie liebe. Ich wollte sie vielleicht sogar heiraten.« Er bereute seine Worte sofort.

McCurdy lachte rau und hart. »Also war diese Wette, die wir abgeschlossen haben, dass du schon eine Frau hast … als du gesagt hast, du hast schon eine ausgesucht … eine Lüge?«

Seth fühlte sich wie im Treibsand und versuchte, Fuß zu fassen. »Nein! Ja!«

»Na, was isses denn nun?«, spottete McCurdy.

Seth hätte McCurdy am liebsten seinen selbstgefälligen Ausdruck aus dem Gesicht geschlagen.

Erneut zog Trudy die Augenbrauen zusammen und sah ihn an. »Wette? Was denn für eine Wette?«

Mit einem bösartigen Blick fuhr McCurdy fort: »Slim hat

gegen mich gewettet, dass Seth innerhalb von zwei Monaten eine Braut finden würde.«

»Hast du bei der Wette mitgemacht?«, fragte Trudy leise und schlug die Hand vor den Mund.

Der verletzte Ton in ihrer Stimme ließ Seths Worte gefrieren. Ein schmerzhafter Kloß hatte sich in seiner Kehle gebildet und er versuchte ihn herunterzuschlucken.

»Nö«, antwortete McCurdy für ihn. »Hat sich ein Mädel ausgedacht, rothaarig, nein blond, nein rothaarig. Ungefähr so groß.« Er zeigte die Höhe mit der Hand. »Blaue Augen. Scheint als hätte er Sie einfach bestellt.«

Trudy sah ihn mit schmerzerfülltem Blick an. »Hat er. Von einer Versandbraut-Agentur.«

Jetzt war die Katze aus dem Sack und nun, da er ein noch größeres Problem hatte, war es Seth sogar egal.

»Du hast deine Freunde angelogen?«, fragte Trudy.

»So war das gar nicht.« Er richtete sich auf und hob sein Kinn. »McCurdy, das geht dich alles gar nichts an. Also wäre ich dir zu Dank verpflichtet, wenn du deinen Unfug woanders verbreiten würdest.« Er zog Trudy die Stufen des Ladens hinauf.

Aber noch bevor sie den Laden betreten konnten, entzog sie ihren Arm seiner Armbeuge. »Ich will nach Hause.«

Das klang vernünftig. Er konnte ihr auf dem Rückweg alles erklären. Wenn sie die ganze Geschichte gehört hatte, würde sie es sicher verstehen.

Kapitel Fünfundzwanzig

Auf dem Rückweg saß Trudy auf der Kante des Wagenbockes. Ihr Magen war verkrampft und sie versuchte ihre Gefühle zu ordnen. Sie war so verletzt. Sie konnte an nichts anderes denken, als dass der Mann, in den sie sich Hals über Kopf verliebt hatte, eine andere Frau liebte.

Seth sah sie ängstlich aus seinen schönen grauen Augen an, die gleichen Augen, die zuvor Mr. McCurdy so eiskalt angesehen hatten.

Trudy zitterte, wenn sie daran dachte. Dann merkte sie, dass ihr Seth zu einem Fremden geworden war. Er ist nicht mehr mein Seth.

Und sie hatte doch vor Gott gelobt, mit ihm bis an ihr Lebensende zu leben. Wie kann ich mein Versprechen halten, wo mein Herz doch gebrochen ist?

»Trudy, es ist nicht so, wie du denkst – wie McCurdy es dargestellt hat. Ich habe keine Wette abgeschlossen, aber ich fühlte mich gegenüber Slim verpflichtet. Der Mann hat mir schon so manches Mal aus der Patsche geholfen und ich hatte das Gefühl, ich wäre ihm etwas schuldig. Und ich war einsam, Trudy. Ich wollte wirklich eine Ehefrau.«

Aber du wolltest Lucy Belle und nicht mich.

»Ich hatte gehofft, dass du und ich ein gutes Leben haben könnten … wir uns ein gemeinsames Leben aufbauen könnten. Und das haben wir. Das musst du zugeben, Trudy.« Seine Finger verkrampften sich um die Zügel. »Es hat doch gut geklappt mit uns.«

Ich muss gar nichts zugeben. Eine Weile lang blieb Trudy still und dachte nach.

Endlich, nach einer Pause, die sich wie eine Stunde anfühlte, sprach sie: »Vielleicht … wenn du mir das alles gesagt hättest, ehrlich gewesen wärst …« Sie schüttelte den Kopf und ballte die Fäuste in ihrem Schoß. »Nein, selbst dann hätte ich keinen Mann gewollt, der trinkt und spielt … der Zeit in Saloons verbringt.«

»Aber ich habe doch aufgehört. Ich war kein einziges Mal im Saloon, seit wir verheiratet sind. Ich habe Reverend Norton versprochen, mich zu ändern.«

Sie drehte sich um und sah ihn an. »Was meinst du damit?«

»Ich habe Reverend Norton versprochen, nicht mehr in den Saloon und regelmäßig in die Kirche zu gehen. Sonst hätte er mir kein Zeugnis geschrieben für Mrs. Seymour.«

Der Schmerz setzte sich in ihrem Bauch fest. Trudy drückte eine Hand auf ihren Magen. Ihr Kopf tat ihr schrecklich weh. Reverend Norton, ein Mann, den ich respektierte, steckt mit meinem Mann unter einer Decke, und sie haben mich hinters Licht geführt. »Du bist nicht der Mann, für den ich dich gehalten habe.«

Seth sagte noch ein paar Dinge, er versuchte, alles zu erklären – sagte, dass Lucy Belle traurig gewesen war und sich ihm in die Arme geworfen hatte.

Seine Worte rauschten in ihren Ohren. Sie konnte an nichts anderes denken, als dass ihr Mann – der Mann den sie liebte – eine andere liebte und dass der einzige Grund, warum sie in Sweetwater Springs lebte war, dass Seth mit seinen Saufkumpanen eine Wette abgeschlossen hatte. Nicht, weil er tatsächlich einsam gewesen war und sich nach einer Ehefrau gesehnt hatte. Alles, worauf ich meine Ehe aufgebaut habe, ist eine Lüge.

Sie wollte vom Wagen springen, ihre Röcke schürzen und so schnell davon laufen wie ein Reh, so weit weg von Seth und Sweetwater Springs wie sie nur konnte. Den restlichen Nachhauseweg sagte sie kein Wort mehr. Und je länger sie still dasaß, desto mehr sprach Seth und desto weniger hörte sie zu. Die Worte prallten ab an der unsichtbaren Mauer, die sie zu ihrem Schutz um sich aufgebaut hatte – um ihre Gefühle abzuschirmen. Aber auch wenn sie sich von ihm entfernte und kaum zuhörte, wenn er sprach, so hörte sie doch nicht einmal, dass er über seine Liebe zu ihr sprach. Das hätte sie aufmerksam vernommen und die Worte in ihr Herz gelassen.

Als sie am Haus ankamen, bewunderte sie nicht mehr die schönen Blumen, den frischen Anstrich, den von Steinen eingesäumten Rasen – sie merkte nur, dass das nicht mehr ihr Heim war. Ein Stechen in ihrer Brust ließ sie kaum mehr atmen. Durch seine Offenbarungen hatte Seth Trudy ihre Ruhe, ihr Vertrauen und ihre Freude geraubt.

Ich muss hier weg.

Ohne auf seine Hilfe zu warten, kletterte sie vom Wagen und stürmte zum Haus. Sie ignorierte Henry, der sich in ihre Richtung bewegt hatte, um sie zu begrüßen und eilte ins Haus.

Im Schlafzimmer öffnete sie ihre Truhe und begann zu packen. Es war ihr egal, wie faltig ihre ordentlich gebügelten Kleider wurden, sie warf einfach alles hinein. Sie griff all ihre Unterwäsche aus der Kommode und schmiss sie auf die Kleider. Sie klemmte ein paar Schuhe in die Ecken, schlug ihr Schmuckkästchen in einen Kissenbezug ein und legte das Bündel in eine Reisetasche.

Sie nahm die fünfhundertfünfzig Dollar, die sie unter der Matratze versteckt hatte und steckte sie in ihre Handtasche. Mein Vater hatte Recht, mir das Geld für die Rückreise zu geben. Sie hatte mehr als genug für die Zugfahrkarte nach Hause. Unter all dem Schmerz, den sie fühlte, stieg Wut in ihr hoch. Seth konnte den Rest des Geldes behalten, den sie noch nicht ausgegeben hatten. Es war ihr egal.

Sie riss die Reisetasche an sich und warf ihren Kamm, ihre Bürste, den Spiegel, saubere Wäsche, ihren Schal und ein paar andere Dinge hinein, die sie auf der Reise brauchen würde. Sie dachte daran, dass sie aus der Küche auch noch Essen mitnehmen sollte.

Im Nebenzimmer hörte sie, wie sich die Tür öffnete und Seths Fußtritte.

Aus dem Augenwinkel sah sie, wie er in der Tür erschien.

»Trudy, was machst du denn?«

»Ich gehe nach Hause … nach St. Louis.« Sie musste die Worte herauspressen, ihr Hals war wie zugeschnürt.

»Auf keinen Fall machst du das!«

Sie tat, als hätte sie ihn nicht gehört. »Ich werde mich darum kümmern, dass meine Sachen abgeholt werden.«

»Du bist meine Frau, du bleibst hier, wo du hingehörst«, befahl er.

»Oh!« Sie blickte ihn wütend an. »Willst du mich hier gefangen halten?«

»Mach dich nicht lächerlich.«

»Ach, ich mache mich lächerlich?« Sie öffnete eine Schublade der Kommode und schnappte alle ordentlich gefalteten Schürzen und warf sie in die Truhe.

»Bitte, bleib doch, Trudy. Gib mir eine Chance. Gib unserer Ehe eine Chance.«

Sie wollte von ganzem Herzen antworten, dass sie ihm noch eine Chance geben würde. Aber ihr Herz war gebrochen und ihr ganzer Körper schmerzte. Wie könnte sie ihm noch eine Chance geben und womöglich noch einmal verletzt werden? Wie könnte sie in dieser Stadt leben, wo sie Lucy Belle begegnen würde, wissend, dass Seth diese Frau liebte? Ich kann das nicht. Ich kann es einfach nicht.

Trudy wusste, dass sie so schnell wie möglich raus musste aus Sweetwater Springs – weit fort von Seth. Wenn sie einmal in St. Louis wäre, könnte sie sich überlegen, was sie tun wollte. Sie hatte einen dicken Kloß im Hals und konnte nicht sprechen, also schüttelte sie nur den Kopf. Sie hielt inne, zog ihren Ehering ab und gab ihn Seth.

Er starrte sie lange und traurig an. Ihr Arm wurde schwer. Sie zog ihn aber nicht zurück, also nahm er den Ring und steckte ihn in seine Tasche. Sein Gesicht verschloss sich und versteinerte. Er drehte sich um und ging.

Sie hörte, wie sich seine Schritte entfernten und musste sich zusammenreißen, dass sie nicht in Tränen ausbrach.

Auf dem Weg zurück in die Stadt, den sie schweigend zurücklegten, wirbelten Seths Gedanken wie verrückt umher. Aber ihm fielen nicht die richtigen Worte ein, die sie zum Bleiben bewegen konnten. Er hatte ja versucht, mit ihr zu reden und es hatte nicht geklappt. Also sagte er nichts und kaufte Trudy eine Fahrkarte nach St. Louis, dann lud er ihre Truhe in den Gepäckwagen. Er lehnte sich zu ihr und gab ihr einen zarten Kuss auf die Wange. Zum letzten Mal sog er ihren Duft ein, damit er sich daran erinnern konnte. »Lebewohl, Mrs. Flanigan«, sagte er mit all der Zärtlichkeit, die er in sich hatte.

In Trudys Augen stiegen Tränen auf. Sie drehte sich schnell um und hastete die Stufen des Zuges hinauf.

Dieser Anblick ließ sein Gemüt bis auf den Boden sinken.

Er war niedergeschlagen wegen Trudys Abfahrt und machte sich auf den Weg zu Hardy's Saloon. Er ging hinein und ignorierte die Stammkunden und ein paar unbekannte Hilfsarbeiter, die an den Tischen saßen und Poker spielten.

Stattdessen lehnte sich Seth an den Tresen und bestellte mit einem Kopfnicken einen Drink.

Hardy legte den Lappen beiseite, mit dem er die Gläser poliert hatte, schenkte einen Whiskey ein und ließ ihn über den glatten Tresen hinüber zu Seth schlittern.

Seth verzog das Gesicht und hob das Glas zu seinem Mund. Er roch den scharfen Alkoholgeruch, wollte das Brennen in seiner Kehle spüren und die Wärme in seinem Bauch. Aber kurz bevor er ansetzte, besann er sich. Er stellte das Glas wieder ab, die braune Flüssigkeit blieb unberührt.

Hardy, der wieder die Gläser mit dem Lappen polierte, sah ihn an, sagte aber nichts sondern wartete darauf, dass Seth etwas sagte.

Vor seinem geistigen Auge sah er den verletzten Gesichtsausdruck seiner Trudy. Er sah, wie ihre so frohe Natur sie verließ und wie ihre Wangen blass wurden. Dass er sie so verletzt hatte, dass sie ihn verlassen hatte, ließ sein Herz schmerzen.

Lucy Belle kam aus der Küche, ihre Blicke trafen sich und sie zögerte. Dann ging sie hinüber zu ihm. Ihre Hüften schwangen nicht mehr so sexy wie zuvor, wo ein jeder ihrer Wege eine Show gewesen war. Sie legte ihm eine Hand auf den Arm.

Ihre Finger hätten genauso gut Stöcke sein können, denn er reagierte nicht auf ihre Berührung. Diese Geste, die noch vor einem Monat willkommen gewesen wäre, wirkte nun fremd und unerwünscht.

»Danke«, murmelte er und zog seinen Arm weg.

»Hat sie dich verlassen?« Diese Frage klang eher nach einer Aussage. Ihre dunklen Augen waren voller Mitgefühl.

»Ja.« Seine Schultern sanken zusammen.

»Das ist nicht schön, das ist ganz klar.«

Die Traurigkeit in ihrer Stimme, durchdrang seine Benommenheit. Er blickte sie an und sah, wie der Schmerz die Fältchen um ihre Augen vertieft hatte.

»Tut mir leid, dass es nicht so gelaufen ist, wie du es dir gewünscht hattest, Lucy Belle.«

»Es ist schon faszinierend, wie schnell man sich so einen Traum aufbaut und er dann einfach platzt. Ich wollte heiraten. Ein anständiges Leben führen. Aber meine Taten haben alles schlimmer gemacht. Jetzt wird mich kein anständiger Mann mehr heiraten. Oder mich zumindest genug wollen, um mich zu heiraten.«

Eine Weile lang stiegen die Schutzinstinkte in Seth empor und ein Teil von ihm wollte Lucy Belle retten, seine Mutter retten … Sie hatte gesehen, wie sein Blick weicher geworden war.

»Wie sieht's aus, Seth? Du und ich? Ich weiß, du wolltest mich früher. Trudy war nur eine Versandbraut. Und jetzt hat sie dich sowieso verlassen.«

Er wollte Zeit gewinnen, also hob er sein Whiskeyglas an. Aber als ihm der scharfe, süßliche Geruch in die Nase stieg, konnte er nichts davon trinken. Er erinnerte sich an sein Versprechen an Reverend Norton, dass er den Saloon vermeiden würde, sein Gelöbnis vor Gott, Trudy zu lieben und zu ehren.

Aus der Distanz hörte er das Pfeifen des Zuges, das alle zum Einsteigen aufforderte. Es klang für ihn traurig. Trudy hatte wahrscheinlich schon ihren Sitzplatz eingenommen. Ob sie wohl weinte? Oder nicht? In wenigen Minuten würde der Zug den Bahnhof verlassen und ihm seine Frau … seine Geliebte wegnehmen.

Was habe ich nur getan! Mit Schwung stellte er das Glas ab, dass der Alkohol nur so herausspritzte. Er stieß sich vom

Tresen ab. »Ich liebe Trudy«, sagte er zu Lucy Belle. »Ich liebe meine Frau. Und ich werde sie einholen.«

Seth eilte aus dem Saloon und wollte Saints Zügel vom Anbindepfosten reißen und ihr hinterhergaloppieren. Dann fiel ihm ein, dass er die Pferde angespannt hatte. Es blieb nicht genug Zeit, sie auszuspannen. Selbst wenn es ihm rechtzeitig gelänge, hätte er kein Zaumzeug und keinen Sattel.

Ein Reiter hielt vor dem Saloon an. Frank McCurdy grinste ihn von seinem schwarzen Wallach Rocky an. »Hab gehört, deine Frau ist getürmt. Hast wohl 'nen Rekord aufgestellt für die kürzeste Ehe. Wie lang war's denn? Weniger als ein Monat, oder?«

Seths Blut begann zu kochen. Brüllend stürzte er sich auf den Mann, riss an seinem Hemd und zog ihn mit aller Kraft vom Pferd.

McCurdy war überrascht und fiel hinunter. Bevor er sich aufrappeln konnte, rammte ihm Seth eine Faust in den Bauch.

McCurdy blieb die Luft weg, klappte zusammen und hielt seinen Bauch.

»Schlägerei!« Männer strömten aus dem Saloon und umstellten sie.

Der junge Nick Sanders kam gerade auf seinem kastanienfarbenen Pferd vorbei und hielt an.

»Ich leihe mir dein Pferd, McCurdy.« Seth sah auffordernd in die Runde. »Habt ihr das gehört? Ich *leihe* es aus. Ich bringe es zurück. Meine Frau ist im Zug und ich reite ihr nach.«

Manche Männer jubelten ihm zu und hoben die Hände in die Luft.

Seth stieg in den Sattel. Er drehte McCurdys Pferd um und wäre beinahe mit Nick Sanders zusammengestoßen.

Der junge Mann blickte hinüber zum Zug, der gerade

den Bahnhof verließ. »Auf geht's«, drängte er. »Ich komme mit dir und bringe Rocky zurück, wenn im Zug bist. Bringt ja nichts, wenn du deine Frau wiederkriegst und dann wegen Pferdediebstahls aufgeknüpft wirst.«

Seth nickte zustimmend. »Wenn ich heute Abend nicht zurück bin, schaust du nach meinem Vieh?«

Mit einem Grinsen nickte der junge Mann.

Mit diesen Worten gab Seth Rocky die Sporen. Nick folgte ihm.

Die zwei donnerten die ruhigen Straßen der Stadt entlang. Kreischend zog eine Frau ihr Kleinkind zu sich und machte sich aus dem Weg.

Seth wusste, er würde sich bei vielen entschuldigen müssen, wenn er zurückkam ... *wenn* er denn zurückkam, denn nichts konnte ihn davon abhalten, seine Frau einzuholen. Auch wenn das bedeutete, dass er bis nach St. Louis reiten musste!

Kapitel Sechsundzwanzig

Trudy saß auf der Seite des Zuges, von der aus sie Sweetwater Springs sehen konnte, und starrte aus dem Fenster. Sie verabschiedete sich von der Stadt, die ihr so ans Herz gewachsen war. So viele ihrer Hoffnungen und Träume waren heute geplatzt und sie trauerte gebrochenen Herzens um sie.

Sie beobachtete, wie eine Frau in die Straße abbog. Sie trug einen Korb in einer Hand und führte ein Kleinkind an der anderen. Der Junge lief neben ihr. *Wenn ich geblieben wäre, wäre diese Frau vielleicht meine Freundin geworden? Hätten wir Rezepte und Nähmuster ausgetauscht?*

Mit einem Ruck setzte sich der Zug in Bewegung und verließ den Bahnhof. Sie sah die Häuser immer kleiner werden und schließlich ganz verschwinden. Dabei standen ihr heiße Tränen in den Augen, die alles verschwommen erscheinen ließen.

In der Ferne konnte man die Berge sehen. Die Berge, die sie so geliebt hatte. Aber Trudy erlaubte sich nicht, sie anzusehen. Denn würde sie sie ansehen, würde sie nur unbändig anfangen zu weinen in Anbetracht all dessen, was sie zurückließ – ihr Heim, das sie durch harte Arbeit so verschönert hatte, die Natur um sie herum, die

Freundschaften, die sich langsam entwickelten und allen voran Seth, ihren Ehemann, den Mann, den sie liebte. *Der Mann, von dem ich dachte, er liebte mich.*

Ihr Herz schmerzte pochend. Sie drückte sich die Hand auf die Brust in der Hoffnung, so den Schmerz zu lindern. Unvergossene Tränen brannten in ihren Augen. Sie traute sich nicht zu weinen, denn sie wusste, sonst würde sie den ganzen Weg bis St. Louis weinen und ein jeder, der durch den leeren Waggon ging, würde es sehen und sich wohl arg daran stören. Eine Träne kullerte ihr dennoch über die Wange bis ans Kinn. Sie öffnete das Fenster, damit der Fahrtwind ihr Gesicht trocknen konnte. Es war ihr egal, dass der rauchige Geruch hineindriftete.

Doch ihr Bauch wollte sich nicht beruhigen, es wurde ihr sogar schlecht. Ihre Brust fühlte sich leer an, als hätte sie ihr Herz auf der Farm gelassen. Jetzt da Seth nicht mehr an ihrer Seite war, vermisste sie ihn und es wurde ihr klar, dass ein Teil von ihr für immer fehlen würde. Aber trotz des Schmerzes, begann sie über die Unterhaltung mit Frank McCurdy nachzudenken und ging sie Wort für Wort durch. Jetzt, da sie nicht mehr unter Schock stand, mit hastigem Packen und ihrer Flucht befasst war, bemerkte sie, dass das was Frank gesagt hatte, nicht nach der Wahrheit klang. Oder vielleicht war es die Weise, *wie* er es gesagt hatte. *Reverend Norton würde sich nie an einem Schwindel beteiligen, der sie verführen sollte, Seth zu heiraten.*

Der Zug beschleunigte und das rhythmische Klackern wurde schneller. Panik stieg in ihr auf. *Moment, das ist doch alles falsch!*

Sie musste sich beherrschen, nicht aufzuspringen und mit geschürztem Rock zum Ausgang zu rennen. *Seth! Seth!* Sie presste eine Hand auf ihren Mund, um nicht laut seinen Namen zu seufzen. Was sollte sie nur tun? *Ich habe einen Fehler gemacht!*

Sie dachte an ihren Ausflug zum Wasserfall. An ihr Lachen und die Freude, die Bewunderung in seinen Augen. Er hatte diese Gefühle nicht vorgetäuscht. Sie wusste, dass er etwas für sie empfand.

Ich werde um seine Liebe kämpfen. Trudy nahm ihre Reisetasche, entschlossen, an der nächsten Station auszusteigen und *nach Hause* zu gehen.

Seth und Nick galoppierten Seite an Seite die Bahngleise entlang und versuchten, den Zug einzuholen. Die rauchende, stampfende Lok raste vor ihnen die Gleise entlang. Die donnernden Hufe der Pferde dröhnten in seinen Ohren, fast genauso laut wie sein Herzschlag. Langsam zog Rocky an Nicks Fuchs vorbei.

Das hintere Ende des roten Waggons kam näher. Aber Seth war klar, dass sein Pferd dieses Tempo nicht lange halten können würde, ohne dabei zusammen zu brechen.

Jetzt oder nie. Seth gab Rocky die Sporen, um ihn zu einem schnelleren Tempo anzutreiben.

Das Pferd reagierte mit einer explosionsartigen Steigerung der Geschwindigkeit.

Ein Meter, ein halber, zwanzig Zentimeter. Seth griff mit einer Hand nach dem Geländer und wollte mit der anderen nachgreifen. Es gelang ihm aber nicht. Er hing halb im Sattel, halb am Zug und sprang schließlich vom Pferd. Eine Sekunde lang hing er an nur einer Hand am Geländer, die Beine in der Luft. Er schaffte es, das Geländer mit der anderen Hand zu erreichen, sich mit beiden Armen an den eisernen Holm zu klammern und sein Beine darüber zu schwingen. Er purzelte auf die kleine Plattform und wäre beinahe wieder abgestürzt. Doch er konnte sich aufrappeln.

Er lehnte sich über das Geländer, salutierte Nick und rief ihm aus aller Kraft zu: »Ich schulde dir was!«

Der junge Mann winkte zur Bestätigung, griff dann nach Rockys Zügeln und drehte beide Pferde herum Richtung Sweetwater Springs.

Seth atmete tief durch, strich seine Kleidung und seine Haare glatt. Er hatte seinen Lieblingshut verloren, als er sich wie ein Irrer an den Zug gehängt hatte, aber das war ihm egal.

Voller Aufregung zog er die schwere Waggontür auf. Er bahnte sich seinen Weg durch die Gepäckwagen, stieß sich hier und dort, schaffte es in die Passagierwaggons, durch die er im Takt mit der Zugbewegung raste. Die Passagiere starrten ihn mit weit aufgerissenen Augen und zum Teil auch Mündern an.

Wahrscheinlich dachten sie, er sei verrückt, und vielleicht war er das auch – verrückt nach Trudy. Seth kam in den nächsten Waggon und erkannte Trudys Haube.

Sie war die einzige Reisende und hatte ihr Gesicht gegen die Scheibe gepresst. Sie starrte hinaus, als versuchte sie einen letzten Blick auf die Stadt zu erhaschen.

Hoffnungsvoll eilte er zu ihr. Er setzte sich neben sie. »Trudy, Liebling.«

Trudy schrak hoch und richtete sich auf. Als sie sich umdrehte und ihn ansah, fuhr sie mit ihrer Hand zu ihrer Brust. »Seth, du hast mich erschreckt! Was machst du denn hier?«

Er grinste sie an. Endlich war er bei seiner Trudy. »Ich fahre nach St. Louis mit meiner Frau.«

»Was meinst du?«

»Es war ein Fehler, dich gehen zu lassen. Ich habe zu früh aufgegeben. Du bist meine Frau und ich liebe dich. Ich will, dass du für den Rest meines Lebens an meiner Seite bist – du und keine andere. Bitte vergib mir und komm heim.

Bitte. Wenn du nicht mitkommst, begleite ich dich bis nach St. Louis. Ich werde auf deiner Türschwelle sitzen, bis du deine Meinung änderst. Ich bin mir sicher, deinem Vater und seiner neuen Frau wird das gar nicht gefallen.«

Ihr stiegen die Tränen in die Augen. Eine kullerte ihre Wange hinunter.

Er wischte sie mit seinem Finger weg. »Weine nicht, mein Liebling. Wenn du weinst, zerbirst mein Herz in tausend Scherben.«

Sie lächelte und schniefte dann: »Sag es mir noch einmal.«

Er hob eine Augenbraue. »Dass mein Herz zerspringt?«

»Nein, den anderen Teil. Das muss ich noch einmal hören.«

Er griff ihre Hand und führte sie zu seinen Lippen. »Trudy, ich wusste gar nicht was Liebe ist, bis ich dich traf. Ich dachte, ich hätte Lucy Belle geliebt, aber in Wirklichkeit war das Einsamkeit und Schwärmerei. Den Unterschied hätte ich nie erkannt, wäre da nicht meine tiefe, *wahre* Liebe, die ich für dich empfinde.«

Sie neigte den Kopf, als würde sie eine Entscheidung treffen.

»Weißt du noch, wie ich dir erzählt habe, dass meine Ma ein Saloon-Mädchen war?« Seth wusste, er musste nun ganz ehrlich sein.

Sie nickte und sah ihn weiterhin direkt an.

»Als ich alt genug war, zu verstehen, was ihre Arbeit war, begann ich ihr Leben zu hassen. Ich träumte davon, sie retten zu können.«

Trudy drückte seine Hand fest.

»Aber ich musste sie nicht retten. Denn George Grover heiratete sie, als ich zehn war. Er war ein guter Mann – mitten im Leben, etwas älter, hatte eine eigene Farm. Wir sind zu ihm gezogen und endlich, die letzten drei Jahre ihres Lebens lang, war meine Mutter glücklich. George war wie

ein Vater zu mir. Er vererbte mir die Farm, als er starb.«
Seth presste seine Lippen fest aufeinander, um die Trauer in
Zaum zu halten. Er hatte seine Familie verloren. Beinahe
hätte er seine Frau verloren.

Trudy nickte und man merkte, dass sie über all das
Gehörte nachdachte.

Er gab ihr noch ein paar Minuten, bevor er fortfuhr:
»Was ich für Lucy Belle empfunden habe, war nur ein
Schatten davon, was ich für dich empfinde. Es ging mir
vermutlich mehr darum, sie zu retten, weil ich schließlich
meine Ma nicht retten konnte.«

Ihre blauen Augen sahen ihn eindringlich an und
schließlich nickte sie. »Ja, das ergibt Sinn.«

»Ich bin so voller Liebe für dich, Trudy. Ich will durch
den gesamten Zug rennen und allen meine Liebe zu dir
verkünden.«

Sie atmete tief aus, halb seufzend, halb kichernd.

Dieses zarte Geräusch ließ sein Herz voller Hoffnung
schlagen.

Trudy lehnte sich zu ihm hinüber, ihre Lippen nur
wenige Zentimeter von seinen. »Du hast die magischen
Worte gesagt.«

Seth war es egal, wo sie gerade waren. Er zog sie an sich,
er musste sie in seinen Armen ganz nah bei sich spüren.
»Kommst du also wieder mit mir?«

Ihre Augen blickten ihn voller Liebe an. Sie legte eine
Hand auf seine Wange. »Wir steigen an der nächsten Station
aus und nehmen den nächsten Zug zurück nach Hause.«

Epilog

An Mrs. Seymour und meine Freunde bei der Agentur Versandbräute des Westens

Seien Sie gegrüßt, meine Damen. Ich schreibe Ihnen, um Ihnen zu berichten, wie gut es mir geht und wie glücklich ich als Mrs. Seth Flanigan bin. Ich hatte gehofft, in meiner Ehe Behaglichkeit und Verbundenheit zu finden. Dennoch versuchte ich, nicht zu viel zu erwarten, vor allem was gegenseitige Liebe betraf, schließlich wollte ich eine Enttäuschung vermeiden, sollten meine Wünsche unerfüllt bleiben. Jedoch habe ich mit Mr. Seth Flanigan einen Mann gefunden, den ich nicht nur respektiere, sondern auch bewundere und liebe. Der Weg zu einer harmonischen Ehe war nicht leicht. Wir hatten Streitereien und Schwierigkeiten. Tatsächlich war ich sogar kurz davor, aufzugeben. Aber mein lieber Mr. Flanigan schaffte es doch, meine Zuneigung zu gewinnen.

Liebe Bräute, ich rate Ihnen, seien Sie geduldig. Machen Sie nicht den gleichen Fehler wie ich, zu glauben, alles sei verloren. Machen Sie weiter, beten Sie und seien Sie frohen Mutes und Sie werden die Anerkennung Ihres Mannes bekommen.

In Sweetwater Springs ist nun weithin bekannt, dass ich eine Versandbraut bin. Mehrere Männer haben mir Fragen über die Agentur gestellt und ich habe Ihnen die Agentur begeistert empfohlen. Ich denke auch darüber nach, einige Männer, von denen ich glaube, dass sie eine Ehefrau brauchen, anzusprechen.

Vielleicht werde ich ja die ein oder andere von Ihnen bald in Sweetwater Springs begrüßen können. Das wäre so wunderbar!

Bitte schreiben Sie mir doch. Ich würde gerne mit meinen Freundinnen in Kontakt bleiben und von Ihren Abenteuern erfahren. Vielleicht können meine Erfahrungen Ihnen helfen, wenn Sie Ihre neuen Leben beginnen.

Herzliche Grüße

Mrs. Seth Flanigan, geborene Trudy Bauer.

ENDE

Danke, dass Sie Die Versandbräute des Westens: Trudy gelesen haben. Wenn Sie Debra Hollands Newsletter abonnieren möchten, können Sie das hier:

http://debraholland.com

Buchreihe der Himmel über Montana

In chronologischer Reihenfolge:

1882
Unter dem Himmel von Montana

1886
Versandbräute des Westens: Trudy
Versandbräute des Westens: Lina
Versandbräute des Westens: Darcy
Versandbräute des Westens: Prudence
Versandbräute des Westens: Bertha

1890er
Grace: Als Braut in Montana
Der Wilde Himmel über Montana
Der Sternenhimmel über Montana
Stormy Montana Sky
Der Weihnachtshimmel über Montana
Der Gemalte Himmel über Montana
A Valentine's Choice
Irish Blessing
A Rolling Stone
Glorious Montana Sky
Healing Montana Sky
Sweetwater Springs Scrooge
Sweetwater Springs Christmas
Mystic Montana Sky
Singing Montana Sky
My Girl
Bright Montana Sky
Montana Sky Justice
A Late-Blooming Rose
Beyond Montana's Sky (*May 1, 2020*)

2015
Angel in Paradise

Über Die Autorin

Debra Holland, New York Times- und USA Today-Bestsellerautorin, war drei Mal unter den Finalisten für den Golden Heart Award der Romance Writers of America und hat ihn einmal gewonnen. Sie ist Autorin der *Buchreihe Der Himmel über Montana*, romantische und historische Western-Liebesromane, und der Reihe *The Gods' Dream Trilogy*, Fantasy-Liebesromane. Im Februar 2013 hat Amazon *Starry Montana Sky* als eine der 50 größten Liebesgeschichten ausgewählt.

Debra hat auch ein Sachbuch mit dem Titel *The Essential Guide to Grief and Grieving* bei Alpha Books (einem Tochterunternehmen von Penguin) veröffentlicht. Ein kostenloses E-Booklet ist auf ihrer Internetseite erhältlich: http://drdebraholland.com: *58 Tips for Getting What You Want From a Difficult Conversation.*

So können Sie Kontakt zu Debra aufnehmen:
www.debraholland.com
Facebook: debra.holland.731
Twitter: @drdebraholland
Blog: drdebraholland.blogspot.com

www.ingramcontent.com/pod-product-compliance
Lightning Source LLC
Chambersburg PA
CBHW031718170626
46808CB00005B/1798